Katzensitter

Team Rhein-Main

Sandra Hausser

Sandra Hausser

Katzensitter

Team Rhein-Main

ISBN-13: 978-1534717060

ISBN-10: 1534717064

Druck:

CreateSpace, ein Unternehmen von Amazon.com

Coverbilder von dvargg

Text von *Sandra Hausser*

Inhaltsverzeichnis

Prolog

Das Wasser kühlte rasch aus. Sie registrierte es, obwohl ihre Körperfunktionen bereits auf Minimalwerte gesunken waren. Gedanken formten sich zäh, wirbelten durcheinander und folgten keinem nachvollziehbaren Muster. Jemand hatte sie vergiftet, das spürte sie deutlich und ohne Zweifel.

„*Womit? Wann und wie?*“, hallte es in ihrem Verstand. Krampfhaft versuchte sie, die Sicht zu klären. Ihre Augen brachten nur ein undeutliches und verschwommenes Bild zustande.

„*Habe ich den Ofen ausgeschaltet und den Salat zurück in den Kühlschrank gestellt?*

Warum bestraft der Geschichtslehrer immer nur mich und macht mich vor der Klasse runter?

Was ist das in meinem Körper? Und von wem?

Ob Oma ihre Bestattung so gemocht hätte?“

Sie versuchte, ihr Denken auf sich und das Gift zu lenken. Zu begreifen, was mit ihr geschah und weshalb ihr Verstand es nicht fertigbrachte, mehr als zwei Sekunden an einem Gedanken festzuhalten.

Ihr Tag war wie stets verlaufen, keine Abweichungen, ohne Besonderheiten oder Überraschungen.

Nachdem sie auf der Couch eingenickt und fast drei Stunden geschlafen hatte, weckte sie das Gefühl, beobachtet zu werden.

„*Ich bin aufgestanden und konnte mich kaum auf den Beinen halten. Mir war schwindelig und übel*", ging sie im Geiste das Geschehen durch. Dieses Mal ohne Mühe, den Gedanken festzuhalten. Ein jäher Schmerz zuckte durch ihre Eingeweide. Von Krämpfen geschüttelt hob sie ihren Kopf nach oben.

„Ob ich mehr Butter in den Streuselkuchen geben sollte?

Warum geht Thomas so oft auf Meetings spät am Abend und bleibt nicht bei mir?"

Wie Pfeile schossen Gedanken aus allen Richtungen auf sie ein. Quer durch sämtliche Phasen des Lebens und ohne roten Faden, der sie miteinander verband. Sie bewegte ihre Augen ruckartig, in verzweifeltem Bemühen ihre Konzentrationsfähigkeit zurückzuerlangen.

„Als ich aus dem Wohnzimmer ging, schien mir der Kopf zu zerspringen. Ich war am Verdursten und wollte mir ein Bad einlassen."

Erneut verdrehte Vorstellungen in wirrer Abfolge.

„Ist *Yoga die beste Therapie zum Einschlafen? Ich muss es wieder einmal ausprobieren.*

Warum ich? Was geschieht mit mir?"

Die Schwelle zur Ohnmacht nahte. Die Windungen des vernebelten Gehirns rebellierten dagegen, weigerten sich, die unausweichlichen Konsequenzen zu akzeptieren. *„Ich will leben!"*, waberte es in kleinen Kreisen durch ihren Kopf, während sie verzweifelt darum kämpfte, das Gesicht über der Wasseroberfläche zu halten. Das Atmen fiel unendlich schwer. Ihr Körper sackte zusammen und rutsche nach unten, die Beine krampften, blieben bewegungsunfähig, wie gelähmt.

„*Nicht sterben!*“, hallte es durch ihre Gedanken, „*ich hatte es doch im Griff, warum jetzt?*“

Sie schloss die Augen und versuchte mit letzter Energie, sich aufzubäumen. Schließlich gab sie völlig ermattet, kraft- und atemlos, auf.

23. August

Im Hochhaus am Stadteingang, in das Hannah Bindhoffer gerufen wurde, blieb sie zunächst orientierungslos vor den langen Reihen der Klingelknöpfe stehen. Sie versuchte, auf den Namen zu kommen, den der Kollege ihr mitgeteilt hatte. Nach kurzem Grübeln fiel es ihr ein, Reinheimer. Vermutlich ein Suizid, der wie alle Selbstmorde polizeilich bestätigt werden musste, hatte Schneider ihr gemeldet und gelangweilt geklungen. Sie verabscheute es, wenn jemand aus der Dienststelle sich anmaßte, Untersuchungen zu einem Freitod wie lästige Fliegen auf der Marmelade zu betrachten. Hannahs Empathieempfinden war so ausgeprägt, dass sie damit beruflich wie privat oft an Grenzen stieß. So mancher Scherz, gepaart mit Spott der Kollegen, zielte auf diesen Umstand. Doch sie weigerte sich, auch nur einen Schritt von ihrer Einstellung abzuweichen. Die Gefühle anderer Menschen außer Acht zu lassen, fand in ihrer Sichtweise zum Leben keinen Platz.

Die Herkunft einiger Familiennamen erahnte sie mühelos. Hannah stellte erneut fest, dass das alte HL-Hochhaus, wie es noch immer von etlichen Einwohnern der Nachbarstadt Raunheim genannt wurde, ein gutes Beispiel dafür war, wie viele unterschiedliche Nationen im Ort ein Zuhause fanden. Nachdem ihre Augen ein drittes Mal die immense Anzahl von

Namen erfolglos überflogen hatten, drückte sie gegen die Eingangstür. Sie schnappte mit einem Klick auf und Hannah trat in den Flur. Auf dem Fußboden vor den Briefkästen lagen Stapel von Reklameblättchen, die ihren Weg in die Kästen nie gefunden hatten. Das ausgeblichene Farbbild und die Daten zu den Erscheinungswochen zeigten ihr, dass hier eine geraume Zeit nicht mehr aufgeräumt worden war.
Einige Postkästen quollen über und erweckten den Anschein, als seien die Besitzer seit Wochen verreist.
„Oder sie liegen tot in ihrer Wohnung und es bleibt einfach unbemerkt“, dachte sie niedergeschlagen. Keine Seltenheit, dass die Polizei von Nachbarn gerufen wurde, die einen unangenehmen Geruch meldeten. Wann sie ihren Mitbewohner das letzte Mal gesehen beziehungsweise gesprochen hatten, konnten sie häufig nicht beantworten.
„Verdammte Anonymisierung“, wisperte sie mit Blick auf die Briefkästen. Endlich fand sie den gesuchten Postkasten und las an den Gruppierungen ab, in welches der elf Stockwerke sie sich begeben musste. „Neunte Etage. Treppensteigen fällt aus, ich nehme den Lift!“

Als sie aus dem Fahrstuhl trat, schepperten laut die Bässe eines Heavy-Metal-Songs. Sie bog nach links in den schummrigen Hausflur und blieb an der letzten Tür der Reihe stehen.
Die Haustür der Familie Reinheimer war nur angelehnt. Die Kommissarin ging nach einem kurzen Klopfen, und ohne eine

Antwort abzuwarten, hinein. Jens Hartmann stand mit einem Kollegen am Esstisch und diskutierte.

„He, Hannah, da bist du ja. Die Frau liegt im Badezimmer. Ist da vorne rechts“, erklärte er und drehte sich wieder weg.

„Moin, Hardy. Gibt es Erkenntnisse?“

„Schau sie dir erst einmal an, ich möchte wissen, was du denkst, bevor ich mich äußere.“

Er grinste. Jens Hartmann arbeitete bereits einige Monate mit Kommissarin Bindhoffer zusammen und zu Beginn von Ermittlungen vertraten sie oft unterschiedliche Meinungen. Der Kommissar liebte es, ihre Diskussionen lautstark vor den Kollegen auszutragen. Was in keinerlei Hinsicht etwas daran änderte, dass die Zusammenarbeit ausgezeichnet funktionierte. Dieser Umstand brachte Hartmann den Spitznamen Hardy ein, weil er beharrlich und hart seine Meinung vertrat. Hannahs andere Art, auf Dinge zu schauen und zu argumentieren, überzeugten ihn jedoch meist recht bald. Mit ihm als Partner zu ermitteln, empfand die Kommissarin als reine Wohltat, und es entsprach zudem ihrer Vorstellung von echtem Teamwork. Von Stefan Wagner, dem ihr früher zugeteilten Arbeitskollegen, konnte sie das nie behaupten. Er war unnahbar und arrogant in seiner Art und es gab keinen Zusammenhalt, sondern nur Intrigen und persönliche Ringkämpfe, die sie zermürbten. Hannah spielte zu jener Zeit monatelang mit, wartete auf eine Besserung und hoffte drauf, eines Tages als gleichwertig angesehen zu werden. Bis sie schließlich aufgab und die Versetzung nach Rüsselsheim beantragte.

Die Stadt, mit der sie zunächst nichts weiter als die Autofirma Opel verband, wurde zu ihrem eigenen Erstaunen rasch zur Heimat. Obwohl es zweifelsfrei viele Orte gab, die baulich gelungener, beschaulicher und einladender wirkten, fühlte sie sich heimisch. Von ihrer unschön beendeten Liebesbeziehung konnte sie mit dem veränderten Wirkungskreis ebenfalls Abstand gewinnen. Hamburg lag hunderte Kilometer entfernt. Und wenngleich sie die pulsierende Stadt liebte, bereute sie ihre Entscheidung keine Sekunde. Stefan Wagner traktierte in der Zwischenzeit einen anderen Kollegen, daran zweifelte die Kommissarin nicht. Ihr Ex, Jan-Christian Hoffer, gehörte mit all seinen Kontrollzwängen, lebensnotwendigen Meetings und vergessenen Dates jetzt der Vergangenheit an. Das Zwei-Fliegen-mit-einer-Klappe-Prinzip blieb eine gelungene Sache, wie Hannah sich jeden Morgen ins Gedächtnis rief und die sie zufrieden stimmte.

Im winzigen Badezimmer, nur spärlich durch den Schein aufgestellter Duft-Teelichter beleuchtet, roch es penetrant nach Vanille. Sie rümpfte die Nase. Chemisch hergestellte Gerüche, niemals natürlich duftend, konnte sie einfach nicht ausstehen. Sie schloss die Tür und ließ zunächst Bilder und Eindrücke auf sich wirken.
Eine Frau mittleren Alters lag mit geschlossenen Augen in der Wanne. Hannah vermutete, dass einer der Kollegen sie ein Stück hinaufgezogen hatte. Ihr dunkles Haar, vollständig durchnässt, klebte strähnig am Kopf. Ihre rechte Hand umkrampfte den Wannenrand. Die Finger, auseinandergespreizt und zu einer Kralle geformt, erinnerten an eine verendete Spinne. Der Rest des Körpers wirkte vollkommen entspannt und auf eine fast aufdringliche Art versöhnlich. Neben der Badewanne stand ein tragbarer CD-Player. Kein Glas, Tabletten oder andere Dinge, die die Tote für ihren Selbstmord benutzt haben könnte. Hannah streifte ein Paar Latexhandschuhe über und trat an den Leichnam. Vorsichtig hob sie ein Lid der Frau, um die Pupillen zu checken. Keinerlei verdächtige Eintrübungen. Ergebnislos tastete sie den Kopf der Verblichenen nach spürbaren Verletzungen ab.
„Was hast du getan?", fragte sie vernehmlich, schaute der Toten fragend ins Gesicht und drückte die Play-Taste des CD-Gerätes. Andrea Bocelli schmetterte *Time to say Goodbye* ohrenbetäubend laut in den kleinen Raum. Hektisch schlug sie

auf die Stopp-Taste. Mit einer Gänsehaut, die über ihren gesamten Körper jagte, verließ Hannah das Bad.
„Hat jemand am CD-Player gespielt?“
Jens Hartmann drehte sich um und sah sie fragend an.
„Wenn es nicht so unpassend klänge, würde ich sagen, damit könne man Tote wecken. Ihr könnt es unmöglich überhört haben.“
„Ach, du bist das gewesen? Ich dachte, das käme von dem Freak weiter vorne im Gang. Obwohl mich sein Stilwechsel ordentlich irritiert hätte. Vorhin hörte er ja noch Metallica. Aber du hast recht. Hat Frau Reinheimer die Musik so laut aufgedreht? Passt kaum zum kuscheligen und romantischen Arrangement im Badezimmer.“
Die Kommissarin nickte nachdenklich: „Wenn niemand von den Kollegen am Player rumgefummelt hat, ist die Lautstärke unverändert und sie selbst muss es so eingestellt haben. Es sei denn, jemand war hier, als sie bereits in der Wanne lag. Kerzenschein von Duftkerzen um die Badewanne und dazu dröhnende Musik? Ich halte das für fast ausgeschlossen.“
Hannah schüttelte heftig den Kopf, um ihre Worte zu unterstreichen.
„Wer ahnt, was Menschen denken, die die Absicht hegen, diese Welt für immer zu verlassen?“, fragte Jens und zuckte die Schultern.
„Die Suche der Spurensicherung ist bisher ergebnislos geblieben. Für mich sieht das Ganze nach Selbstmord aus.

Keine Spuren äußerer Gewalteinwirkung und ein Abschiedsbrief. Was braucht es mehr?"

„Es gibt einen Brief?"

„Ja, liegt im Schlafzimmer auf dem Bett. Für ihren Mann, nehme ich an."

„Warum erfahre ich erst jetzt davon?"

Hartmann runzelte die Stirn: „Hannah, wenn du darüber Bescheid gewusst hättest, bevor du dich umschaust, wäre dir möglicherweise etwas entgangen."

„Hmm", brummte sie beleidigt. „Weil ich mich am Verhalten von Kollegen orientiere und froh bin, früher in den Feierabend zu gehen? Vergiss es, Hardy! Man kann mir viel vorwerfen, aber das nicht. Du weißt, dass ich…"

Er unterbrach sie mit den Worten: „Herr Reinheimer müsste auch bald eintreffen", um sie zu beruhigen und wieder auf den Fall zu fokussieren. Hartmann wusste, dass seine Kollegin noch mit Manchem aus ihrer Dienstzeit in Hamburg haderte.

„Wir haben ihn aus einem Meeting in Düsseldorf geholt. Er versprach, sofort zu kommen."

„Was macht er beruflich?"

„Er ist Abteilungsleiter einer Firma in Kelsterbach. Was genau die machen, fragst du ihn am besten selbst. Ich habe es vergessen."

„Das Einsetzen der Demenz beginnt mit dem zwanzigsten Lebensjahr", antwortete sie mit wiederkehrendem Sarkasmus.

„Wie alt bist du noch mal?"

„Ein Jahr jünger als du. Es bleibt mir also noch ein wenig mehr Hirnschmalz zur Verfügung, werte Kollegin!"

„Abwarten, wie sich dein Genpool auf die Entwicklung auswirkt. Ernsthaft, das mit dem frühen Beginn der Krankheit las ich neulich beim Blättern in einer Illustrierten. Kann einem ordentlich Angst einjagen, stimmts?"

„Allerdings", erwiderte Hartmann. Er dachte an seine Tante, die vor Jahren ins Land des Vergessens abgeglitten war und nur für kurze und kostbare Augenblicke wieder daraus hervortauchte. „Was die familiäre Disposition angeht, habe ich beschissene Karten. Du weißt von Tante Monika?"

„Ja." Hannah nickte zerknirscht. „Entschuldige bitte. Ich wollte dich nicht in trübe Gedanken treiben. Ist mir nur so eingefallen, dieser Bericht."

„Völlig in Ordnung", erwiderte er betont lässig. Sie durchschaute seinen Versuch, ungezwungen zu erscheinen, ohne Probleme.

„Hol mir den Abschiedsbrief", bat sie, um ihn zu beschäftigen und vom Grübeln zu befreien.

„Jawohl! Wird sofort erledigt", reagierte er im Befehlston und dankbar für die Ablenkung. Die Kommissarin nahm am Küchentisch Platz und rieb ihre Schläfen. Das erste sanfte Brummen einer Migräne wurde spürbar. Eine Strafe für erhöhte Konzentration, die sie seit Jugendtagen häufig zahlte. Dazu trug heute bei, dass sie sich für die unbedachte Bemerkung gegenüber Hardy ärgerte und schämte.

Hartmann ging aus der Küche und kam fast augenblicklich mit einem gefalteten DIN-A4-Blatt zurück: „Hier! Viel ist es nicht“, erklärte er und übergab ihr den Bogen.
Hannah las:

Ich weiß, wir hätten es schaffen können, doch der Weg war zu steinig für mich, meine Kraft kaum mehr vorhanden. Wir sehen uns in einem besseren Leben, wo uns niemand je wieder zu scheiden vermag. Ich liebe Dich.
Marion

„Himmel, das klingt aber, wie soll ich sagen, reichlich gestelzt und melodramatisch, oder? Shakespeare lässt grüßen.“
Jens lächelte: „Diesmal sind wir zu hundert Prozent einer Meinung. Die Frau scheint einen Hang zum Drama zu haben. Dieser Brief und dazu das Lied, ziemlich dick aufgetragen. Ob sie rauchte?“
„Wie kommst du denn jetzt darauf?“ Hannah zog fragend die Augenbrauen nach oben.
„Ich wüsste nur gerne, ob man hier rauchen darf“, erklärte er grinsend, zog eine Packung Zigaretten aus der Jackentasche und setzte sich neben seine Partnerin.
„Anstatt dich zu fragen, ob du hier ungestraft eine quarzen kannst, solltest du besser einen Blick ins Bücherregal werfen. Oder hast du das bereits erledigt?“

„Nein, sorry. Aber die Idee hat was. Ich suche nach Klassikern, stimmts?“

„Blitzmerker. Du schaffst es immer wieder, mich mit deinem Intellekt zu überzeugen. Respekt, Kollege Hartmann“, gab sie grinsend zurück und wies mit einer Handbewegung Richtung Wohnzimmer.

Das monotone, unheilverkündende Brummgeräusch im Schädel nahm zu, während sie auf die Auskunft von Hardy wartete. Vor ihrem geistigen Auge visualisierte sie erneut das Bild der Toten in der Wanne. Irgendetwas roch hier oberfaul, das spürte sie überdeutlich. Leider stellte sich die entscheidende Erleuchtung, an der sie diese Vermutung festmachen konnte, nicht ein. Der wummernde und pochende Schmerz, der strahlenförmig über ihrer Stirn tobte, entlockte ihr ein mattes Stöhnen.

„Alles in Ordnung?" Hartmann stand in der Küchentür und schaute besorgt.

„Kopfschmerzen", antwortete sie kraftlos. „Das wird wieder. Schieß los, hast du etwas gefunden?"

„Fehlanzeige. So etwas wie ein echtes Bücherregal gibt es nicht. Einige wenige Exemplare lagen in einer Schublade."

„Merkwürdig. Ich hätte einen Eid darauf geschworen, dass die Frau literarisch hochwertige Werke besaß und deswegen so schwulstig schrieb."

„Du kannst dich gerne selbst davon überzeugen. Aber zuerst solltest du ein Glas Wasser trinken und eine Tablette nehmen. Du siehst echt blass aus. Eine kränkelnde Mitstreiterin brauche ich zurzeit überhaupt nicht!"

„Brauchbarer Einwand, mache ich sofort. Lass mich trotzdem kurz mit dir ins Wohnzimmer gehen und die Bücher ansehen."

Im Zimmer angekommen warf sie einen Blick aus dem Fenster. Die Aussicht auf die neu gebaute Brücke der Stadt wirkte grandios. Ließ man jedoch seine Augen nach unten schweifen, musste man den Anblick eines verwahrlosten Müllplatzes ertragen. Es gab erheblich mehr Müllsäcke, als die aufgestellten Tonnen fassen konnten, weshalb sie in wildem Durcheinander auf dem Platz lagen. Die Sicht auf den Inhalt blieb wegen der aufgeplatzten Beutel nicht verborgen und die Kommissarin glaubte fast, den Gestank bis in die neunte Etage zu riechen.

„So ein Haufen Dreck", schimpfte Hannah. „Ein paar zusätzliche Mülltonnen brächten vermutlich Abhilfe! Eine echte Zumutung für die Mieter in den unteren Stockwerken. Stinkt genauso zum Himmel wie die Leiche der Frau. Ich sage dir, da stimmt was nicht. Leider bisher nur ein Instinkt, denn die zündende Idee, worauf wir achten sollten oder was wir übersehen, fehlt mir noch."

„Also, was haben wir?", fragte ihr Partner und schob die Antwort auf seine Frage sogleich hinterher. „Eine Dame in der Badewanne, die es sich unverkennbar behaglich zum Sterben gemacht hat. Einen Abschiedsbrief und dazu, das vermute ich jetzt zur Abwechslung ins Blaue, genug Betäubungs- oder Schlafmittel in ihrem Blut, um einen Elefanten umzubringen. Ich schlage vor, wir gedulden uns bis nach dem Gespräch mit dem Ehemann. Der Autopsiebericht hilft deiner Intuition womöglich auf die Sprünge, falls nicht, schließen wir die Akte. Es sei denn, du hast einen besseren Vorschlag", ergänzte er und schnippte die Asche der Zigarette in ein leeres Glas, das auf der Fensterbank stand.

„Die Lautstärke irritiert mich genauso wie der Umstand, dass im Badezimmer null Gegenstände umherlagen, mit denen sie den Suizid durchgeführt haben könnte. Ich verstehe, dass auf den ersten Blick alles darauf hindeutet. Besonders wenn man einen Abschiedsbrief in den Händen hält“, warf sie nachdenklich ein. „Trotzdem will ich einfach nichts übersehen, falls kein Freitod vorliegt. Da ziehen wir doch an einem Strang?“

„Selbstverständlich, Hannah. Die Spurensicherung soll besonders auf Fingerabdrücke achten. Sollte dein Gefühl durch einen handfesten Beweis untermauert werden, kannst du auf mich zählen. Warum fragst du so etwas?“

„Ach, vergiss es. Nur Nachwehen aus der Elbflorenz und unwichtig. Mein Kopf vibriert höllisch und ich hoffe, dass unser Doc sich beeilt. Wir kämen zu einem freien Wochenende, falls alles reibungslos läuft und du recht behältst. Verlass dich aber besser kein bisschen darauf. Dieses Bauchgefühl“, sie zeigte mit beiden Zeigefingern auf ihre Körpermitte, „hat mich nie im Stich gelassen. Zumindest in beruflicher Hinsicht. Am Rest sollte ich noch arbeiten. Samstag und Sonntag dienstfrei bei dir, oder? Ich meine, rein theoretisch?“

Hartmann nickte sie strahlend an: „Ja! Achtundvierzig Stunden ohne Job und nicht den blassesten Schimmer, was ich mit so viel Freizeit anfangen soll. Ideen von deiner Seite?"
„Such dir endlich ein Hobby, sammle Briefmarken, Kronkorken oder Autogramme. Ansonsten klettere auf Berge, davon haben wir im Taunus doch genug. Du könntest auch der Theater-AG beitreten, ich hörte, sie geben demnächst Shakespeare. All das ist besser, als ständig im Internet nach der Dame fürs Leben Ausschau zu halten. Die triffst du eher im Gebirge, im Kino oder einem Restaurant, als dort."
„Drei meiner Kumpels haben so auch ihre Frau …"
Das Telefon klingelte und unterbrach Hartmanns Ausführungen. Hannah stand auf und nahm ab: „Bei Familie Reinheimer."
Ein kurzes Rauschen in der Leitung, dann, mit blechern klingender, veränderter Stimme: „Katzensitter gesucht!", gefolgt von einem Klicken. Der Anrufer hatte aufgelegt. Sie schaute auf das Display, auf dem keine Telefonnummer angezeigt wurde.
„Scheiße!", rief sie verärgert.
„Wer war das?"
Die Kommissarin zuckte die Schultern: „Hmm, kann ich nicht sagen, meinte nur, Katzensitter gesucht."
„Hä?", Hartmann sah sie fragend an. „Das war alles? Männlich, weiblich?"

„Schwer zu erkennen, wegen der verzerrten Stimme. Ich tippe aber eher auf einen Kerl. Hast du Hinweise gefunden, dass es hier eine Katze gibt, Katzenklo, Haare oder dergleichen?"

„Nein, das hätte mein Radar mir signalisiert, Augen und Nase sind trocken."

Hannah grinste verlegen: „Ach ja, deine Allergie, vergessen.

Ich fand den Anruf recht eigenartig und will das vorsichtshalber überprüfen", erklärte sie nachdenklich.

Jens Hartmann stand auf. „Ich übernehme das und versuche herauszubekommen, von wo aus angerufen wurde. Komme gleich wieder."

Hannah hörte seine harten Schritte im Hausflur. In ihrem Kopf pochte und klopfte es immer heftiger, sie ging zurück ins Badezimmer. Dort streifte sie erneut Handschuhe über und öffnete die Türen und Schubladen des Badezimmerschrankes. Sie drehte die Medikamentenverpackungen, um zu erkennen, um was es sich im Einzelnen handelte. Zwei verschiedene Sedativa, ein Schlafmittel, Magenpräparate und ein Schmerzmittel.

„Na also", dachte sie, nahm die Dose heraus, schraubte sie auf und ließ gleich drei in ihre Hand fallen. „Pfui Teufel, unüberzogene, mehlig schmeckende Dinger. Ich kann euch auf den Tod nicht ab", erklärte sie den Tabletten in ihren Fingern. „Ständig bleibt ihr einem im Hals stecken. Hoffentlich wirkt ihr wenigstens zackig, dann will ich nachsichtig sein." „Bitte",

schob sie flehend hinterher, „mein Kopf zerspringt in tausend Teile!“
Zurück in der Küche schaute sie in die Schränke, um ein Glas zu finden. Sie drehte den Wasserhahn auf, füllte es zur Hälfte und schluckte die Tabletten mit verzerrtem Gesicht und Ekel hinunter. Matt ließ Hannah sich auf einem der Stühle nieder und hoffte auf rasche Linderung. Dass sie ohne ein Bett mit extra weichem Kissen und abgedunkeltem Raum niemals schmerzfrei wurde, wusste sie aus langjähriger Erfahrung. Doch wenn das Wummern und Dröhnen erst ein wenig nachließ, konnte sie ihre Gedanken und Ideen zumindest wieder besser ordnen. Sie schloss die Augen und versuchte die Konzentration zurückzuerlangen. Nach einem Moment der Entspannung schlug sie sich ausgesprochen behutsam gegen die Stirn. „Natürlich! Die Tabletten stehen im Badezimmerschrank und darunter ist ein Waschbecken. Hardy hat recht, es war Selbstmord. Sie nimmt die Medikamente in die Hand, trinkt aus dem Wasserstrahl und fertig. Dann ab in die Badewanne und abwarten, bis der Gift-Cocktail die erwünschte Wirkung zeigt. Hin und wieder hat man in der Tat Tomaten auf den Augen, und das berühmte Brett vorm Kopf gesellt sich munter dazu“, informierte sie die leere Küche. “Warum bin ich nicht gleich darauf gekommen? Ich scheine weit unter Bestform zu agieren.“
In diesem Augenblick betrat Jens Hartmann die Wohnung: „Es wurde ein Prepaid-Handy benutzt.“

„Mistkram. Könnte allerdings auch sein, dass jemand einen Spaßanruf getätigt hat. Belassen wir es zunächst dabei. Ich bin deiner Meinung und gehe von einem Freitod aus."

„Woher der plötzliche Sinneswandel?"

Sie erzählte ihm von den Tabletten im Badezimmer und was sich ihrer Auffassung nach abgespielt haben könnte. Hartmann nickte und verzichtete auf eine neckende Erwiderung. Ein Umstand, den Hannah außerordentlich schätzte. Wagner wäre, wie eine Hyäne mit Aasgeruch in der Witterung, auf sie gesprungen und hätte ihr tagelang vorgeworfen, nicht gründlich gewesen zu sein.

„Wohin hast du ihren Mann bestellt? Ins Präsidium oder in die Wohnung?"

„Hierher, warum?"

„Weil auf meinem Schreibtisch ein Haufen Arbeit liegt. Mir wäre ein Gespräch auf dem Revier lieber."

„Meinetwegen. Die Spurensicherung ist fast fertig, nur das Treppenhaus steht noch aus. Wenn wir von Selbstmord ausgehen, was wir tun, oder?", er sah sie prüfend an und Hannah nickte bejahend. „Dann sind die hier abmarschbereit."

„Ruf Herrn Reinheimer an und gib ihm Bescheid. Hast du seine Handynummer?"

„Ja, hier", erklärte er und fingerte einen kleinen Zettel aus der Hosentasche. „Ich versuche, ihn an die Strippe zu bekommen. Hoffentlich gibt es eine Freisprechanlage in seinem Auto."

„Danke. Da fällt mir ein, wen hat sie als Letztes angerufen? Ist das überprüft?“

Jens Hartmann schüttelte den Kopf und errötete: „Sorry, vergessen.“

„Himmel, Hardy, und da wunderst du dich, dass ich deine Methoden mitunter anzweifele?“, schimpfte sie in absichtlich lautem und tadelndem Ton. Ein Kollege der Spurensicherung lachte vernehmlich im Hausflur.

„Wenigstens laufen wir beide heute nicht rund“, erklärte sie amüsiert.

Sie nahm den Hörer vom Telefon, das im Flur auf einem kleinen Tischchen stand, drückte die Wahlwiederholungstaste und wartete.

„Guten Tag, Sie sind verbunden mit dem automatischen Anrufbeantworter der Praxis Dr. Klingelbach. Leider sind wir im Augenblick nicht für Sie erreichbar. Unsere Sprechzeiten sind täglich von acht Uhr bis elf Uhr. In dringenden Notfällen wenden Sie sich bitte an die psychiatrische Ambulanz…“

Sie legte auf, nahm einen Zettel vom Notizblock neben dem Apparat, notierte die Nummer und steckte ihn ein. Jens Hartmann klappte sein oldfashioned Handy zu, mit dem Hannah ihn schrecklich gern aufzog, als sie die Küche betrat.

„Hat dein oller Hörknochen ein Telefonat zustande gebracht?“

„Erst als ich Hilfe vom Deutschen Museum bekam, um die Verbindung zu schalten.“ Er lachte gequält. „So alt ist es keineswegs, und warum muss ich mehr damit können als telefonieren?"

„Weshalb wohnst du in einer Wohnung und nicht in einer Höhle?", gab sie neckend zurück.

„Ich habe ein nagelneues Smartphone zuhause liegen, aber ehrlich gesagt scheue ich mich noch davor, es in Benutzung zu nehmen."

„Schöne Grüße aus dem Neandertal. Mensch, Hardy, nimm das endlich in Angriff."

„Geht klar, gleich heute Abend. Ihr Mann kommt ins Präsidium, braucht etwa zwei Stunden. Soweit man den Angaben meiner völlig veralteten Telefontechnik trauen darf."

„Wunderbar", entgegnete sie grinsend, „dann lass uns fahren."

Er nickte: „Wer war die letzte gewählte Nummer?"

„Eine Praxis, bereits notiert. Das müssen wir später checken, im Augenblick kann man nur mit dem Anrufbeantworter ins Gespräch kommen. Und jetzt los, Mitheimer macht mich rund, wenn er merkt, mit wie vielen Berichten ich im Rückstand bin."

„Was treibst du tagsüber im Büro, dass du so im Hintertreffen bist? Doch wohl nicht im Internet Kerle aufreißen und Blind Dates ausmachen?" Er lächelte verschmitzt.

„Du erinnerst dich, dass ich nach meiner letzten Beziehung ewige Enthaltsamkeit gelobte?", erwiderte sie und versuchte eine ernste Miene zu wahren.

„Ja“, entgegnete er glucksend, „ich erinnere mich nur zu gut. Vor allem an das Gefühl während des Gesprächs, dir keine Sekunde Glauben zu schenken.“

„Blödmann“, sie streckte Hardy die Zunge heraus. „Und jetzt komm endlich.“

Hartmann schaffte es immer, dass sie mit Spott und Belustigung an ihre vermasselte Vergangenheit dachte, statt darüber in Trübsal zu versinken. Ein Umstand, den sie jeden Tag mehr zu würdigen wusste.

Im Treppenhaus trafen sie auf den zuständigen Rechtsmediziner.

„Herr Dr. Winterherbst, ich freue mich, dass Sie den Fall übernehmen“, rief Hartmann und streckte ihm die Hand entgegen.

Der Arzt konterte übellaunig: „Ich nicht! Bin von meinem Ferienhaus in Taunusstein angerückt. Das zum Thema freie Tage.“

„Oh, wie ärgerlich“, erwiderte Hannah, zog Hartmann am Pullover und trieb ihn zur Eile an.

Als der Dr. in der Wohnung verschwand, seufzte Hardy theatralisch und spottete: „Total bedauernswert, nicht wahr? Da hat man genug Kohle, um ein Ferienhaus zu kaufen, und bekommt keine Freizeit, um es zu nutzen, jammerschade!“

„Du bist ein bösartiges Wesen, Jens Hartmann, und von Neid zerfressen, weißt du das? Gönn ihm diesen Luxus, er steht sich das halbe Leben in einem kalten Keller den Rücken bucklig.“

„Mir kommen die Tränen!“

Josef Mitheimer schaute kurz auf, als Hannah und ihr Kollege sein Büro betraten: „Irgendwelche Erkenntnisse?"
Die Kommissarin zog einen Stuhl heran und nahm ihrem Chef gegenüber Platz. „Sieht nach einem Selbstmord aus, wir haben einen Abschiedsbrief und keinerlei Hinweise auf Fremdeinwirken."
Mitheimer nickte.
„Trotzdem sprechen wir noch mit dem Ehemann. Einige Dinge erscheinen mir etwas, wie soll ich sagen, seltsam."
„Zum Beispiel?", fragte ihr Chef und sah sie zum ersten Mal an.
„Lassen Sie mich das nach dem Gespräch mit dem Mann erläutern. Bisher ist es eher ein dumpfes Gefühl."
Er nickte erneut: „Wann rechnen Sie mit ihm?"
„In etwa zwei Stunden. Er saß in einer Besprechung, als ich ihn erreichte", erklärte Hartmann, drehte sich um und verließ den Raum.
„War die Rechtsmedizin schon vor Ort?"
„Herr Dr. Winterherbst kam uns im Treppenhaus entgegen, direkt aus seinem Ferienhaus und stocksauer. Meine oberflächige Inspektion der Frau ergab keinen Hinweis auf ein Fremdeinwirken. Einen hundertprozentigen Ausschluss bringt der Abschlussbericht der Gerichtsmedizin. Ich bin sehr interessiert daran, was er alles in ihrem Blut findet."
Mitheimer winkte genervt ab: „So, Sie sind gespannt. Wissen Sie, auf was ich atemlos lauere?"

Hannah rutschte nervös auf dem Stuhl hin und her. „Nein."
„Wie lange es dauern wird, bis ich sämtliche Berichte Ihrer Fälle der letzten Monate auf dem Schreibtisch entdecken darf. Meine Geduld diesbezüglich ist etwas strapaziert!"
„Ich dachte daran, mir die Akten am Wochenende mit nach Hause zu nehmen. Leider sind Sie mir mit Ihrem Tadel zuvorgekommen", erklärte sie wenig überzeugend und hoffte, dass ihr Chef den Köder schluckte.
„Sicher, ohne Frage, und am Montag sind die Sachen erledigt und vom Tisch. Selbst mein Vater würde Ihnen das keinesfalls abkaufen. Und der, das lassen Sie mich bitte ergänzen, glaubt per se alles, was er hört", erwiderte er düster und übellaunig. „Zudem ist es keineswegs das erste Wochenende, an dem Sie sich an die Akten machen konnten."
Er schien wegen der zu bearbeitenden Unterlagen nicht nur leicht verschnupft, sondern einem echten Wutausbruch viel näher, als sie erwartet hatte.
„Würden Sie bitte nachsehen, was für ein Arzt Dr. Klingelbach ist? Er ist der Letzte, mit dem eine telefonische Verbindung aus der Wohnung der Reinheimers bestand", bat sie freundlich und in der Absicht, ihn auf ein anderes Thema zu lenken.
Mitheimer beugte sich über seine Tastatur und tippte knurrend den Namen ein.
„Psychotherapeut! Glauben Sie nur nicht, Sie könnten mich einlullen, am Montag möchte ich Akten hier auf dem Schreibtisch liegen sehen. Sonst können Sie feststellen, wie

ungemütlich ich werden kann, mein Ehrenwort. Ich verliere Sie ausgesprochen ungern an die Registratur der Asservatenkammer. Aber wenn das so weitergeht, weiß ich mir keinen anderen Rat, verstanden?“

Höchst verlegen erwiderte sie leise: „Ich kümmere mich schleunigst darum, versprochen.“

Mitheimer nickte nur.

„Der letzte Anruf galt einem Psychotherapeuten“, dachte sie laut. „Ob sie hoffte, er könne sie von ihrem Vorhaben abbringen?“

„Absolut denkbar, allerdings ist der Er eine Sie“, entgegnete der Chef und wandte sich erneut betont deutlich seinen eigenen Schriftstücken zu.

„Ich bin extrem beschäftigt, Frau Bindhoffer! Bearbeite meine Fälle, wenn Sie wissen, wovon ich spreche. Reden Sie mit dem Ehemann und dann schreiben Sie verdammt noch mal einen Bericht. Wir sehen uns Montag.“

„Angenehmes Wochenende“, murmelte Hannah verbittert, bevor sie schmollend das Büro verließ.

Vor der Tür trat sie wütend an die Wand. Die bereits abklingenden Kopfschmerzen meldeten sich sofort zurück, die Zehen schmerzten höllisch. Musste er immer auf ihrem einzigen Problem herumhacken? Sie verabscheute Berichte, trockene, bürokratische Ausführungen über abgeschlossene Untersuchungen zu Straftaten. Es glich einer Bildbeschreibung im Deutschunterricht, man sah, was das Bild zeigte. Musste man sich seitenweise darüber auslassen und es erklären? Welcher Sinn steckte dahinter? War der Täter zweifelsfrei ertappt, in einer ordentlichen Verhandlung verurteilt und hinter Gittern, nahm niemand mehr den entsprechenden Bericht zur Hand. Die Ausnahme bestätigte auch hier zweifelsohne die Regel. Trotzdem wollte und konnte sie dieser Art von Beschäftigung nicht den Hauch von Zuneigung entgegenbringen.

Sie trat erneut gegen die Wand, definitiv half das Herauslassen von Aggressionen eben doch, um flackernde Wut im Zaum zu halten.

Mit einer Stunde Verspätung erschien Herr Reinheimer im Präsidium. Am fahlen Gesicht und den geröteten Augen sah man ihm die Mühe an, sich auf den Beinen zu halten.
„Entschuldigen Sie vielmals“, bat er kraftlos. „Zuerst auf der Autobahn kein Durchkommen und dann ein Stau auf dem Rugbyring.“
Rasch stand Hannah auf, schob einen Stuhl in seine Richtung und begrüßte ihn mit freundlicher und sanfter Stimme.
„Macht nichts, das Problem kennen wir zur Genüge. Nehmen Sie bitte Platz, Herr Reinheimer. Es tut mir leid, dass wir Sie in dieser Situation zu uns gebeten haben. Wir müssen uns vergewissern, dass Ihre Frau sich das Leben genommen hat.“
Er sah sie fest und mit vor Wut blitzenden Augen an. „Das hat sie nicht getan“, herrschte er sie an und schüttelte zur Bekräftigung heftig den Kopf. „Niemals!“
Verhaltensweisen von Hinterbliebenen blieben stets schwer einzuschätzen, sie reichten von Trauer über Hysterie bis zu ausgeprägten Wutausbrüchen. Für alle Polizisten eine Herausforderung, die rasch zu einer Bürde werden konnte.
Hannah schob ihm vorsichtig den in Folie steckenden Brief zu und behielt seine Reaktion im Auge. Er nahm ihn in die Hand, las, brach in Tränen aus und sagte leise: „Sehen Sie, sie hat sich nicht umgebracht. Das war Mord. Sie würde nie so schreiben.“
„Worauf spielen Sie an? Den Text, die Schreibweise oder etwas anderes?“

„Alles! Sie müssen wissen, meine Frau hatte zeit ihres Lebens Probleme mit der Rechtschreibung, sie war Legasthenikerin. Wie also soll sie das geschrieben haben? Fehlerfrei und in diesem Stil? Niemals!“

Er verschränkte seine Arme auf den Schreibtisch, legte den Kopf darauf und schluchzte haltlos. „Wer hat das getan?“, keuchte er atemlos.

„Herr Reinheimer, beruhigen Sie sich. Wir müssen zwar den endgültigen Bericht unseres Pathologen abwarten, aber ich fürchte, er wird zu keinem anderen Ergebnis als Selbsttötung kommen. Hatte Ihre Frau psychische Probleme?“

Er schüttelte energisch den Kopf. „Nein.“

Hannah zog ihre Augenbrauen kraus. Ahnte er in der Tat nichts, oder war es ihm unangenehm darüber zu sprechen?

„Sind Sie sicher?“

Thomas Reinheimer sah auf: „Ja! Warum fragen Sie das so vehement?“

„Als ich die Wahlwiederholungstaste an Ihrem Telefon drückte, landete ich auf dem Anrufbeantworter einer psychotherapeutischen Praxis. Außerdem ist die Menge an verschiedenen Beruhigungspillen in Ihrem Badezimmerschrank beachtlich.“

Er errötete: „Die gehören mir. Ich bin seit Jahren in Behandlung.“

„Darf ich fragen aus welchem Grund?“

„Burn-out, Stress, all diese Dinge. Glauben Sie, Marion hat sie geschluckt? Hat sie meine Tabletten benutzt, um sich das Leben zu nehmen?“ Er schluchzte erneut auf.

„Davon gehen wir im Augenblick aus“, erklärte Hannah leise, sachlich und entschuldigend. „Wir haben sonst nichts entdeckt.“

„Vor etwa einem Jahr begann ich eine Therapie. Gestern rief ich Marion aus Düsseldorf an und bat sie, meinen Termin für heute bei Frau Dr. Klingelbach abzusagen. Das hat sie vermutlich getan, wenn Sie mit der Wahlwiederholung dort gelandet sind“, erklärte er weiterhin weinend.

Er wischte sich mit dem Ärmel seines Hemdes übers Gesicht und schluckte. „Wäre es auch denkbar, dass sie eines natürlichen Todes gestorben ist? Ich meine, könnte sie an einer Erkrankung gelitten haben, von der wir nichts wussten? Ein Tumor, eine Herzerkrankung oder was weiß ich?“

Hannah schüttelte unglücklich den Kopf: „Weshalb dann der Brief?“

„Es muss einen Hinweis geben, dass sich jemand in der Wohnung aufhielt. Warum sollte sie aus dem Leben scheiden wollen? Dafür finde ich keine Erklärung. Sie schien absolut ausgeglichen und glücklich. Ich habe sie mehr geliebt als alles andere.“

„Möchten Sie etwas zu trinken, bevor wir weitermachen?“, fragte Hannah sanft.

Thomas Reinheimer schüttelte den Kopf, putzte sich mit einem zerfledderten Taschentuch, das er aus der Hosentasche zog, die Nase und bat: „Fragen Sie weiter."

„Wie würden Sie Ihre Ehe schildern? Harmonisch?"

„Ja", erwiderte er sofort. „Ich sagte Ihnen doch bereits, wie sehr wir uns liebten."

„Und das Leben Ihrer Frau? Ich meine, was hat sie gemacht? Hatte sie viele Freunde, ein Hobby? Was machte sie beruflich?"

„Wir waren glücklich. Marion arbeitete stundenweise in einem Supermarkt, füllte dort Regale auf. Nicht weil sie musste. Mein Job ist einträglich, jedoch mit allerhand Stress verbunden. Sie sagte immer, es mache Spaß zu sehen, wie die Lebensmittel ihren Weg zu den Leuten fänden. Es freute sie, wenn in ihrem Bereich viel eingekauft wurde. Sie brachte den Umstand mit der Ordnung und Anordnung in den von ihr befüllten Warenregalen in Zusammenhang. Ein wenig eigenartig, wenn man bedenkt, dass sie meist bei den Molkereiprodukten arbeitete. Milch verkauft sich eben besser als Klebstoff. Aber, mein Gott, es gefiel ihr. Die Leute können hierzulande wählen, was sie essen möchten. Es geht ihnen hervorragend, davon träumen andere Menschen nur, sagte sie fast immer, als sie zurückkam."

„Freunde, Freizeitbeschäftigungen?", hakte Hannah nach, die merkte, dass Herr Reinheimer sich in Erinnerungen verfing.

„Na ja, was man eben so hat. Eher Bekannte, mit denen sie ab und an einen Kaffee trank oder ins Kino ging. Hobbys hatte sie keine großartigen, sie las gerne, weil ein Lehrer ihr einmal gesagt hatte, dass sie ihre Rechtschreibschwäche damit positiv beeinflussen könne. Seitdem las sie alles, was ihr in die Finger kam.“

„Es gab in Ihrer Wohnung recht wenig Bücher.“

„Richtig, weil wir so beengt wohnen. Sie kennen unsere bescheidene Bleibe. Darin ist kein Platz für eine Bibliothek. Sie sollten wissen, dass ich seit Jahren versuchte, Marion davon zu überzeugen umzuziehen. Leider ohne Erfolg. Sie hing an dieser Wohnung. Damals, als sie es in ihrem Elternhaus nicht mehr aushielt, weil sie ständig übergangen und ignoriert wurde, zog sie von ihrem Lehrlingsgehalt in das Apartment. Nest und Zufluchtsort nannte sie es gerne und erklärte mir unnachgiebig, dass man so etwas niemals aufgeben dürfe.“

„Verstehe“, warf die Kommissarin ein. „Warum genau zog sie damals aus?“

„Sie war das Sandwichkind, wie man es heutzutage neudeutsch umschreibt. Ihre Schwester Astrid ist eine Intelligenzbestie, und das meine ich nicht abwertend. Der Verstand dieser Frau ist fast unheimlich und sie hat es beruflich bereits in jungen Jahren weit gebracht. Thilo, Marions kleiner Bruder, führt ein mittelständisches Unternehmen, macht in Raumausstattung und kann sich vor Aufträgen kaum retten. Begann winzig in Sindlingen und wurde dort von der Frankfurter Hautevolee entdeckt und zuhauf engagiert. Dazwischen meine Frau, die weiß Gott nicht auf den Kopf gefallen ist, wegen ihrer

Rechtschreibschwäche aber in der Schule eher bescheiden abschnitt. Zu ihrer Schulzeit wusste man kaum etwas über Legasthenie und schleppte diese Kinder mit durch. Ihre Eltern begriffen nie, warum einer ihrer Sprösslinge nur durchschnittlich blieb."

„Litt sie noch unter dem Umstand?"

„Nein. Sicher haderte sie oft mit der Situation, keinen Kontakt mehr zum Elternhaus zu haben. Doch dass sie in ihrem Leben weder einen hohen Posten, viel Geld oder Ruhm errang, störte sie nicht im Geringsten. Ihre Geschwister traf sie hin und wieder und telefonierte regelmäßig mit ihnen. Sie konnte sich mordsmäßig mit über deren Erfolge freuen. Da gab es nie eine Spur von Eifersucht. Astrid und Thilo haben zwischenzeitlich übrigens auch ein ausgesprochen angespanntes Verhältnis zu ihren Eltern."

„Gut, Herr Reinheimer. Sie sagen also, dass Ihre Frau wegen der, nennen wir es schwierige Familienverhältnisse, unter keiner großen psychischen Belastung litt?"

„Haargenau. Ich erkundigte mich oft danach. Sie beteuerte mir glaubhaft, dass sie mit mir und ihren Geschwistern in einer großartigen Familie lebe und nichts vermisse."

„Fassen wir zusammen. Ihre Gattin mochte ihren Job im Supermarkt und schien ausgesöhnt mit ihrer schwierigen Jugend?"

„So ist es."

„Hmm“. Hannah stand auf, ging um den Schreibtisch auf den Mann zu und fragte: „Haben Sie eine Katze?“
„Nein, aber die von Frau Zimmermann kommt ab und an zu uns, weshalb?“
„Nicht von Bedeutung. Für heute sind Sie erlöst. Ich setze mich mit Ihnen in Verbindung, falls sich weitere Fragen ergeben. Wenn uns der Bericht vorliegt, lasse ich es Sie wissen. Ach, eine Sache noch, darf ich Ihre Fingerabdrücke nehmen? Zum Vergleich mit denen, die wir in Ihrer Wohnung sichergestellt haben.“
„Selbstverständlich, gerne.“
Hannah nahm die benötigten Abdrücke mittels ID Flat Scanner auf und verabschiedete Herrn Reinheimer. „Mein herzliches Beileid und vielen Dank, dass Sie Zeit gefunden haben“, ergänzte sie und schüttelte ihm die Hand.
„Geben Sie mir auch Bescheid, wenn ich recht behalte und es Mord war?“
„Falls es sich so verhält, dann seien Sie gewiss, dass ich es Ihnen sage. Versprochen.“
„Bitte ermitteln Sie in diese Richtung. Ich schwöre bei meinem Leben, sie hat niemals Selbstmord begangen“, sagte er leise, wischte die Tränen aus seinem Gesicht und ging zur Tür.

Rasch machte sie einige Notizen zum Gespräch, öffnete eine Schublade im Schreibtisch, nahm drei dicke Aktenordner heraus und betrachtete sie feindselig. Entnervt stand sie auf und verließ das Büro. Ein Kaffee vor dem Schreibmarathon musste drin sein, sonst schlief sie nach den ersten fünf Sätzen ein.

Am Kaffeeautomaten traf sie auf Jens Hartmann, der ihr lässig angelehnt entgegen grinste. „Was hat Herr Reinheimer gesagt?"
„Sie hatte eine Rechtschreibschwäche!"
„Legasthenikerin?", fragte er verwundert.
Hannah nickte und erklärte mit beunruhigter Miene: „Ja, genau. Jetzt frage ich dich, wer hat den Brief geschrieben?"
„Könnte sein, dass sie es einfach von irgendwem überprüfen lassen hat?"
„Klar, und dieser Jemand verschwendete keinen Gedanken daran, was sie vorhat?"
Sie zeigte ihrem Kollegen den Vogel. „Das kann ich mir nicht vorstellen!"
Er trat nervös hin und her: „Das heißt, du glaubst, es hat doch wer nachgeholfen?"
„Keine Ahnung. Aber findest du die eine oder andere Sache nicht auch unstimmig? Der Brief, den sie unmöglich selbst geschrieben haben kann, zumindest nicht ohne Hilfe, der …"
„Moment, Stopp, im Haus der Verstorbenen gab es ein Wörterbuch, wenn ich mich recht erinnere."

Hannah trat vor den Automaten, warf eine Münze ein und drückte die Kaffeetaste.

„Das stimmt. Thomas Reinheimer erzählte mir, dass sie viel las, um ihre Schwäche zu korrigieren. Höchstwahrscheinlich hat sie sich zudem mit einem Wörterbuch beholfen. Trotzdem, auch dieser seltsame Anruf schwirrt mir noch im Kopf herum. Die haben keine Katze, nur ab und an Besuch von einer aus der Nachbarschaft, das passt einfach nicht. Und dann die laute Musik. Merkwürdig finde ich es in jedem Fall."

„Mein Vorschlag, lass uns den Autopsiebericht abwarten. Sollten keinerlei Fragen offenbleiben, legen wir die Angelegenheit zu den Akten."

„Oh bitte, erwähne dieses Wort nicht", stöhnte sie auf.

„Gib mir was ab, wenn du arg in Verzug bist", schlug er vor. „Ich helfe dir, allerdings nur zähneknirschend."

Hannah stellte ihren Kaffeebecher auf dem kleinen Tisch neben dem Automaten ab, küsste Hartmann schmatzend auf die Wange und fragte: „An wie viele dachtest du?"

„Äh, höchstens zwei. Wir wollen jetzt nicht übertreiben", erwiderte er spöttisch. „Es sei denn, es springt mehr für mich heraus als dieser laute Kuss, der noch immer in meinen Ohren dröhnt."

„Zwei sind prima", versicherte Hannah und zwinkerte ihm zu, bevor sie in ihr Büro ging und lächelnd die Ordner vom Schreibtisch nahm.

Als die Kommissarin das nächste Mal von ihren Papieren aufschaute, um die Uhrzeit zu checken, war es beinahe Zeit, Feierabend zu machen. Weil es weder Anrufe noch Anfragen von Kollegen gegeben hatte, kam sie flott voran. Ihre ersten Berichte schrieb sie annähernd komplett fertig. Hannah beschloss, sich eine der Akten von Jens Hartmann zurückzuholen. Am Wochenende standen keine Termine an und sie wollte die lieb gewonnene Kollegialität nicht überstrapazieren.

Sie klopfte und trat nach einigen Sekunden, ohne eine Antwort erhalten zu haben, ein. Leer. Ihre an den Partner abgetretene Arbeit lag unangetastet auf seinem Schreibtisch. Hannah verließ das Dienstzimmer und ging nacheinander an allen Räumen des Stockwerkes vorbei. Vor dem Büro von Josef Mitheimer blieb sie stehen und versuchte die Diskussion, die von drinnen zu ihr drang, zu verfolgen.

„Ich kann das niemals annehmen! Absolut unfair und inakzeptabel, wenn Sie mich fragen."

Hannah runzelte überrascht die Stirn und lauschte angespannt weiter.

„Frau Bindhoffer ist viel qualifizierter für diesen Job, besitzt mehr Erfahrung und ist wie geschaffen dafür. Nein, da mache ich nicht mit", rief Jens Hartmann erbost.

„Aber … sie ist kein Mann. Ich werde den Posten mit einem männlichen Kollegen besetzen, schon wegen der Bemerkungen von außen. Die Presse zum Beispiel, was glauben Sie, eine Frau auf der Position, wäre ein Fest für diese Schmierfinken. Sie schreien zwar alle das Wort Gleichberechtigung, lassen sie jedoch in keinem Fall für jeden beruflichen Zweig gelten. Angenommen, uns unterläuft ein Fehler oder ein Mord bleibt unaufgeklärt, was glauben Sie, worauf die es schieben werden, wenngleich auch so, dass es nicht jedermann herausliest? Wir haben auf dem Revier in der Tat andere Sorgen, als uns zusätzlich mit so etwas zu belasten."

Sie hörte, wie ihr Kollege zu lachen begann. „Sie machen Witze, oder? Ohne mich auf der Karriereleiter noch weiter nach unten katapultieren zu wollen, das ist so ziemlich die hinterwäldlerischste Bemerkung, die mir seit Langem zu Ohren gekommen ist. Sie haben ein Problem mit Hannah auf diesem Posten. Die Presse vorzuschieben ist unfair, besonders weil Sie sonst auf die Aussagen in der Zeitung scheißen, um es auf Deutsch zu sagen. Und wenn die Ermittlungen erfolglos bleiben, ist das in diesem Fall kein Beinbruch. Darum geht es keinesfalls, Sie haben antiquierte Vorstellungen von Frauen im Job."
Mitheimer räusperte sich laut: Gehen Sie nicht zu weit, Hartmann!"
„Meine Antwort lautet Nein! Und wenn Sie mich jetzt wieder auf Streife schicken, bitte schön! Immer noch besser, als als Kollegenschwein in die Annalen einzugehen."
Hannah hörte, dass drinnen ein Stuhl gerückt wurde. Rasch ging sie in Richtung des Kaffeeautomaten. Die Bürotür wurde aufgerissen und Hardy trat mit hochrotem Gesicht hinaus.
„Auf das Nachspiel für diese Bemerkung dürfen Sie gespannt sein, das verspreche ich Ihnen", donnerte Mitheimer.
Die Kommissarin stellte sich unwissend, als Hartmann auf sie zukam. „Was ist los? Hast du was angestellt?"
„Willst du nicht wissen. Jetzt lass mich an deine Arbeit, sonst bekommen wir das nie zu Ende".

Hastig lief er zu seinem Büro. Hannah stand ratlos im Flur und überlegte, ob sie Hartmann folgen, ihrem Vorgesetzten einen Besuch abstatten oder nach Hause gehen sollte. Sie entschied sich für den Chef, klopfte zaghaft an die angelehnte Tür und trat ein. Mitheimer saß, als sei nichts geschehen, über seinen Schriftstücken und sah kaum auf, als sie eintrat.

„Ich wollte hören, ob es noch etwas zu erledigen gibt“, log sie. „Ansonsten fahre ich jetzt nach Hause.“

„Gehen Sie nur. Und nehmen Sie Ihren Kollegen mit, damit Ruhe auf dem Stockwerk herrscht.“

Hannah trat an seinen Schreibtisch, verschränkte die Arme und räusperte sich, da Mitheimer bereits wieder unbeteiligt den Blick abwandte. Sie wartete, bis er sie ansah.

„Haben wir was verpatzt? Am Fall heute Morgen oder an einem anderen?“

„Wie kommen Sie darauf?“

„Beim Kaffeeholen war es schwierig, Ihre lautstarke Auseinandersetzung mit Hardy zu überhören. Wir sind ein Team, und wenn wir etwas falsch gemacht haben, wüsste ich gerne davon.“

Mitheimer schüttelte energisch den Kopf: „Nein, das hat andere Gründe, private, die Sie nichts angehen. Alles klar? Und jetzt tun Sie mir den Gefallen und verschwinden Sie. Beide!“

Enttäuscht gab sie auf. Der Chef verschwieg ihr den geheimnisvollen zu vergebenden Posten. „Gute Nacht“, rief sie im Gehen und steuerte das Dienstzimmer von Hartmann an.

Sie klopfte: „Jens?“
„Komm rein!“
Er saß am Schreibtisch, die Akten noch immer unangetastet, und rauchte eine Zigarette.
„Lass dich bloß nicht dabei erwischen“, sagte sie und deutete auf seine Kaffeetasse, die er in einen Aschenbecher umfunktioniert hatte. „Ich glaube, der Boss ist ohnehin grätig genug.“
Er verzog das Gesicht: „Eben, dann kommt es hierauf auch nicht mehr an. Sag, hast du beim Anklopfen Jens zu mir gesagt?“
„Hab ich“, erwiderte sie ohne Zögern und ihr wurde klar, dass sie ihn tatsächlich nur mit dem Vornamen angesprochen hatte. Eine Zutraulichkeit, die sie sich bis heute, auch wegen der schlechten Erfahrungen aus der Vergangenheit, nicht gestattet hatte. Das kollegiale Du, gepaart mit dem Nachnamen, oder einfach Hardy, schienen ihr unverfänglicher. Weil es ihr vorhin imponierte, wie er sie vor Mitheimer verteidigte, musste sie unbewusst in den persönlicheren Modus gewechselt haben. Dass sie dieses Gespräch mitbekommen hatte, wollte sie in keinem Fall zugeben und fürchtete, dass der Kollege sie durchschaute.
„Tust du sonst nie!“
Sie lächelte nervös. „Bis dato musste ich dich auch nie trösten. Ich dachte, nach der Abreibung von oben kannst du

Aufmunterung gebrauchen. Liege ich damit falsch? Was war der Grund für eure Auseinandersetzung?"

„Danke, aber ich brauche kein Trostpflaster, obwohl ich zugeben muss, dass es besser klingt, wenn du Jens sagst. Weniger hart … anders eben. Trotzdem, mit Hardy kann ich auch weiterleben. Nur für den Fall, dass Jens die Ausnahme bleibt."

„Wird sich erweisen", erwiderte sie, um sein verlegenes Grinsen und die Gesprächspause zu überbrücken.

„Mitheimer will etwas Persönliches von mir, mit dem ich nicht einverstanden bin, deshalb zickt er so rum. Wird kaum lange anhalten", mutmaßte er, die Augen fest auf den Boden gerichtet.

„Was ist es?", bohrte sie weiter, erleichtert darüber, dass er zu übersehen schien, wie verlegen sie selbst war.

„Darf ich dir nicht verraten."

Sie sah ihn mit funkelnden Augen an: „Aber ich kann es dir sagen! Willst du es hören?"

Hardy errötete: „Du weißt Bescheid?"

„Ich war eben bei ihm."

„Lass dir das erklären", bat er mit verunsicherter Miene.

„Musst du nicht, ich weiß, dass er uns dringend loswerden will und wie man nach Hause geht. Jetzt komm", sagte Hannah und lächelte, obwohl ihr keinesfalls danach zumute war. Insgeheim hatte sie gehofft, von Hartmann eingeweiht zu werden. Die Kommissarin versuchte, sich damit zu trösten, dass ihr Kollege das Gehörte zunächst verdauen musste, bevor er sie ins Vertrauen zog.

„Du wolltest mich reinlegen“, stellte er erlöst kichernd fest. Die Erleichterung, das von Mitheimer angesprochene Thema heute unausgesprochen zu lassen, stand ihm dabei ins Gesicht geschrieben.

„Klar! Und ich bin wissbegierig. Einen Versuch war es allemal wert. Im Grunde genommen bin ich gekommen, um die Akten zu holen. Ich bin vorhin super vorangekommen und will dir dein Wochenende nicht versauen. Also gib sie her.“

Er stand auf, ging auf sie zu und packte sie sanft am Oberarm. „Haarscharfe Sache, fast hätte ich alles ausgeplaudert. Im unserem Job bist du die Allerbeste, sag ich immer wieder“, erwiderte er errötend. „Vertrau mir, du bist besser dran, wenn du keinen Plan von dem Problem hast“, ergänzte er und schaute niedergeschlagen zum Fenster.

In Hannah brodelte es, doch sie versuchte, weiterhin kontrolliert die Fäden der Unterhaltung in der Hand zu behalten.

„Meine Verhörmethoden sind legendär! Falls du es mir nicht anvertrauen möchtest, lasse ich dich in Ruhe, versprochen. Allerdings steht dir die Hintertür, mir zu beichten, immer offen. Nur für den Fall, dass du es dir überlegst.“

Als er zustimmend nickte, beschloss sie, es zu einem günstigeren Zeitpunkt noch einmal zu versuchen.

Gemeinsam verließen sie das Präsidium und verabschiedeten sich an ihren Autos. Hannah hielt am Discounter nebenan, nachdem sie der Verlockung widerstanden hatte, ihr Abendessen in der Dönerbude gegenüber einzunehmen. Sie kaufte eine Tiefkühlpizza und eine Flasche Kirschcola, jenes klebrige Zeug, das sie so liebte.

„Keinen Deut besser als das Essen aus der Imbissbude", gestand sie sich zähneknirschend ein. „Der gesundheitsbewusste Lebenswandel muss noch eine Weile auf mich warten. Ich gelobe, eines Tages mache ich es wahr. Aber heute bin ich zuckergierig und dass ich zu schwergewichtig durchs Leben gehe, kann ohnehin niemand behaupten", verteidigte sie sich in Gedanken.

Ihre große und schlaksige Figur, die sie von mütterlicher Seite geerbt hatte, ließ sie in Kleidern wenig feminin wirken. Trotzdem war ihre Körpergestalt eine der Eigenschaften, die sie mochte. Die markanten Gesichtszüge, mit hohen Wangenknochen und die, aus ihrer Sicht, viel zu breit geratenen Lippen, fanden keinen rechten Zuspruch, wenn sie in den Spiegel blickte. Jahrelang versuchte sie erfolglos, mit Make-up zu übertünchen, was ihr missfiel. Mittlerweile unterließ sie es einfach. Sie musste sich eingestehen, dass diese Versuche lediglich der Kosmetikindustrie etwas einbrachten.

Die zu später Stunde wenig befahrene Straße nach Königstädten, ließ sie rasch zum Ziel gelangen. Sie fuhr fluchend dreimal um den Häuserblock, weil sie keinen freien Parkplatz fand. Endlich stieß ein Wagen aus einer Parklücke. Sie winkte dem Fahrer dankbar zu und chauffierte rückwärts in die Lücke.

Im Wohnzimmer blinkte der Anrufbeantworter. Sie legte ihre Tasche aufs Sofa, zog die Schuhe aus und drückte die Wiedergabetaste. „Sie haben zwei neue Nachrichten", teilte ihr die blecherne Damenstimme mit. „Nachricht Nummer eins, Freitag, dreizehn Uhr siebzehn."

„He, Hannah, hier ist Kathrin, denkst du noch an den Stoff, denn du für die Dekoration besorgen wolltest? Ruf mich bitte an."

Oh nein, die Polizeimeisterschaft im Volleyball, sie hatte zugesagt im Orga-Team zu helfen. Obwohl sie null Händchen für solche Dinge besaß oder Spaß daran fand, konnte sie dem Hilferuf ihrer Kollegin Kathrin Esch keine fünf Minuten standhalten. Der Rückruf musste jedoch warten.

„Nachricht Nummer zwei, Freitag, achtzehn Uhr dreizehn."

„Frau Bindhoffer, hier ist Dr. Winterherbst, rufe direkt aus meinem Keller an. Dachte, das könnte Sie interessieren. Falls Sie bis neunzehn Uhr zuhause sind, melden Sie sich bei mir. Ansonsten liegt der Befund, ein ausgesprochen suspekter, das nebenbei erwähnt, morgen auf Ihrem Schreibtisch."

Hannah schaute auf ihre Armbanduhr, zwanzig nach sieben. Rasch nahm sie das Telefon und versuchte den Dr. zu erreichen. Vom anderen Ende der Leitung vernahm sie ein stetiges Freizeichen, ohne dass jemand abnahm.

„Mist", zischte sie, legte auf und rief Hardy an.

„Hartmann", meldete sich ihr Kollege sofort.

„Hast du mit Dr. Winterherbst gesprochen?"

„Nein, weshalb?“
„Winterherbst hat auf meinen Anrufbeantworter gequatscht, sagte etwas von interessanten und suspekten Befunden. Ich dachte, er hat sich auch bei dir gemeldet.“
„Hier hat niemand angerufen. Ruf ihn einfach zurück.“
„Schon probiert, Schlaunase, er ist bereits ausgeflogen.“
„Sorry, dann muss das wohl warten. Was machst du heute Abend?“
„Nichts, bin absolut terminfrei, sieht man von den blöden Berichten ab. Ich werde mir meine Pizza in den Ofen schieben, den kompletten Liter Kirschcola trinken, mich auf die Couch legen und fernsehen.“
Jens Hartmann lachte auf. „Eines Tages vergiftest du dich mit der Brühe. Hat dir das jemals irgendwer gesagt?“
„Mehrmals, und ich glaube, du am häufigsten. Ich mag das Zeug eben, basta! So wie du auf deine getrockneten, hochgiftigen und in weißes Papier gewickelten Pflanzen stehst, die noch dazu qualmen und stinken.“
„Touché, Wink verstanden! Also, wenn du ein Bier mit mir verweigerst, suche ich nach Internetschönheiten. Schlaf gut und bis Montag.“
„Spinnst du? Wir treffen uns morgen im Revier. Ich muss den Bericht von Winterherbst lesen. Das kann ich nicht bis zum Wochenanfang liegenlassen. Du bist doch auch gespannt, was der Doc herausgefunden hat, oder?“

„Klar. Ich hatte aber keine Ahnung, dass er den Befund am Samstag im Büro abgibt. Das musst du vergessen haben zu erwähnen“, neckte er sie.
„Könnte hinkommen. Nun weißt du es ja. Treffen wir uns um neun?“
„Darf ich an meinem freien Wochenende um ein wenig Schonzeit bitten? Zehn reicht mir völlig.“
Hannah lachte. „Sei ehrlich, der Nachmittag käme dir noch gelegener. Sicher hangelst du dich die komplette Nacht durch sämtliche Datingportale und kommst morgen mies gelaunt aus den Federn. Ich verspreche, dass wir nur den Bericht lesen, danach kannst du zurück ins Bett, Deal?“
„Vorher lässt du mich sowieso nicht vom Haken. Einigen wir uns auf halb zehn?“, fragte er hoffnungsvoll.
„In Ordnung. Wenn du denkst, dass diese dreißig Minuten dir weiterhelfen.“
„Prima. Ich schmeiße dich aus der Leitung. Könnte ja sein, dass eine meiner virtuellen Eroberungen versucht, mich an die Strippe zu bekommen. Da wollen wir ihr die Chance zum Traummann mal nicht verbauen, oder? Ich wünsche dir einen entspannten Abend.“
„Dir auch, und viel Erfolg beim Daten“, erwiderte sie ironisch und legte auf.

Sie lief in die Küche, schaltete den Backofen ein und verstaute ihre Cola im Kühlschrank. „Ein seltsamer Befund“, dachte sie laut. „Was könnte Winterherbst damit gemeint haben?“
In diese Gedanken versunken ging sie ins Badezimmer und stieg in ihren ausgeleierten Schlafanzug, den sie vor etlichen Jahren von ihrem Großvater geschenkt bekommen hatte.
„Viel besser“, rief sie in den leeren Raum und nahm ihre Bürste zur Hand. „Und jetzt einhundert Bürstenstriche“, erklärte sie ihrem Spiegelbild, bevor sie schimpfte: „Hannah, du musst aufhören, ständig mit dir selbst zu reden. Wenn das jemand mitkriegt. Eines Tages wird dir das auch auf offener Straße passieren, weil du es dir angewöhnt hast und nicht mehr merkst, dass du laut plapperst.“
Sie schloss den Mund mit Nachdruck und begann, ihr ungeliebtes strähniges, braunes Haar zu kämmen. Sekunden später gab sie genervt auf, warf die Bürste in die Badewanne und ging zurück in die Küche.

Mit dem Pizzateller auf dem Schoß saß sie mit gekreuzten Beinen auf der Couch, zappte durch die Fernsehkanäle und blieb bei einer Quizsendung hängen. Bis zur nächsten Werbepause hatte sie ihre Pizza aufgegessen, zu viel Cola getrunken und keine Lust mehr aufzubleiben. Auf dem Weg ins Schlafzimmer klingelte das Telefon.

„Bindhoffer."

Am anderen Ende vernahm sie ein leises Rascheln, als ob jemand eine Zeitung umblätterte.

„Hallo?"

Erneutes Knistern, dann: „Ach, Entschuldigung, Frau Bindhoffer, hatte nicht mitbekommen, dass Sie schon dran sind. Hier ist Josef Mitheimer, störe ich?"

„Nein", log Hannah automatisch.

„Ich wollte Ihnen mitteilen, dass das Ergebnis der Obduktion zum Teil vorliegt."

„Das weiß ich. Dr. Winterherbst sprach auf meinem Anrufbeantworter. Und, womit hat sich Frau Reinheimer getötet?"

Wieder raschelte es, bevor Mitheimer antwortete.

„Der liest Zeitung, während er mit mir telefoniert", dachte sie entsetzt.

„Wir haben keine Ahnung!"

„Wieso? Sagten Sie nicht eben, der Bericht sei da?"

„Genau, ist er auch, Dr. Winterherbst fand eine Stauungsleber und irgendeine Veränderung im Gehirn. Spuren, denen er morgen noch einmal gründlich auf den Grund geht. Scheint mit dem sonstigen Gesundheitszustand der Frau fehl am Platz und unpassend zu sein.“

Hannah stand, den Hörer zwischen Schulter und Ohr geklemmt, im Flur und schüttelte den Kopf. „Es könnte also ein Fremdverschulden vorliegen?“

„Exakt, und genau darum werden Sie sich gleich morgen früh kümmern.“ Wieder raschelte es laut und vernehmlich.

„Das ist bereits mit Herrn Hartmann abgesprochen. Wir sind um halb zehn auf dem Revier.“

„Reichlich spät, oder?“, erwiderte er murrend. „Aber wie Sie meinen. Ich bleibe zuhause, bin für Notfälle jedoch zû erreichen“, ergänzte er gnädig und legte grußlos auf.

Verärgert ging Hannah auf und ab. So abgewürgt hatte sie einige Fragen, die ihr noch unter den Nägeln brannten, nicht stellen können.

„Kannst du dich bitte wieder wie ein Mensch verhalten?“, rief sie gereizt und ergänzte wütend: „Ab und an muss man Selbstgespräche führen. Wenn niemand anwesend ist, der Frust unvorstellbar nagt und sich keine Schulter zum Ausweinen bietet. Verflucht, dann bin ich eben ein Freak! Mitheimer scheint ein echtes Problem mit mir zu haben, von dem ich zu gerne wüsste, um welches es sich handelt. Und das Wochenende ist auch im Eimer, Mist, verdammter!“

24. August

Als sie das Präsidium betrat, fröstelte sie. Keine Spur von Sommer, ein grauer Morgen mit düsteren Regenwolken und wie geschaffen, um es sich mit einer Decke auf der Couch gemütlich zu machen.

Im Büro fand sie den Bericht von Herrn Dr. Winterherbst, der wie angekündigt auf ihrem Schreibtisch lag. Die einführenden Erklärungen überflog sie, bis ihre Augen die Stelle entdeckten, an dem der erhobene Befund begann:

Winzige Einstichstelle im oberen mittleren Rücken. Eine Stauungsleber, die nicht zum Bild des sonstigen körperlichen Status passt. Ischämische Ganglienzellveränderungen und Erbleichungen, die vermutlich auf schwere Krämpfe und angiospastische Zustände an den Hirngefäßen zurückzuführen sind. Eine Probe aus der Einstichstelle und zwei Extinktionen aus anderen Körperregionen (Gesäß und Oberschenkel), sowie Blut- und Urinprobe wurden an das Labor übersandt.

„Klartext bitte, Herr Dr. Winterherbst", fluchte Hannah und las weiter:

Die toxikologischen Untersuchungen sind, wie oben erwähnt, versendet. Ich vermute bezüglich der erhobenen Befunde eine Insulinvergiftung. Da der Körper der Toten keine Hinweise auf eine diabetische Erkrankung zeigte, und die Einstichstelle auf einem für die Verstorbene schwer zu erreichenden Areal liegt, ist ein Fremdeinwirken naheliegend. Über diese Sätze hatte der Mediziner mit rotem Stift und in Kleinstschrift „nicht offiziell bestätigt!!!" ergänzt.

„Das Ausrufezeichen ist kein Rudeltier“, dachte Hannah als sie zum letzten Satz des Befundes kam:
Die Ergebnisse der laborchemischen Begutachtung gehen Ihnen direkt nach Abschluss zu.

Sie nahm den Hörer ab, wählte die Nummer der Reinheimers und wartete fast zwei Minuten, bevor sie wieder einhängte. Keine Antwort.
„So ein Mist. Warum geht er nicht ans Telefon?“, rief sie verärgert.
„Ich vermute, er schläft noch.“
Hannah fuhr zusammen. Jens Hartmann stand lächelnd und mit verschlafenen Augen in der Tür.
„Mensch, hast du mich erschreckt! Musst du dich so anschleichen?“
„Sorry, keine Absicht. Was steht drin?“, fragte er und zeigte auf die Papiere.
„Winterherbst vermutet eine Insulinvergiftung. Legt sich jedoch nicht fest, bis die Toxikologische abgeschlossen ist. Hat der Boss dich gestern Abend angerufen?“
„Nein.“
„Mich aber. Ich wollte eben ins Bett, als er durchklingelte. Er hat uns für heute herzitiert und dabei Zeitung gelesen.“
Die Erinnerung an das Gespräch ärgerte sie augenblicklich aufs Neue.
„Der kann telefonieren und lesen gleichzeitig? Kaum

vorstellbar. Ich dachte, dieses Multitasking-Ding sei eher Frauensache."

„Wenn er bei mir anruft, klappt das prima. Schließlich erwartet er bei mir Antworten, ohne mitdenken zu müssen. Er behandelt mich in den letzten Tagen sowieso wie Luft. Keine Ahnung weshalb."

„Hmm, der geht hier doch mit jedem um, als sei er nur ein Handlanger. Ich glaube, dass er das nicht persönlich meint."

„Wenn ich mit ihm spreche, hört er nie mit voller Aufmerksamkeit zu, zumindest fühlt es sich so an. Irgendetwas muss privat bei ihm im Busch sein."

Er nahm auf dem Stuhl hinter ihrem Schreibtisch Platz, legte die Beine auf die Tischplatte und verschränkte die Arme. „Lass mich an deinen Gedanken teilhaben."

Hannah grübelte einen Moment und überflog den Befund ein zweites Mal.

„Wenn Winterherbst recht behält, und davon gehe ich aus, muss sich jemand in der Wohnung aufgehalten haben. Ein inszenierter Selbstmord oder ein Mord, und ein Ehemann, der zum Zeitpunkt ihres Todes weit weg war."

„Apropos, welchen Zeitraum hat der Doc festgesetzt?"

„Zwischen zehn und elf gestern früh."

Hartmann nickte. "Nicht lange vor dem Eintreffen der Kollegen. Damit hat der Mann ein wasserdichtes Alibi. Die Firma hat mir seine Unterschrift auf der Teilnehmerliste der Besprechung per Fax geschickt."

„Er ist für mich ohnehin von der Liste der Verdächtigen gestrichen. Erinnere dich daran, wie er sich verhalten hat. Der ist echt fertig, ohne zu übertreiben, und er leidet total unter ihrem Verlust."

„Ja, er ist mit den Nerven am Ende. Stell dir vor, was erst mit ihm geschieht, wenn wir ihm sagen, dass er mit der Mordvermutung gestern absolut recht haben könnte."

„Du stimmst mit mir überein, dass sie es nicht selbst getan hat?"

„Nee, ich kenne viele seltsame Methoden, sich umzubringen. Aus Berichten, oder weil ich sie selbst in Augenschein nehmen musste. Insulin wurde in den allermeisten Fällen von Krankenpflegern genutzt, die glaubten, den Todesengel mimen zu müssen. Auf der Anklagebank gaben sie eher den Retter als den Mörder. Einfach nur schäbig!"

„Ein höchst interessanter Aspekt. Ich erinnere mich an einen Pfleger in England, der im Krankenhaus wütete."

„Dazu gibt es noch viel mehr Beispiele."

„Wir sollten sofort noch einmal mit Herrn Reinheimer sprechen. Leider geht er nicht ans Telefon, aber das hast du ja mitbekommen."

Er nickte. „Komm, lass uns hinfahren, er muss da sein. Vermutlich schläft er, hat sich Tabletten eingeworfen oder will einfach keinen Anruf annehmen."

„Du hast recht", erwiderte Hannah, nahm ihre Tasche und ging zur Tür.

„Stopp, darf ich vorher selbst einen Blick in den Autopsiebericht werfen?"
Sie zuckte ihre Schultern: „Warum? Glaubst du, dass du etwas anderes daraus liest?"
„Nein, aber manchmal sehen vier Augen einfach mehr."
„Okay, danke für die nette Umschreibung meiner Inkompetenz", neckte Hannah ihren Kollegen und wusste, dass er genau das nicht damit meinte. „Nimm den Bericht mit ins Auto, Einstein. Und jetzt komm endlich."
Befunde wie dieser spornten sie an. Sie wollte Beweise, Fakten, schnellen Erfolg und rasche Aufklärung. Rätsel lösen, Täter dingfest machen, analysieren und schlauer sein, trieb ihr Adrenalin in die Höhe und waren die Gründe dafür, weshalb sie ihren Beruf ergriffen hatte.

Im Wagen zeigte Hartmann Hannah sein neues Smartphone und grinste spitzbübisch. „Einschalten klappt schon, der Rest wird sich finden."
„Willkommen im digitalen Zeitalter", sagte sie fröhlich und streckte einen Daumen in die Luft.

Auch nach mehrmaligem Läuten blieb die Tür geschlossen. Hartmann runzelte die Stirn: „Ich war fest davon überzeugt, dass er zuhause ist. Wo ist er nur?“
„Vielleicht zu einem Verwandten oder Freund gegangen, Jens. Vermutlich, weil er sich einsam fühlte. Wolltest du alleine in der Wohnung schlafen, in der deine Frau gestorben ist?“
Hardy schüttelte heftig den Kopf: „Nein, ich denke nicht.“
Er sah seine Kollegin zufrieden an. Sie hatte ihn erneut mit dem Vornamen angesprochen, und das gefiel ihm so viel besser als „Hartmann“. Er überlegte, ob er es ihr gegenüber erwähnen sollte, entschied sich jedoch dagegen.
„Wir versuchen es bei den Nachbarn, womöglich weiß jemand, wo er hingegangen ist oder bei wem wir nach ihm fragen könnten“, schlug er vor und zeigte auf die benachbarte Tür.
Hannah sah ihn an, nickte zustimmend und war bereits im Begriff ihm zu folgen, als sie stehen blieb und lauschend den Kopf hob. Mit zusammengekniffenen Augen konzentrierte sie sich auf das wahrgenommene Geräusch. „Hast du das auch gehört?“
„Nein, was denn?“
„Klang wie ein Wimmern.“
Sie presste ihr Ohr gegen die Wohnungstür. Alles blieb still. Sie klopfte heftig und rief nach Herrn Reinheimer.
„Nicht ausgeschlossen, dass er bei einem Bestattungsinstitut ist. Das muss ja auch erledigt werden.“
Hannah pochte ein weiteres Mal an die Tür. Auf dem Flur

nebenan wurde die Wohnungstür geöffnet. Eine junge Frau mit wirrem Haarschopf fragte müde: „Sind Sie bald fertig? Es ist Samstag und ich will schlafen."

Jens ging auf das Mädchen zu. „Wissen Sie zufällig, wo Herr Reinheimer sein könnte?"

„Keine Ahnung, ich vermute wieder auf Geschäftsreise oder im Meeting. Der lässt sie doch ständig alleine hier hocken."

Ahnungsvoll schaute Hannah ihren Kollegen an, die Frau wusste noch nichts von den gestrigen Ereignissen.

„Haben Sie Marion Reinheimer gut gekannt?", mischte sie sich in das Gespräch ein.

Sie erbleichte „Was heißt das, *gekannt*? Ist etwas passiert?"

„Ihre Nachbarin ist tot", erklärte Jens Hartmann sachlich.

„Warum?", fragte sie leise und sichtlich bestürzt.

Die Kommissarin trat auf sie zu und sah ihr direkt in die Augen. „Das müssen wir noch klären. Ein Kollege fand sie in ihrer Wohnung, nachdem er…", Hardy überlegte und erkundigte sich bei seiner Partnerin: „Ja, warum kam der Beamte überhaupt hierher?"

Mit offenem Mund schaute sie ihn fragend an.

„Ehrlich, Hannah, keine Ahnung. Als ich eintraf, standen sie in der Wohnung. Weshalb man sie rief, habe ich nicht hinterfragt. Es schien gestern völlig unwichtig."

„Grande Katastrophe! Ich rufe Mitheimer an. Das steht ohnehin an. Er wird mir mit Sicherheit den Kopf abreißen."

Er funkelte sie wütend an. „Untersteh dich, der macht uns die

Hölle heiß. Okay, wir haben etwas übersehen. Aber müssen wir ihm das sagen, noch Öl ins Feuer gießen? Hannah, ausgerechnet du solltest da …" Er errötete.

„Was? Was sollte ich?"

„Ich meine wir, wir …", stotterte er verlegen.

„Du weißt doch, wie er drauf ist im Moment", stammelte er, unsicher nach Worten ringend.

Hannah baute sich drohend vor ihm auf, deutete mit ausgestrecktem Zeigefinger auf seine Brust und erwiderte verbittert: „Wenn du meinst, du musst mir nichts über die Sache mit dem Chef erzählen, ist das in Ordnung. Obwohl ich ahne, dass ich darüber informiert sein sollte. Schließlich sind wir Partner, so hat man es mir zumindest verkauft. Aber falls du glaubst, ich meide jetzt den Kontakt mit Mitheimer oder gebe Fehler nicht zu, weil du ein Problem mit ihm hast, hake es einfach ab. Letztendlich brauchen wir diese Information, um einen Mord aufzuklären. Verstanden?", fügte sie wütend hinzu und kramte nach ihrem Handy.

„Hannah", sagte er leise und mit beschämtem Gesichtsausdruck. „Es tut mir leid. Ich kann es dir nicht sagen. Ich will dich schützen, vertrau mir. Du hast keine Vorstellung, was für ein Riesentrottel der Boss ist."

„Entschuldigung", schaltete sich die Frau ein. „Wollen Sie jetzt noch etwas von mir oder darf ich reingehen?"

Erschrocken schauten beide in ihre Richtung. Im Verlauf des Gespräches hatten sie die Anwesenheit der Nachbarin völlig

ausgeblendet.
„Nein, gehen Sie nur, wir melden uns später bei Ihnen."
„In Ordnung", erwiderte sie und schloss augenblicklich die Wohnungstür.
„Ich sage es dir, versprochen. Aber jetzt noch nicht. Ich muss selbst erst ein wenig Licht in die Sache bringen und Fakten sortieren, okay?"
Sie schnaubte und klappte ihr Handy auf.
„Hannah! Bitte!"
„Ja, ja, verstanden. Ich versuche, über die Zentrale an die Info zu kommen."
Mit einem erleichterten Seufzer lehnte sich Jens Hartmann an die Tür der Familie.
„Bindhoffer hier. Eine Frage zu einem Notruf von gestern. Wer hat etwas im HL-Hochhaus gemeldet, und vor allem was?"
Sie nickte zustimmend. „Ja, in der Kelsterbacher Straße, Reinheimer. Okay, ich warte."
Nervös trat sie von einem Bein auf das andere, während sie das Telefon fest ans Ohr presste.
„Und?", fragte Hardy ungeduldig.
Sie schüttelte den Kopf und zeigte ihm an zu schweigen, indem sie ihren Zeigefinger an die Lippen legte.
„Verstehe! Sind Sie so freundlich, noch einmal bei den Kollegen nachzufragen und mich zu informieren?" Nochmals nickte sie heftig. „Exakt, besser gestern als heute! Ja, danke und

bis später."

Mit verwunderter Miene wandte sie sich an Hartmann: „Sie hat keine Meldung Reinheimer gefunden!"

„Wie bitte?"

„Du hast vollkommen richtig verstanden. Sie überprüft jetzt noch einmal die Anrufe, bei denen der Name ähnlich klang oder unter Umständen etwas falsch protokolliert wurde. Außerdem fragt sie die Kollegen aus der Schicht, ob irgendetwas vergessen wurde. Mehr konnte sie mir nicht anbieten."

„An dem Fall ist alles verquer und anders."

Sitzung Freitag, 23. August, Patient: 328

„Wie fühlen Sie sich heute?"

„Absolut phantastisch, ich machte mir Luft, fuhr meine Krallen aus und schlug sie tief ins Fleisch. Das Herrchen wird dumm schauen, wenn es nach Hause kommt!

Ich muss keinesfalls nur schnurren und mich kraulen lassen, das sagten Sie mir doch, oder?"

„Ohne zu wissen, was Sie unternommen haben, kann ich jedoch bestätigen, dass ich Ihnen riet, nicht ständig nach den Vorgaben anderer Menschen zu leben, korrekt. Fühlen Sie sich deshalb besser?"

„Absolut. Katzen schleichen leise und schlagen unbemerkt zu. Ich empfinde Befreiung!"

„Was genau haben Sie getan?"

„Ich möchte darüber schweigen."

„Weshalb? Möglich, dass Sie sich danach noch befreiter fühlen."

„Ich traue Ihnen nicht, vertraue seit langer Zeit niemandem mehr. Vergessen Sie es einfach."

„Haben Sie Ihre Medikamente regelmäßig eingenommen?"

„Nein. Wer braucht die, wenn Genugtuung eine viel bessere Medizin ist?"

„Da bin ich leider anderer Meinung. Sie müssen die Tabletten einnehmen. Andernfalls laufen Sie Gefahr, Dinge zu tun, die Sie hinterher bereuen könnten. Das ist eine Möglichkeit, die Sie niemals außer Betracht lassen dürfen."

„Ich weiß genau, was ich mache. Ohne die Medikamente kann ich klarer denken und planen! Ich will sie nicht mehr. Und wenn Sie mich weiter damit bedrängen, bin ich die längste Zeit Ihr Patient gewesen."

„In Ordnung. Lassen Sie uns einen Kompromiss schließen. Sie nehmen vier Tage keine Medizin und kommen vorgezogen am Dienstag zum nächsten Gespräch, okay?"

„Ich denke, damit bin ich einverstanden. Was macht Ihre Katze?"

„Es geht ihr prima, in der Früh hat sie mir wieder einen Spatz auf die Fußmatte gelegt und war unglaublich stolz. Sollen wir nun mit der Hypnosetherapie weitermachen?"

„Ja, fangen Sie an."

Randnotiz: Bei der Hypnose keine neuen Erkenntnisse. Patient immens aufgewühlt, schien nicht loslassen zu können. Unbedingt ab Dienstag wieder medikamentös behandeln, da sonst eine Gefahr für die Allgemeinheit bestehen könnte. Einweisung erwägen.

Frau Dr. Thea Klingelbach beendete ihre digitale Aufzeichnung der gestrigen Unterhaltungen. Ein ungutes Gefühl beschlich sie, als sie an das Gespräch mit Patient 328 zurückdachte. Etwas aus ihrem Unterbewusstsein drängte an die Oberfläche und wollte beachtet sein.

„Was stört mich nur so an der Sitzung?", fragte sie sich seufzend und legte ihr Diktiergerät zurück in ihre Aktentasche.

Ratlos standen die Kommissare im Flur. Hannah klopfte nun zaghaft an die Tür der Nachbarin. Diese öffnete augenblicklich und sah die Kommissare mit wesentlich wacherem Blick an.
„Kommen Sie rein", bat sie und winkte die beiden hinein. Im Wohnzimmer lag ein kleiner Mischlingshund auf dem Sofa, der aufsprang und schwanzwedelnd um Hannahs Beine rannte.
Sie lachte: „Na, du bist ja ne Nummer! Wie heißt er denn?"
„Das ist Hennes Blau. Er kommt aus dem Tierheim."
Hartmann prustete: „Der Hund hat einen Familiennamen?"
„Klar, haben Sie doch auch, oder?" Sie grinste keck. „Als ich ihn abholte hieß er nur Hennes, und das fand ich langweilig und blöd. Mit Marion dachten wir uns den Nachnamen aus, dabei haben wir wahnsinnig gekichert und herumgealbert."
Auf ihrem Gesicht zeigte sich tiefe Trauer, als ihr wieder bewusst wurde, was geschehen war. „Ich kann nicht glauben, dass sie nie mehr zu mir rüberkommen wird. Was ist nur passiert? Hat Thomas etwas damit zu schaffen?"
Hannah schüttelte den Kopf: „Wie kommen Sie darauf?"
Das Mädchen sah verlegen nach unten: „Nur so."
„Sie müssen einen Grund für diese Frage haben. Jeder Hinweis hilft uns, ein klareres Bild zu dem Fall und Marion Reinheimer zu bekommen."
„Nein, kein echter Anhaltspunkt. Ich vermute, es liegt einfach daran, dass ich ihn nie mochte. Er war ständig unterwegs, wenn sie ihn brauchte. Immer nur Arbeit, Arbeit und nie ein Ohr für ihre Bedürfnisse. Ich hatte oft das Gefühl, er machte all die

Überstunden, um ihr auszuweichen. Ich meine, der Mann trieb sich zwölf Stunden und mehr in der Firma rum. Ist doch unnormal. Na ja, die Quittung dafür hat er ja bekommen."

„Inwiefern?"

„Jetzt ist er der Alleingelassene und muss zusehen, wie er klarkommt. Denken Sie nur nicht, dass der zuhause einen Finger gerührt hat. Hausarbeit kannte er nur vom Hörensagen."

„Glauben Sie, die beiden führten eine glückliche Ehe?", fragte Jens Hartmann.

„Sie behauptete es jedenfalls immer, wenn ich sie direkt darauf ansprach. Geweint hat sie trotzdem oft und hat mir nur in Ausnahmefällen Gründe dafür genannt. Ich nehme an, dass es mit ihm zusammenhing. Aber sicher bin ich nicht, nur so ein Gefühl. Ein ziemlich verschlossener Mensch, sie konnte stundenlang schweigend neben einem sitzen."

Sie dachte einen Moment über ihre Worte nach. „Exakter ausgedrückt schien immer ich diejenige zu sein, die eine Unterhaltung in Gang brachte. Marion musste man anschubsen, damit sie was erzählte. Wenn ich etwas Bestimmtes in Erfahrung bringen wollte, musste ich ihr im sprichwörtlichen Sinne die Würmer einzeln aus der Nase ziehen."

Hannah machte sich Notizen.

„Sagen Sie, Marion Reinheimer war um einiges älter als Sie, wenn ich das ungefähr einschätzen kann. Ich finde es ungewöhnlich, dass sie so ein vertrautes Verhältnis zu Ihnen hatte."

Die junge Frau zuckte mit den Schultern. „Kapierte ich zunächst auch nicht. Wir lernten uns kennen, als ich mir zwei Eier von ihr borgte. An diesem Tag war sie prima drauf, bat mich herein, gab mir einen Kaffee und fing an, über sich zu sprechen. Im ersten Moment dachte ich, sie sei so eine Tratschtante, die jeden in ihre Wohnung zerrt um Gesellschaft zu haben. Eine absolute Fehleinschätzung, aber das erzählte ich ja vor einigen Minuten bereits. Schließlich schlossen wir Freundschaft und haben einen Narren aneinander gefressen."

„Und dass sie aus dem Leben scheiden wollte, hat sie nie erwähnt oder Ihnen das Gefühl gegeben?"

„Niemals! Unmöglich. Marion war nicht unglücklich, auf keinen Fall in diesem Maße. Das hätte mir hundertprozentig auffallen müssen."

„Vermutlich haben Sie recht", erwiderte Hannah beruhigend. „Wissen Sie, ob Ihre Freundin in den letzten Tagen Besuch bekam?"

Die Frau lachte auf. „Das wird ja immer abenteuerlicher. Sie kannten Marion nicht, das merkt man. Wer sollte sie beehren? Sie lebte abgekapselt und dass sie sich mit mir einließ, grenzte an ein Wunder. Ab und an ein Telefonat mit ihren Geschwistern oder eine Verabredung mit den Arbeitskollegen war bereits das höchste der Gefühle. Wie oft musste ich sie dazu drängen, auf einen Kaffee mit ihren Kollegen zu gehen.

Deshalb kann ich mir keinen Besucher vorstellen."
Sie schüttelte energisch den Kopf. „Wenn Sie das aber genau wissen möchten, klingeln Sie bei der Wutz, die weiß über alles und jeden Bescheid."
„Frau Wutz?"
„Wutzke. Verzeihen Sie, ab und an muss ich überlegen, wie sie in Wirklichkeit heißt. Wutz ist so viel einfacher und absolut passend. Sie wohnt zwei Türen weiter."
„Herzlichen Dank. Entschuldigen Sie, dass ich es vorhin versäumt habe, auf das Namensschild an Ihrer Eingangstür zu schauen. Wie heißen Sie?"
„Rosalind Nässer. Ich weiß, Eltern die ihr Kind so nennen, geben sich alle Mühe, es ihm im Leben schwer zu machen."
Jens Hartmann lächelte: „Ich finde den Namen klasse, meine Mama heißt auch so."
„Haben Sie Ihre Mutter gefragt, ob sie ihren Vornamen mag? Ich wette nicht", erwiderte sie und brachte die beiden zur Tür.
„Ich wäre Ihnen dankbar, wenn Sie mich auf dem Laufenden halten könnten. Ich mochte Marion sehr gerne, sie wird mir fehlen."
„Eine Frage noch", wandte Hannah im Gehen ein: „Haben Sie eine Idee, wo wir Thomas Reinheimer finden? Er ist nicht zu Hause.
„Versuchen Sie es im Büro." Eine Träne rann über ihre Wange.
„Wo sonst?"

Gisela Wutzke entsprach dem Bild, das Hannah sich während des Gesprächs mit Frau Nässer gemacht hatte. Eine rundliche Dame mit dicken Brillengläsern, die eine Kittelschürze über der Bluse trug und deren Frisur jeder Windböe widerstehen konnte.

Die Kommissare nannten ihr ihre Namen und den Grund des Besuchs.

„Am Freitag, sagten Sie?"

Hannah nickte.

„Da hielt Frau Reinheimer sich den ganzen Tag allein in der Wohnung auf. Sie müssen jetzt nicht denken, dass ich hier auf das Treiben aller Mitbewohner lauere, aber an diesem Tag war ich mit der großen Hausordnung dran. Bis ich mit dem Flur durch bin, das dauert. Mein Rücken", sie deutete mit schmerzverzerrtem Ausdruck nach hinten, „macht mir schon lange arge Probleme. Und ich muss sehr tief gebeugt arbeiten, um den Schmutz überhaupt zu sehen."

Nun zeigte sie auf ihre Brille. „Ist keine Freude, alt zu werden. Das merken Sie beide auch noch."

„Sie sind sicher, dass niemand bei Marion Reinheimer zu Besuch kam?", fragte Hartmann und ging nicht auf das Wehklagen der Frau ein.

„Ein paar Minuten war ich zwischendurch drinnen. Mein Bein begann zu schmerzen und ich wollte nachsehen, ob etwas daran zu sehen ist. Es schmerzt noch immer arg. Vermutlich sollte ich damit mal zu Herrn Dr. Listen gehen. Ich mag mir gar nicht ausmalen, was wird, falls ich jetzt auch ein Problem mit dem Laufen bekomme. Auch auf die Gefahr hin mich zu wiederholen, sage ich Ihnen nochmals, alt werden ist kein Zuckerschlecken."

Hannah räusperte sich vernehmlich, um den Redefluss von Frau Wutzke zu unterbrechen. „Wenn Sie äußern, dass Sie eine Zeit lang in Ihrer Wohnung waren, wie lange könnte das gedauert haben?"

„Höchstens zwanzig Minuten. Ich ging hinein, setzte mich auf den Sessel und schob das Hosenbein hinauf. Dann stand ich wieder auf, weil ich vergessen hatte, mir die Lupe aus der Küche zu holen. Ohne das Ding bin ich aufgeschmissen, wenn ich mir etwas genauer ansehen…"

„Danke, Frau Wutzke. Leider muss ich Sie hier unterbrechen, wir sollten weiter. Sie haben uns sehr geholfen. Gute Besserung und halten Sie sich munter", sagte Hannah höflich.

„Ja, soll ich denn nicht mit Ihnen aufs Revier, um meine Aussage zu protokollieren?" Ihr enttäuschter Gesichtsausdruck sprach Bände.

„Nein, aber es ist nett, dass Sie danach fragen."

„Schade. Dann rufe ich jetzt in der Praxis an, vielleicht haben die heute noch Zeit, einen Notfall einzuschieben. Sie denken doch auch, dass dieses Bein einer ist, oder?"

„Das zu beurteilen liegt außerhalb meiner Fähigkeiten. Tut mir leid, Frau Wutzke, wir müssen fahren."

„Könnte ich Sie dazu überreden, einen Kaffee mit mir zu

trinken, bevor Sie weiter Ihren Dienstpflichten nachgehen?"

„Bedauerlicherweise nein. Viele unserer Kollegen sind im Urlaub, weshalb wir wirklich in Eile sind. Danke für Ihr Angebot."

„Falls Sie noch Fragen haben, wissen Sie ja, wo Sie mich finden."

Mit enttäuschtem Gesichtsausdruck schloss sie die Tür.

„Sie tut mir leid", erklärte Hannah ihrem Partner, während sie im Lift standen. „Niemand hört ihr zu und sie ist einsam."

„So geht es vielen Menschen und du kannst daran wenig ändern. Außerdem musst du zugeben, dass es ziemlich anstrengend sein dürfte, dieser Frau länger als eine Viertelstunde zuzuhören."

„Dass du so herzlos bist, hätte ich nicht vermutet", erwiderte Hannah grinsend.

„Das Herz ist in Ordnung und sitzt auf dem rechten Fleck. Mir ging es hierbei vorrangig um mein Nervenkostüm."

„Verstehe", sie zwinkerte belustigt. „Das jüngste Pferd im Stall bist du eben auch nicht mehr. Dann lass uns rasch nach Kelsterbach fahren, bevor du einen Schwächeanfall erleidest."

Die Kommissare standen vor dem Portier der Firma Matasch und warteten, ob dieser Herrn Reinheimer erreichte. Nickend erklärte er am Haustelefon: „Ich schicke sie nach oben", und hängte ein.

„Erster Stock, wenn Sie aus dem Fahrstuhl kommen, gleich das Büro gegenüber. Er erwartet Sie."

„Danke", erwiderte Hannah und lief zu den Aufzügen.

„Verzeihen Sie, eine Frage. Wie lange ist dieser Mitarbeiter heute bereits im Haus?"

Der Mann zuckte mit den Schultern: „Als ich meinen Frühdienst begann, muss er schon da gewesen sein. An mir ist er jedenfalls nicht vorbeigekommen."

„Danke Ihnen", sagte Hartmann und folgte Hannah zum Lift.

Thomas Reinheimer saß mit verquollenen Augen am Schreibtisch. Vor ihm stapelten sich Massen an Aktenordnern, die er nur anzustarren schien.

„Bringen Sie Neuigkeiten?“, begrüßte er die beiden hoffnungsvoll.

„Ja, der Rechtsmediziner fand einige organische Veränderungen. Genaueres können wir erst nach Abschluss der toxikologischen Untersuchung sagen,“ erklärte Hannah in sachlichem Tonfall.

„Allerdings hätten wir im Augenblick die eine oder andere Frage. Sind Sie dazu bereit?“

Er nickte niedergeschlagen: „War Marion krank?“

„Wie gesagt, um was es sich genau handelt und was ihren Tod herbeigeführt hat, muss noch abschließend geklärt werden. Zunächst hilft es uns, wenn wir mehr über sie erfahren. War Ihre Frau Diabetikerin?

„Nein.“

„Okay, das dachte ich mir. Sie wissen auch nichts von Erkrankungen der Leber oder des Gehirns?

Er schien einen Augenblick nachzudenken, bevor er antwortete. „Sie ging vor etwa zwei Monaten zum Check-up. *Der Arzt hat meine TÜV-Plakette ohne Mängel verlängert*, erklärte sie mir abends glücklich und scherzend.“

„Wo war Ihre Frau in Behandlung? Nur für den Fall, dass wir Rückfragen haben.“

Herr Reinheimer riss einen Zettel vom Notizblock und notierte mit geschwungener Handschrift einen Namen und eine Rufnummer. „Dr. Hasting, hier gleich um die Ecke. Aber da werden Sie an einem Samstag kein Glück haben. Kann ich sonst noch etwas für Sie tun?“

“Um ehrlich zu sein, wüsste ich gerne, wie viel Zeit Sie mit Ihrer Frau verbracht haben“, sagte Hartmann und fixierte ihn.

Bedauernd erhob er die Hände. “Definitiv zu wenig. Wenn ich daran denke, wie oft ich hier bis mitten in der Nacht saß und sie daheim auf mich wartete. Dazu kommt, dass ich mir, im Nachhinein betrachtet, viele der Meetings und Fortbildungen hätte sparen können. Was nützt es mir jetzt, ein paar Gehaltsklassen weiter oben angesiedelt zu sein, wenn ich das Geld mit niemandem mehr teilen kann? Darf ich Sie ebenfalls etwas fragen?“

Hannah nickte.

„Warum ist das für Sie von Belang? Bin ich verdächtig?“

„Den Satz, den ich Ihnen zur Antwort gebe, kennen Sie bereits aus zig Fernsehkrimis: Reine Routine.“

„Verstehe. Was werden Sie als Nächstes unternehmen?“

Den Rechtsmediziner kontaktieren und herausbekommen, wie weit er vorangekommen ist. Wir halten Sie wie besprochen auf dem Laufenden. Notieren Sie mir bitte noch Ihre Büronummer.“

Im Fahrstuhl klingelte Hannahs Handy. Nachdem sie abgenommen hatte, nickte sie zunächst, dann schüttelte sie heftig den Kopf und fragte entgeistert: „Kein Scherz, oder? Danke, dass Sie sich so rasch darum kümmern konnten."
Sie beendete die Verbindung. „Hardy, das glaubst du jetzt nicht."
„Wer war das, und was ist los?"
„Die Zentrale. Sie haben herausbekommen, warum die Beamten in Marion Reinheimers Wohnung gekommen sind. Also, angerufen hat eine Frau Maier, sie wohnt im Haus. Hat eine Ruhestörung zur Anzeige gebracht."
„Das laute *Time to say Goodbye*!"
„Fehlanzeige! Sie rief wegen des Heavy-Metal-Fans an."
„Aha, aber ich verstehe immer noch nicht ..."
„Dann pass auf. Nickel und Volker sind hingefahren, der Rockliebhaber war jedoch in der Zwischenzeit ausgeflogen. Als sie ankamen, hörten sie das Lied aus der Wohnung der Reinheimers. Die Tür stand einen Spalt offen. Sie klopften ein paar Mal an und gingen hinein, weil sie annahmen, dass der Anruf wegen dieser Musik erfolgte. So sind sie ins Badezimmer gekommen. Die zwei schalteten die Endlosschleife des Players ab, machten Meldung auf dem Revier und liefen danach zu Frau Maier. Die Dame öffnete, winkte ab und sagte ihnen, die Sache sei bereits erledigt. Nickel und Volker hakten nach. Die Gute hört schwer, hat also den Krach aus dem Bad der Reinheimers gar nicht mitbekommen. Sie nimmt vermutlich

nur die Bässe aus der Nachbarwohnung wahr und es war das erste Mal, dass sie überhaupt die Polizei alarmiert hat. Nickel erzählte ihr, was sie statt der Ruhestörung entdeckt haben. Die Arme war fassungslos."

„Dann kann der Metal-Fan aber nicht lange aus dem Haus verschwunden sein."

Hannah nickte: „Das haben die aus der Zentrale auch gesagt, er hat die Rüge wegen der Musik noch bekommen. Er trat aus dem Fahrstuhl mit einer Tüte in der Hand. War nur kurz zum Einkaufen."

„Das bedeutet, der Zufall spielt eine entscheidende Rolle. Ohne Metallica und den Anruf der Nachbarin hätte Thomas Reinheimer selbst seine Frau erst viel später in der Wanne aufgefunden."

„Genau! Ich frage mich, ob der Mörder damit gerechnet hat, dass die Leiche um einiges länger unentdeckt bleibt."

Jens Hartmann schaute nachdenklich: „Mal angenommen, Herr Reinheimer wäre erst heute nach Hause gekommen. Über welchen Zeitraum ist eine Insulinvergiftung nachzuweisen?"

„Ich weiß es nicht. Es wird Zeit, dass wir zu Winterherbst fahren", entschied Hannah.

„Ja, wie ich ihn einschätze, hat er sich sein Wochenende im Taunus abgeschrieben und steht wacker am Seziertisch."

„Umso besser für uns. Ich versuche, ihn ans Handy zu kriegen. Wenn er Ergebnisse liefert, bliebe eventuell noch ein Stückchen Samstag übrig."

„Den du dann mit Abendessen und Kinobesuch mit mir gestaltest, oder?“
„Meinetwegen“, erwiderte die Kommissarin lässig und lachte laut über die überraschte Miene ihres Kollegen. Hartmanns feuerrote Wangen glühten: „Im Ernst?“
„Klar! Ein Essen mit dem Partner, da ist doch nichts dabei.“
„Okay, machen wir gerne, falls wir vor den üblichen Restaurantschließungszeiten zu Potte kommen.“
Hannah nickte und tippte die Nummer des Mediziners in ihr Handy. Vor der Haustür informierte sie Hardy: „Dr. Winterherbst ist da. Er erwartet uns in zwanzig Minuten im Institut. Also lass uns fahren und gib Gas. Er will nachher noch zurück in sein Domizil nach Taunusstein.“
Jens nahm auf dem Fahrersitz Platz. Er legte den Rückwärtsgang ein und fuhr zügig vom Parkplatz in Richtung Autobahn.

Die Jugendstilvilla, in der das Institut für Rechtsmedizin untergebracht war, wirkte verlassen. Hinter der weißen Fassade des Hauses war keines der Fenster erleuchtet. Hardy vermutete, dass einzig Herr Dr. Winterherbst seiner Arbeit nachging, während die Kollegen Wochenendaktivitäten genossen. Er drückte auf die Klingel und beantwortete die krächzende Frage aus der Gegensprechanlage mit „Hartmann und Bindhoffer", bevor das Geräusch des Türöffners erklang.
„Der Esel nennt sich immer zuerst", neckte die Kommissarin und stieß die Tür auf. Wieder einmal bewunderte sie die dunkle Holztäfelung an den Wänden.
„Ich bin in Sektion eins", tönte es ihnen entgegen. „Kommen Sie zu mir."
In den Fluren roch es nach Desinfektionsmitteln und kaltem Rauch. Hannah grinste belustigt. „Winterherbst ist rückfällig, er raucht heimlich, riechst du es?"
Jens Hartmann nickte und öffnete die Tür zum Obduktionsraum. Der Dr. stand an einem der Tische und beugte sich tief über den Körper von Marion Reinheimer.
„Danke, dass wir kommen durften. Ich brauche mehr Informationen."
Winterherbst schaute Hannah an: „Ehrlich gesagt habe ich schon viel eher mit Ihnen gerechnet. Ich fasse zusammen, was ich bisher weiß. Herz -und Kreislaufsystem absolut intakt. Kein Anhaltspunkt für Diabetes und Organveränderungen, die damit in Zusammenhang stünden", eröffnete er seine Erklärungen.

„Hier", sagte er und drehte den Leichnam zur Seite. „Man muss äußerst genau hinsehen, um die Einstichstelle zu erkennen. Die Position macht eine Selbsttötung nahezu unmöglich. Es sei denn, beim Opfer handelte es sich um einen Schlangenmenschen."

„Weshalb tippen Sie ausgerechnet auf Insulinvergiftung?"

„Schwer nachzuweisen. In der toxikologischen Untersuchung legt man nicht unbedingt das Hauptaugenmerk auf körpereigene Substanzen. Mich hat ihr verkrampfter Arm irritiert, weil er im Gegensatz zum sonst völlig entspannten Körper stand. Hypoglykämischer Krampf. Wenn Frau Reinheimer aus dem Leben scheiden wollte, wäre auch ihr Arm entkrampft gewesen. Gängige Gifte konnte ich durch meine feine Nase und Schnelltests bereits ausschließen.

Und dann fiel mir der Einstichtest zum Gewebeprobenvergleich wieder ein."

„Unser Houdini der Rechtsmedizin", lobte Hannah anerkennend. „Was genau bedeutet Probenvergleich?"

„An der Einstichstelle findet man eine wesentlich höhere Dosierung vom Insulin als an anderen Körperstellen. Ich entnahm ein winziges Stück direkt unter dem Einstich, dazu die Gegenproben aus Gesäß und Oberschenkel. Zwei, weil ich absolut sichergehen will. Blut- und Urinprobe wurden sofort in die Toxi gesendet. Allerdings wird der Glucosewert rasch abgebaut. Circa dreizehn Milligramm pro Deziliter in der Stunde, weshalb wir Glück hatten, dass man das Opfer schnell entdeckte. Die Gewebeproben werden wesentlich exaktere Ergebnisse liefern können. Ganz im Vertrauen, das ist eine absolut perfide Nummer, wenn ich recht behalte mit allen Vermutungen."

Er stemmte seine Fäuste in die Hüften. „Hinterlistige Art, einen Artgenossen dem Jenseits zu übergeben. Setzt medizinisches Hintergrundwissen voraus, oder stundenlange Fernsehstudien in Sachen Kriminologie."

„Ihr Ehemann schrie augenblicklich Zeter und Mordio, als er das Wort Suizid hörte. Die Vermutung, es sei Mord gewesen, kam ihm direkt über die Lippen."

„Was meinst du damit, Hannah? Kommt er dir nun doch verdächtig vor?"

„Absolut nicht. Ich wollte sagen, dass er Marion Reinheimer sehr gut kannte und deshalb alle Alarmglocken laut zu schrillen begannen."

„Dem kann ich nur beipflichten, sein Alarmsystem scheint ausgezeichnet zu funktionieren. Lassen Sie mir noch ein paar Stunden. Ich mache ordentlich Dampf im Labor. Schließlich möchte ich heute Abend in Taunusstein essen und nicht wieder in irgendeiner fettigen Frittenbude."

„Das bedeutet, ich gebe dem Boss durch, dass wir in den Feierabend gehen?", fragte Hardy und grinste freudestrahlend.

„Spricht vermutlich nichts dagegen. Danke, Herr Dr. Winterherbst. Ich darf davon ausgehen, dass Sie sich melden?"

„Selbstverständlich. Der Fall spornt mich zu Höchstleistungen an. Selbst wenn es einen weiteren Abend bei Pommes und Ketchup bedeutet, können Sie mit mir rechnen."

Hannah und Jens Hartmann verabschiedeten sich von Dr. Winterherbst und gingen zum Wagen, als Hardys Handy zu klingeln begann. „Mitheimer", erklärte er, bevor er die Anrufannahmetaste drückte und fluchte. „Da ist niemand dran. Habe ich was Falsches an diesem Ding gemacht?"

Nervös schaute er auf das Display des Smartphones, das verstummt war. „Wieso legt der einfach auf?"

Hannah lachte und forderte ihn auf, ihr das Telefon zu geben. „Du hast den Anruf weggedrückt. Ich glaube, mit dem neuen Handy üben wir noch ein wenig."

Der Klingelton erklang erneut. Die Kommissarin überreichte es ihrem Partner und wies mit dem Finger auf das aufleuchtende grüne Symbol. „Drück da drauf."

Er nickte und tat, wie ihm geheißen.

„Entschuldigung, ich hatte hier Probleme mit dem Empfang. Verstehe, wir sind im Moment in der Rechtsmedizin und könnten es in etwa fünfundzwanzig Minuten schaffen. Ja, sie ist bei mir. Wir machen uns auf den Weg."

„Lass mich raten, kein Feierabend?"

„Die Kandidatin hat hundert Punkte."

Frustriert trat Hannah nach einen Kiesel neben ihrem Fuß. „Was gibt es denn?"

„Eine komatöse Frau am Mainufer."

„Sind wir jetzt Notärzte oder was?"

„Nein, so weit ist es noch nicht. Ein Passant hat beobachtet, wie sie vom Hang gestoßen wurde. Wir sollen mit dem Mann reden und seine Aussage aufnehmen. Das Opfer ist vermutlich bereits auf dem Weg in die Klinik."

„Wenigstens ein Lichtblick. Das kann keine Ewigkeiten dauern, zumindest hoffe ich das. Mein Magen übrigens auch."

Sie gingen schweigend zum geparkten Wagen. Hannah seufzte und öffnete ihre Hand: „Komm, lass mich fahren."

„Warum, mache ich das so schlecht?", Hartmann grinste.

Die Kommissarin schüttelte den Kopf und erwiderte: „Quatsch, aber ich will ein wenig abgelenkt sein, meine Gedanken schwirren ständig um alle Arten von Lebensmitteln. Auf dem Beifahrersitz käme ich mit Sicherheit auf die dumme Idee, dich beim goldenen M von der Straße zu kommandieren. Gib mir die Schlüssel und steig ein."

„Am Lenkrad musst du noch nicht einmal jemanden überreden abzubiegen, also ist ja wohl klar, wer fährt."

„Gutes Argument."

Sie nahm auf dem Beifahrersitz Platz.

Eine Weile fuhren sie schweigend in Richtung Rüsselsheim. Hannah suchte im Radio einen Sender und fluchte darüber, dass auf jedem Kanal das gleiche Gedudel ertönte. „Verflucht, wo wird die Musik für Leute mit Geschmack gespielt?"

Hartmann stoppte abrupt sein Bein, das im Takt mitgewippt hatte. „Keine Ahnung".

Er hob bedauernd die Schultern. „Rockland knistert und

Harmony ist verrauscht. Damit ist mein Vorrat an Geheimtipps auch schon erschöpft. Mach doch eine CD rein."

„Sprichst du von dieser einen CD, von der ich die Reihenfolge der Songs im Schlaf aufzählen kann?"

Hartmann lachte: „Exakt, da weiß man wenigstens, was man hat."

Die Parkplätze vor den Opel-Villen waren belegt. Knurrend wendete der Kommissar. „Dann fahre ich eben direkt runter zum Ufer."

Hannah warf einen Blick aus dem Fenster.

Der anhaltende Regen in der vergangenen Woche hatte der Natur gutgetan. Die Grasfläche strahlte in saftigem und schimmerndem Grün. Ein wunderbarer Ort um die Sonne zu genießen, die es nach trübem Einstieg in den Tag doch noch an den Himmel geschafft hatte.

Auf der Wiese am Main, die wegen der beiden aufgestellten Fußballtore gerne von Fußballspielern frequentiert wurde, stand nur eine kleine Traube Zuschauer. Die Kommissarin vermutete, dass der Krankenwagen vor nicht allzu langer Zeit abgefahren sein musste. Nachdem sie einen Blick auf den vorbeiziehenden Frachter auf dem Wasser geworfen hatte, ging sie gemeinsam mit ihrem Kollegen zu dem Polizisten, der winkte.

„Hallo, Frau Bindhoffer", grüßte er. „Hardy, alles klar?"

„Sicher", antwortete Hartmann, „und bei dir, Marc?"

„Prima. Ich bringe euch gleich zu Herrn Schmitz, er ist reichlich durcheinander. Deshalb brachten wir ihn auf die Terrasse drüben im Bootshaus. Er trinkt einen Kaffee. Kommt mit."

„Ich fahre den Wagen weg, hier steht er im Weg. Da passt niemand mehr vorbei, aber hinter der Gaststätte gibt es doch einen hauseigenen Parkplatz, oder?"

Marc nickte. „Vorhin gab es noch reichlich Platz. Kommen Sie, wir gehen voraus."
Die Kommissarin folgte dem Polizisten, der sie durch den Gastraum auf die Terrasse führte.
„Schon eine Ahnung, wer die Frau ist?"
„Leider nein, sie hatte keinerlei Papiere bei sich."
„Noch ein Problem mehr", erwiderte Hannah trocken.
Das Abendgeschäft begann eben erst, sodass nur an drei der Tische Gäste saßen. Herr Schmitz hockte zusammengesunken und mit gesenktem Kopf in der Ecke. Er hob nur langsam den Blick, als der Beamte ihn ansprach.
Hannah begrüßte ihn per Handschlag und bat freundlich: „Könnten Sie bitte für mich wiederholen, was Sie beobachtet haben?"
„Sicher, möchten Sie vorher etwas zu trinken bestellen? Es ist echt warm geworden und man bekommt Durst."
„Gute Idee, dann kann mein Partner auch von Anfang an mithören."
Sie winkte der Kellnerin, die gerade einen Blick auf die Terrasse warf, um zu sehen, ob einer ihrer Gäste etwas benötigte.
„Bringen Sie mir bitte ein Wasser?"
„Kommt sofort", erwiderte sie freundlich und stieß fast mit Hardy zusammen, der auf die Veranda trat, und ein alkoholfreies Bier bei ihr orderte.
„Das ist Jens Hartmann", stellte Hannah ihn vor.
"Was genau haben Sie gesehen, Herr Schmitz?"

„Ich ging unten am Main entlang, weil ich zuvor ewig lange zuhause hinter einer Schreibarbeit saß. Ein wenig die Beine vertreten eben. Als ich zufällig nach oben schaute, fuhr ein Wagen auf dem Damm. Zuerst dachte ich mir nichts dabei. Als er anhielt, beobachtete ich, wie er zur Hecktür lief und an etwas zerrte. Ich behielt ihn im Auge, weil ich annahm, er kippt gleich irgendwelchen Müll aus und verschwindet. Dann erkannte ich, dass er eine Person unter den Achseln vom Rücksitz hievte. Sie bewegte sich keinen Millimeter, hing total schlapp in seinen Armen. Ein Typ, oder eine Tussi, beides möglich, wenn ich genauer darüber nachdenke. Ich war so aufgeregt, dass ich nicht genau darauf achtete. Ihr Kollege hat mir deswegen schon Löcher in den Bauch gefragt. Jedenfalls legte er die Frau auf den Boden und schubste sie einfach heftig mit dem Fuß an. Sie kullerte den Wall nach unten auf die Wiese."

„Sie sagen also, dass der Täter die bewusstlose Verletzte mit dem Wagen hergebracht und wie Müll entsorgt hat?"

„Tatsache, genau so ist es passiert. Das macht die Sache ja so merkwürdig. Ich meine, in so einem Fall bringt man sie doch in die Klinik?"

„Es sei denn, man hat etwas zu verbergen oder wünscht sich die Person tot."

„Oh Gott", presste Herr Schmitz hervor. „Wie furchtbar!"

„In der Tat", Hartmann nickte. „Undurchsichtig bleibt zudem, warum das Opfer nicht einfach am Tatort zurückgelassen

wurde."
„Das frage ich mich auch", stimmte Hannah ihm zu.
„Wissen Sie, ob mein Kollege die Spurensicherung angefordert hat?", fragte Hardy weiter.
Der Mann nickte nachdenklich. „Ich denke, zumindest hat er zweimal telefoniert und den Weg hierher absolut präzise erklärt."
„Ich frage rasch nach", bot Hannah an und stand auf.
Hardy wandte sich erneut dem Zeugen zu und fragte: „Was geschah dann?"
„Ich brüllte los und rannte auf die beiden zu. Aus dem Augenwinkel erkannte ich, dass die Verletzte noch immer reglos liegen blieb. Der Täter stieg in den Wagen, ohne mir weiter Beachtung zu schenken. Ich konnte erkennen, dass er ein hiesiges Kennzeichen hatte und hinten eine Acht. Dann fuhr er los und verschwand aus meiner Sicht. Ich bin zu der Dame gerannt und alarmierte Krankenwagen und Polizei."
„Ich nehme an, die Statur des Täters war eher schmächtig, wenn Sie nicht genau sagen können, ob es sich um einen Mann oder eine Frau handelte?"
Er nickte zustimmend: „Schmal, recht klein, auf jeden Fall unter einssiebzig. Schwarzer Trainingsanzug, Kapuze hochgeklappt und mit Sonnenbrille. Auffällig schien mir allerdings die Farbe der Schuhe. Sowas von lila!"
Die Kommissarin kam auf die Terrasse zurück und erklärte rasch: „Sind auf dem Wege und müssten jeden Moment hier

sein.“
Hartmann hob den Daumen und richtete das Wort wieder an Herrn Schmitz.
„Wie lange dauerte es, bis der Notarzt und die Kollegen ankamen?“
„Das ging zackig. Ich saß nur kurz bei ihr, zum Glück! Sie blieb vollkommen regungslos, dabei standen ihre Augen offen. Sie blinzelte und rollte unkontrolliert die Augäpfel hin und her. Echt gruselig. Verstehen Sie mich bitte nicht falsch, sie tat mir wirklich leid, aber sie jagte mir zugegebenermaßen gleichzeitig höllische Angst ein.“
„Haben Sie am Ufer noch weitere Personen gesehen, die wir befragen können?“
„Fehlanzeige. In dem Augenblick hielt sich niemand außer mir dort auf. Ein Trupp Fußballer kam mir entgegen, aber das war, bevor das Auto kam.
„Okay. Zeigen Sie uns die Stelle, an dem der Wagen stoppte, und die, an der die Frau lag?“
„Selbstverständlich. Kommen Sie mit.“
Hannah stand mit ihm auf. Hartmann schaute sehnsüchtig auf das Bier auf dem Tablett der Kellnerin, die die Terrasse betrat.
„Schon gut, trink einen Schluck und dann los.“
Mit einer angedeuteten Verbeugung nahm er sein Glas vom Servierbrett und trank einen hastigen Zug. Er wischte sich genießerisch über den Mund und entgegnete: „Von mir aus kann es losgehen.“ Er gab der Bedienung einen

Zehneuroschein und sagte lächelnd: „Stimmt so."

Schweigend gingen sie auf dem Damm bis zu der Stelle, die Herr Schmitz ihnen zeigte. „Hier hat er angehalten."
Die Kommissare betrachteten den Ort. Einzig eine brauchbare Reifenspur fiel ins Auge, von der ein Abdruck genommen werden würde, sobald die Kollegen sich einfanden. „Gehen wir zum Platz auf der Wiese?"
Herr Schmitz ging zielsicher auf eine Stelle im Gras am Mainufer zu.
„Sie stoppte genau hier, als sie den Hang hinunterrollte", er deutete mit dem Finger auf eine Fläche des Rasens, die ein wenig eingedrückt aussah.
Während Hannah kniete, um den Ort sorgfältiger in Augenschein zu nehmen, lief Hartmann noch einmal den Weg hinauf. Auf halber Höhe blieb er stehen und streifte ein Paar Latexhandschuhe über. Er bückte sich und hob etwas vom Boden auf.
„Sieh dir das an, Hannah!", rief er aufgeregt und hielt den Gegenstand hoch.
„Was ist es?"
„Ein Bild. Genauer gesagt, eine Zeichnung mit einer Katze."
Die Kommissarin stand abrupt auf und lief mit raschen Schritten zu ihrem Kollegen.
„Du machst Witze", rief sie ihm entgegen.
„Keineswegs. Sieh selbst."
Hannah starrte auf die Darstellung. Eine getigerte Katze, die auf einer Fensterbank saß und nach draußen schaute. Kein

Kunstwerk, jedoch überdurchschnittlich gut gemalt. Neben dem Kopf schwebte eine Gedankenblase, in der *Ich bin einsam* zu lesen stand.

„Denkst du, was ich denke?“

Sie nickte. „Das Tier braucht einen Katzensitter.“

„Genau. Und das sollte uns genügen, um von jetzt an richtig Gas zu geben.“

„Vorausgesetzt, dass das Bild hier nicht zufällig gelandet ist.“

„Nie und nimmer“, erwiderte Hartmann und kramte sein Handy aus der Tasche.

„Wo sind denn hier die Kontakte?“

„Gib her!“ Hannah klickte auf das entsprechende Symbol und gab ihm das Telefon zurück. Er scrollte über den Bildschirm.

„Die Frau im Krankenhaus braucht Personenschutz. Jemand wollte, dass sie stirbt. Kaum auszuschließen, dass er oder sie alles daransetzt, dieses Ziel nachträglich zu erreichen“, mutmaßte er und steckte sein Handy wieder in die Hosentasche, ohne es benutzt zu haben.

„Willst du den Boss nicht informieren?“

„Gleich, ich möchte erst etwas abchecken.“

Er zeigte auf die Wiese, auf der der Zeuge nach wie vor stand. „Ich sehe sein Gesicht absolut deutlich. Und was ich kann, kann der Verbrecher ebenso. Herr Schmitz könnte sich ebenfalls in Gefahr befinden und Personenschutz benötigen.“

Hannah zog ihr Handy aus der Tasche. „Ich kläre das mit Mitheimer, schau du doch einmal ums Eck, ob die Kollegen

endlich kommen. Wir haben keine Zeit zu verlieren und sollten sofort in die Klinik fahren, wenn die Spusi hier ist."
„Unbedingt. Und im Krankenhaus dürfen wir keinesfalls vergessen, ihre Bekleidung mitzunehmen. Mit etwas Glück kriegen wir einen Fingerabdruck, schließlich hat der Täter sie angefasst.

Als Hardy sich auf den Weg zum Parkplatz an den Opelvillen machte, kamen ihm die Beamten der Spurensicherung bereits entgegen. Hannah holte erleichtert Luft und tippte auf die Kurzwahlnummer ihres Chefs. Nach dem Gespräch ging sie zu Herrn Schmitz und erörtere ihm, was sie seinetwegen mit Mitheimer besprochen hatte.
„Wir fahren gleich in die Klinik. Vorher bringen wir Sie nachhause, wo ein Kollege Sie in Empfang nimmt."
„Einverstanden", erwiderte er bleich und einsilbig. „Jetzt hab ich echt Schiss."
Ohne ein weiteres Wort folgte er der Kommissarin nach oben.

Nachdem sie den Zeugen bei seiner Wohnung in der Innenstadt abgesetzt hatten, fuhren sie eilig zum Krankenhaus.
Plötzlich riss Jens Hartmann die Augen auf und brüllte: „Vorsicht, Hannah, Rot!“
Die Kommissarin trat hart auf die Bremse und der Wagen kam mitten auf der Kreuzung zum Stehen.
„Lieber Himmel, was machst du? Stell das Blaulicht aufs Dach, dann bekommen wir freie Bahn.“
Hannah schüttelte den Kopf. „Nein. Ich war einfach nur einen Moment unachtsam, wir sind ja gleich dort.“
„So Gott will“, erwiderte Hardy und schob seine Hand fest und demonstrativ in den Haltegriff der Wagentür.
„Sei kein Mädchen oder geh zu Fuß“, grinste sie und fuhr mit aufheulendem Motor wieder an.

Die Parkplatzsituation zeigte sich, wie erwartet, bescheiden. An einem Samstagabend blieb den Menschen Zeit, erkrankte Verwandte und Freunde zu besuchen. Als Hannah die zweite Runde um die Parkplätze auf der August-Bebel-Straße drehte, gab Hartmann ihr den Rat, auf einen der Stellplätze der Fachhochschule zu fahren.
„Heute sind keine Vorlesungen, höchstens eine Veranstaltung, lass es uns versuchen. Besser als weiter ums Karree zu gurken, sind zwar ein paar Schritte, aber was solls."
Bevor sie auf den Vorschlag eingehen konnte, half ihnen das

Glück. Direkt vor der Bäckerei gegenüber dem Krankenhaus setzte ein VW-Golf den Blinker und fuhr hinaus.
„Bingo“, rief sie und lenkte den Wagen geschickt in die freiwerdende Lücke.
Gemeinsam schlenderten sie den Weg zum Klinikum entlang. Es wurde Zeit, Luft zu holen, bevor sie mit der nächsten Befragung begannen. Auf den Parkbänken und im Raucherpavillon herrschte Hochbetrieb. Jeder schien die Gelegenheit zu nutzen, noch ein wenig die Sonne zu genießen. Die Wetterprognose für die kommenden Tage fiel alles andere als rosig aus. Als Hartmann freundlich einen Raucher grüßte, der angelehnt am Pavillon stand und auf ihn zugehen wollte, riss Hannah ihn am Hemdsärmel zurück.
„Später, Hardy, die Pflicht ruft!“
„Nur eine, das dauert keine zwei Minuten.“
„Nein!“, antwortete sie gedehnt und zog ihn zur Tür.

Am gläsernen Kasten, der die Anmeldung im Eingangsbereich beherbergte, erkundigte sich Hannah, wo sie die Verletzte mit unbekannter Identität finden konnten. Die Frau musste nicht lange nachdenken und gab ihnen die gewünschte Information.
An den Fahrstühlen dachte die Kommissarin daran, was sie erwartete. Ein Opfer, das ohne Bewusstsein im Bett lag, und ihre Verantwortung dafür, dass sie Schutz bekam.
„Was hat der Chef angeordnet?“, riss Hardy sie aus den Gedanken.
„Wir sollen mit dem Arzt sprechen und auf den Personenschutz warten. Auf jeden Fall ihre Kleidung mitnehmen und zusammen mit der Zeichnung der KTU übergeben. Beide wollte er sofort informieren. Sobald wir alles erledigt haben, müssen wir uns erneut mit ihm in Verbindung setzen. So wie es aussieht, wird er eine Sonderkommission bilden. Zumindest klang er vorhin danach.“
„Keine schlechte Idee, auch wenn ich ahne, dass vom Wochenende nichts übrigbleibt. Falls wir mit der Vermutung recht haben und die Katze einen Zusammenhang darstellt, ist rasches Handeln unumgänglich.“
Nachdem sie über die Gegensprechanlage der Intensivstation ihren Besuch angekündigt hatten, fragten sie eine vorbeieilende Schwester, wo Zimmer zwölf lag. Außerdem erfuhren sie, wo sie den zuständigen Arzt finden konnten.

Die Frau lag als einziger Patient in dem Raum, den sie betraten. Das Piepsen der Geräte, die flackernden Anzeigen der Monitore und die Anzahl an Schläuchen machten deutlich, wie ernst es um sie stand. Leise zog Hannah einen Stuhl heran und nahm sie genauer in Augenschein. Äußerlich entdeckte sie nur eine Schramme am linken Auge, die vermutlich durch den Transport oder das unsanfte Treten des Täters entstanden war. Der offene Blick, der ohne Fixpunkt unruhig hin und her wanderte und den Herr Schmitz ihnen bereits beschrieben hatte, wirkte auch auf die Kommissarin beängstigend. Obwohl sie aus der Beschreibung ihres Kollegen vor Ort wusste, dass die Frau bewusstlos war, erweckte sie den Eindruck, als würde sie sekündlich fragen, was sie an ihrem Bett zu schaffen hatten.

„Willst du mit mir hier sitzen bleiben, bis die Ablöse zum Schutz kommt, oder gehst du schon einmal den Dr. befragen?", fragte Hannah und tätschelte die Hand des Opfers.

„Ich rühre mich keinen Millimeter von der Stelle, bis der eingeteilte Mann hier auftaucht. Irgendwer muss auf dich aufpassen, oder? Was denkst du, ist mit ihr geschehen?"

Die Kommissarin zuckte die Achseln. „Womöglich bekommen wir in unserem Gespräch mit dem Arzt eine Ahnung. Sie sieht nicht so aus, als sei jemand brutal zu Werke gegangen. Was bedeuten könnte, dass sie etwas injiziert bekam. Mein Gefühl, dass hier gehörig was im Busch ist, wird mit jeder Minute eindringlicher. Ich hoffe, der Kollege gibt Gas."

Eine kurze Weile später klopfte es an der Tür und der Beamte ließ sie wissen, dass er seinen Posten bezogen hatte.

Im kleinen Büro des Arztes verlor Hannah keine Zeit, um mit der Befragung zu beginnen.
„Herr Dr., was können Sie uns bisher zu der Frau sagen. Gibt es Hinweise darauf, was ihr fehlt und ob ein Fremdeinwirken vorliegt?“
„Ihre Laborwerte sollten in den nächsten dreißig Minuten zur Verfügung stehen. Und auf die kommt es an, wenn ich meine Vermutung diagnostisch untermauern will. Ich denke, sie leidet unter einem apallischen Syndrom. Wir nennen es auch reaktionslose Wachheit. Ihre Körperfunktionen wie Atmung und Verdauung arbeiten ohne unsere Hilfe, zumindest zeigen das die Überwachungsdaten bisher. Das ist zunächst als höchst positiv zu werten, weil es durchaus nicht der Norm entspricht. Diesbezüglich hatte sie enormes Glück. Drücken Sie die Daumen, dass das auch so bleibt.“
„Falls Sie mit Ihrer Diagnose recht haben, wie lange wird es dauern, bis wir mit ihr sprechen können?“
„Zum jetzigen Zeitpunkt schwierig zu beantworten. Die Kollegen der Radiologie sitzen an der Auswertung des MRT-Befundes.“
„Was hat das Koma ausgelöst?“
„Eine schwere Gehirnschädigung wie diese kann einige Ursachen beziehungsweise Auslöser haben. Unser Augenmerk liegt auf den Folgen eines akuten Sauerstoffmangels, einem Schädel-Hirn-Trauma, einem Schlaganfall oder einer massiv anhaltenden Unterzuckerung.“

Hannah sprang von ihrem Stuhl. „Die durch was verursacht wird?"
„Klinisch in nahezu allen Fällen nach einem Suizidversuch mit Insulin."
„Ruf Mitheimer an, Hardy. Wir haben hier ein echtes Problem." Zum Arzt gewandt ergänzte sie nervös: „Wo ist ihre Kleidung?"
„Im Schrank in ihrem Zimmer. Wir haben sie aufgeschnitten. Tut mir leid."
Hartmann antwortete, sein Smartphone bereits in der Hand: „Zuerst die Gesundheit des Patienten", und verschwand auf den Flur.
Hannah verabschiedete sich vom Arzt und bat ihn, sie sofort zu informieren, wenn die Blutwerte vorlagen. „Gehen Sie davon aus, dass es eine Unterzuckerung ist, Herr Dr.. Alles andere schließe ich, völlig ohne fachliche Kenntnisse, von vornherein aus."
„Falls Ihre Vermutung absolut eindeutig ist, könnte ich sofort mit den Gegenmaßnahmen starten. Was sagen Sie?"
„Besteht die Gefahr, ihre Situation zu verschlimmern?"
„Wenn wir sie labortechnisch im Auge behalten, nein."
„Dann legen Sie los."
Der Arzt nickte und trat mit schnellen Schritten auf den Flur. Er gab einer Schwester eilig Instruktionen und lief zum Zimmer der Frau.
Hardy stand im Gang und hielt eine Plastiktüte in der Hand.

„Wir sollen zum Präsidium kommen. Mitheimer hat bereits ein paar Kollegen zusammengetrommelt und versucht die Identität des Opfers herauszubekommen."

Einmal mehr zugeschlagen! Die Krallen ausgefahren, erneut ein Zeichen gesetzt. Leider stimmten das Timing und die Dosierung nicht. Aufräumarbeiten waren zu erledigen, das muss beim nächsten Mal besser werden. Hoffentlich erlangt sie das Bewusstsein nie wieder. Und der Kerl unten am Ufer, ob er etwas gesehen hat? Es bleibt keine Möglichkeit als abzuwarten. Trotzdem, ich wehre mich und es fühlt sich großartig an.

Bald wird jemand, der schlau genug ist, erkennen, dass ich einen Plan verfolge. Bin ich am Ziel, ziehe ich die Krallen wieder ein und bin friedlich. Halte jedoch weiter Ausschau nach einem Katzensitter, der mich verdient und zu schätzen weiß. Aber es gibt immer Arbeit für ein Kätzchen! Keiner rechnet mit ihrer Gerissenheit und Zielstrebigkeit. Sie vergisst, vergibt und entschuldigt nichts!

Das Gesicht verzog sich zu einer lächelnden Fratze. Grotesk, fast unmenschlich. Das unheimliche, unheilvolle Lachen hallte durch die Gasse, prallte von Gebäuden und kam als Echo doppelt grausig zurück.

An der Haustür hing die Benachrichtigung eines Paketdienstes. Ohne sie genauer in Augenschein zu nehmen, landete sie gefaltet in der Jackentasche. Zu aufgewühlt von den Ereignissen, blieb kein Gedanke für solch banale Dinge wie Päckchen. Den Schlüssel noch in der Hand, ging es rasch zum Kühlschrank. Der Milchkarton stand in der Seitentür, der Blick glitt in das Fach darüber. Die Insulinschachteln lagen ordentlich neben den Einmalspritzen gestapelt darin. Ein zärtliches Wischen der Finger über eine der Packungen. „Was dem einen hilft, bringt den anderen ins Grab."

Begleitet von einem Lächeln wird die Plastiköffnung der Milch gierig an den Mund gesetzt.

„Das hat die Katze redlich verdient", hallte es laut in die Küche. Tanzende Bewegungen um den Tisch mit dem Blick auf die Dienstpläne, die darauf lagen. Morgen konnte es eng werden.

In Mitheimers Büro saßen drei weitere Kollegen, die Hannah und Hartmann begrüßten, als sie eintraten. Eine kurze Weile herrschte Stille, bevor der Chef sich räusperte und zu sprechen begann.

„Die Anwesenden sind bereits über die Geschehnisse in Kenntnis gesetzt. Trotzdem möchte ich, dass Sie beide“, er zeigte in ihre Richtung, „noch einmal das Gespräch mit dem Arzt für uns wiedergeben.“

Hardy umriss in kurzen Sätzen, was der Dr. ihnen mitgeteilt hatte und warum die Vermutung nahe lag, dass es sich um eine Mordserie handeln könnte.

„Die Frau ist zwar am Leben, dennoch sollten wir davon ausgehen, dass dies keinesfalls so geplant wurde. Es liegt, wie im Fall Reinheimer die Vermutung nahe, dass absichtlich eine Unterzuckerung herbeigeführt wurde. Natürlich bleibt es im Rahmen der Möglichkeiten, dass das Opfer vom Mainufer Diabetikerin ist und sich selbst zu viel Insulin spritzte. Ich persönlich schließe das aber aus. Warum hat man sie aus einem Auto geworfen, statt sie per Rettungswagen in die Klinik zu bringen? Und dann ist da diese Katzenzeichnung, das kann kein Zufall sein.“

Mitheimer nickte zufrieden. „Dem stimme ich zu und deshalb, meine Herrschaften, sind Sie heute Abend hier. Die Kollegen Hartmann und Bindhoffer brauchen Unterstützung. Ergänzen möchte ich noch, dass ich vor einigen Minuten die Information über einen einzelnen Fingerabdruck in der Wohnung

Reinheimer erhielt. Er gehört zu keinem der beiden, ist aber leider, wie sollte es anders sein, nicht registriert."
Er ging in die Ecke des Büros und zog ein Flip-Chart in die Mitte des Raumes.
„Lassen Sie uns die bisherigen Fakten sammeln."
Mehrere Wortmeldungen ergingen fast gleichzeitig.
„Einer nach dem anderen, bitte", mahnte der Chef und notierte *Frauen* und *Insulin* auf dem Board.
„Die Katze ist der Hinweis, der uns zwar bisher nichts weiter sagt, aber die beiden Fälle zusammenführt. Sieht man einmal von der absichtlich herbeigeführten Unterzuckerung ab. Das halte ich für wesentlich", schlug Hannah vor. Sie war erschöpft und sehnte sich nach einer kalten Dusche und ihrer Jogginghose.
Mitheimer schrieb noch einige relevante Informationen auf, bevor er vorschlug, weitere Gespräche auf den Folgetag zu verschieben.
Hartmann stöhnte: "Bye, bye, freier Sonntag", und erntete dafür ein paar missbilligende Blicke.
„Okay", ergänzte er missmutig und hob abwehrend die Hände. „Man wird kurz darüber jammern dürfen, all seine Pläne wieder einmal über den Haufen werfen zu müssen. Mir ist klar, was Priorität hat. Also hört auf, mich so anzusehen, ich bin schon still."
Die Kommissarin lächelte verstohlen. Hardy sprach aus, was insgeheim alle dachten und verpackte es charmant, auch wenn

er dafür Prügel bezog. Wieder einmal überlegte sie, ob es nur an seiner spitzbübischen Art lag, dass ihm niemand etwas krumm nahm, oder ob das markante Gesicht mit den funkelnden Augen ein Scherflein dazu beitrug. Binnen weniger Minuten verabschiedeten sich alle voneinander und verließen das Büro.

Hannah und Hartmann überlegten auf dem Parkplatz, ob sie noch gemeinsam etwas trinken gehen sollten, verwarfen die Idee aber rasch.

„Wer weiß, wie lange wir morgen auf den Beinen sind, lass uns schlafen gehen“, schlug die Kommissarin vor und unterdrückte ein Gähnen.

„Wenn ich dich so ansehe, kann ich dem nur zustimmen.“

Er grinste, tätschelte ihre Schulter und stieg in den Wagen. „Bis morgen.“

Endlich zuhause, kickte Hannah ihre Schuhe von den Füßen, schnappte sich eine Dose Tonic aus dem Kühlschrank und trank sie beinahe in einem Zug aus. Die Frage, wie die Katze mit den Ereignissen in Zusammenhang stand, bereitete ihr Kopfschmerzen. Sie befürchtete eine schlaflose Nacht, weil ihre Gedanken sich kaum in eine andere Richtung lenken ließen. Entschlossen, es nicht zuzulassen, schnappte sie ihr Schlaf-Shirt, putzte sich die Zähne und ging ins Schlafzimmer. Als sie endlich bequem lag, die Nachttischleuchte einschaltete und ihren neuen Roman aufschlug, läutete ihr Festnetztelefon. Widerwillig legte sie den brandneuen Fall des fiktiven Kollegen Frank Liebknecht zur Seite und knurrte: „Wenn das hier so weitergeht, werde ich mich um eine Anstellung in Vielbrunn bemühen. Die haben zwar auch Morde aufzuklären, genießen aber dennoch ab und an ein paar Minuten Freizeit."

Das Display zeigte ihr Mitheimers Nummer an, weswegen sie rasch die Anrufannahmetaste drückte.

„Chef?"

„Gute Nachrichten, Frau Bindhoffer. Die Identität des Opfers vom Mainufer ist geklärt, sie wurde vor einer Stunde auf dem Revier als vermisst gemeldet. Ihr Name ist Renate Klose und ihr Mann ist auf dem Weg in die Klinik. Er möchte über Nacht bei seiner Frau bleiben, erwartet Sie aber morgen früh gegen acht bei sich zuhause. Wenn Sie also bitte zu ihm fahren könnten, bevor sie zu uns stoßen?"

„Sicher, wo wohnt er denn?"

„Freiligrathstraße. Nicht weit von der Stelle, an der sie mit dem Auto abgeladen wurde. Die Spurensicherung kommt auch in der Früh."

„In Ordnung, ich übernehme das. Kann ich Hartmann hinzuziehen?"

„Höchst ungern, aber wenn Sie meinen, rufen Sie ihn an."

„Brauchen Sie ihn denn morgen vor der Sitzung für etwas anderes?", fragte Hannah und erinnerte sich wütend an die Diskussion zwischen den beiden.

„Natürlich nicht", antwortete er ein wenig zu hastig, legte eine kurze Pause ein, als überlege er, eine Diskussion mit ihr zu beginnen. Dann schloss das Gespräch mit einem knappen „Gute Nacht."

25. August

Hannah traf sich mit Jens Hartmann am Mainufer. Sie hatten vereinbart, die Strecke von dort bis zur Wohnung des Opfers zu Fuß abzugehen.
„Mich interessiert, was der Täter unterwegs gesehen hat, und welchen Weg er vermutlich nahm“, hatte die Kommissarin ihren Wunsch während des Telefonats am Abend zuvor begründet. „Vergiss nicht, ich komme aus Hamburg. Deshalb sind mir viele Winkel der Stadt bisher alles andere als vertraut.“
„Dann wird es höchste Zeit, Deern. Falls wir in diesem Leben noch einmal dienstfrei bekommen, kann ich dich herumkutschieren. Aber rechne nicht allzu fest damit, dass so ein Zeitpunkt jemals eintritt“, beendete er scherzend das Gespräch.

Sie schlenderten, rechts und links Ausschau haltend, bis zur Kreuzung an der Frankfurter Straße. An diesem Sonntag hielten sich wenige Passanten rund um die Festung und die Mainwiesen auf. Hannah vermutete, dass die meisten bereits auf dem Weg ins Schwimmbad waren, bevor die angekündigten Schauer für den Nachmittag ihnen einen Strich durch die Rechnung machten, oder einfach nur ausschliefen. Beneidenswert, aber nicht zu ändern.
„Also“, begann sie nach einer Weile nachdenklich. Was haben wir?“

Fragend schaute Hartmann in ihre Richtung.

„Ich will deine Meinung vom Geschehen. Gedankenaustausch, wenn du verstehst, was ich meine“, neckte sie ihren noch immer irritiert dreinblickenden Kollegen.

„Bin ja nicht aus Dummsdorf“, grinste er und begann seine Sicht auf die Vorkommnisse zu erläutern.

„Marion Reinheimer mit Insulinvergiftung, liegt tot in der Wanne und hinterlässt einen Abschiedsbrief. Der Ehemann hält einen Freitod rundheraus für unmöglich und hat ein wasserfestes Alibi! Daneben eine Nachbarin, die den Mann des Opfers als nachlässig in Sachen Partnerschaft darstellt, ihn als Workaholic und gefühlskalt beschreibt“.

„Eine Beschreibung, der wir immer noch Bedeutung beimessen sollten“, hakte die Kommissarin ein. „Er selbst untermauert diese Angaben, als er erzählt, er sei in Therapie wegen eines Burn-out-Syndroms, in das ihn der Stress auf der Arbeit getrieben hat. Ständig ist er lange in der Firma oder auf Sitzungen. Der Täter ging womöglich davon aus, dass Marion Reinheimer erst viel später entdeckt werden würde. Schließlich ist unser Kollege mehr zufällig über ihre Leiche gestolpert!“

Hartmann nickte nachdenklich.

„Es gibt einen einzigen auswertbaren Fingerabdruck, der nicht registriert ist. Er könnte dem Täter gehören, aber auch einer Nachbarin, Arbeitskollegin oder sonst wem. Ich schlage vor, wir unterhalten uns morgen mit der Therapeutin von Herrn

Reinheimer. Es ist durchaus möglich, dass sie uns Gründe dafür nennen kann, warum er so häufig länger im Büro blieb."

„Guter Gedanke. Allerdings halte ich es für unwahrscheinlich, dass sie uns auch nur die kleinste Auskunft ohne Zustimmung ihres Patienten erteilt."

„Einen Versuch ist es jedenfalls wert. Falls sie sich weigert, können wir Reinheimer immer noch um seine Erlaubnis bitten. Aber weiter. Frau Klose wird am Mainufer abgelegt wie ein Bündel Kleider, ist komatös und höchstwahrscheinlich ebenfalls einer Insulinvergiftung zum Opfer gefallen. Allerdings hat sie den Angriff überlebt."

„Und ich hoffe inständig, dass sie uns bald alles über den Vorfall erzählen kann. Unter Umständen auch darüber, wer oder was diese dämliche Katze ist, die mir nicht mehr aus dem Kopf geht."

„Wir sind da", stellte Hartmann fest und drückte auf die Klingel. Sekunden später summte der Türöffner.

Drinnen herrschte angenehme Kühle und das leise Geräusch einer Klimaanlage surrte im Hintergrund. Herr Klose trat ihnen entgegen und bat sie, ihm ins Wohnzimmer zu folgen. Er wirkte unausgeschlafen und ein wenig zerzaust.
„Möchten Sie etwas trinken?", fragte er höflich.
„Gerne ein Wasser", entschied Hannah und nahm auf dem Sofa Platz, auf das der Mann deutete, bevor er in die offene Küche ging.
An der Wand über ihr hingen zahlreiche Familienfotos. Die Kloses am Strand, eine Tochter, die stolz ein Diplom in die Kamera hielt, ein Gruppenbild mit Hund und einige ausgesprochen familiär geprägte Motive mehr.
„Idylle pur", wisperte Hartmann und zeigte auf ein Foto, auf dem die Familie auf einer Felsformation Stellung bezogen hatte. „Das Felsenmeer", erklärte er Hannah und hob den Daumen. „Schön dort."
„Wo ist das denn?"
„Lautertal im Odenwald. Von hier nicht weit."
Herr Klose trat an den Couchtisch und stellte, nachdem er Untersetzer verteilt hatte, die Getränke ab.
Hannah trank einen Schluck, bevor sie sich zaghaft erkundigte: „Wie geht es Ihrer Frau?"
„Sie ist noch immer ohne Bewusstsein und liegt im Bett, die Augen offen, als wolle sie jeden Moment zu Reden beginnen. Aber die Ärzte sind zuversichtlich. Nachher wird erneut Blut abgenommen, dann sehen wir weiter. Wichtig ist, dass sie von

ihrem jetzigen Zustand vermutlich keinen Hirnschaden davongetragen hat. Doch mit Sicherheit wissen wir es erst, wenn sie aufwacht."

„Ich drücke Ihnen die Daumen, dass dies bald der Fall sein wird. In der Zwischenzeit müssen wir einige Fragen klären. Ist Ihre Frau Diabetikerin?"

Er schüttelte den Kopf. „Nein, Renate ist kerngesund. Na ja, hier und da ein kleines Wehwehchen, aber das gehört in unserem Alter dazu."

„Ist Ihnen in den letzten Tag irgendetwas aufgefallen? Verhielt sie sich anders oder ist etwas Außergewöhnliches passiert?"

„Nein, nicht dass ich wüsste. Als ich gestern früh zum Angelausflug aufgebrochen bin, drückte sie mir fröhlich meine Brotdose in die Hand und wünschte mir viel Spaß. Und nun liegt sie wie ein Zombie in der Klinik. Wer macht so etwas?"

„Das wüssten wir auch gerne", übernahm Hartmann das Gespräch. „Hatten Sie Gelegenheit, sich hier im Haus umzusehen?"

„Die Polizei kommt doch gleich wegen der Spuren?"

Hardy nickte. „Exakt, dennoch meinte ich mit meiner Frage eher, ob Ihnen etwas aufgefallen ist. Ein Gegenstand, der fehlt oder an einem anderen Platz steht, ein verschobenes Möbelstück?"

„Ich blieb fast die ganze Nacht in der Klinik bei Renate. Als ich um halb vier hier ankam, schaute ich nur, ob die Terrassentür heil ist. Danach fiel ich wie erschlagen auf die

Couch. Hätte ich Ihnen das Wasser nicht bringen sollen? Ich meine wegen der Spuren?“

„Machen Sie sich deswegen keine Sorgen. Könnten wir zusammen durch die Zimmer gehen und Sie schauen, ob etwas anders ist?“

Er stand auf und ging zur Terrassentür.

„Also hier ist nichts zu sehen. Das habe ich, wie gesagt, gestern bereits überprüft. Ich dachte, wenn jemand hier eingedrungen ist, dann am ehesten hier.“

Er drehte sich zum Raum, ließ seinen Blick konzentriert schweifen und schüttelte den Kopf.

„Hier ist alles wie immer. Lassen Sie uns oben nachsehen.“ Er winkte den Beamten ihm zu folgen.

„Dort war ich noch nicht, weil ich auf der Couch eingeschlafen bin.“

Sie stiegen die Treppe hinauf und blieben in der Tür zu einem stilvollen und luxuriösen Bad stehen. Herr Klose ging hinein, schaute sich erneut um und schob die Duschwand beiseite.

„Nein, alles in Ordnung hier.“

Auch die Kontrolle des ehemaligen Kinderzimmers, das nun als Büro diente, wie er ihnen beiläufig erklärte, blieb ergebnislos. Als er jedoch das Schlafzimmer betrat, ging er raschen Schrittes zu einer Kommode, auf der eine Spritze lag.

„Nicht anfassen“, rief Hannah laut und hielt seinen Arm zurück.

„Entschuldigung", entgegnete er beschämt. „Ich vergaß für einen Augenblick. Natürlich."

Hartmann trat zu ihnen und steckte, nachdem er sich ein Paar Handschuhe übergestreift hatte, die Spritze in einen Plastikbeutel. Er deutete auf ein Papier, das nur Millimeter unter dem Bett hervorlugte.

„Was ist das?"

Herr Klose zuckte mit den Schultern. Der Kommissar ging in die Hocke und zog es mit spitzen Fingern hervor. Das Blatt war zusammengeknüllt und enthielt einige auf dem Computer geschriebene Zeilen.

„Da scheint jemand vergessen zu haben, ein Beweisstück mitzunehmen. Ich nehme an, der Täter hat die Seite zusammengedrückt, als er merkte, dass Ihre Frau noch lebt. Danach musste alles so fix gehen, dass er nicht mehr daran dachte, es zu entfernen", mutmaßte Hannah. „Was steht drin?"

„Wieder ein fingierter Abschiedsbrief", antwortete Hartmann und las laut vor.

Finster waren die Tage, einsam und leer. Ich lebte das Leben und fand keinen Sinn. Meine Rolle als Mutter ausgelebt, blieb nichts, als die Frau an deiner Seite zu sein. Tagaus, tagein den schönen und geisttötenden Schein zu wahren. Niemals das eigene Selbst findend, kehre ich heim. Verzeih! Renate

„Was für ein Unsinn", erhob Herr Klose die Stimme. „Meine Frau war keinen Augenblick unglücklich in ihrem Leben. Als unsere Tochter Johanna auszog, kämpfte sie eine Weile mit dem Umstand, das stimmt. Inzwischen kam sie jedoch blendend damit zurecht."

„Nehmen Sie sich diese Worte um Himmelswillen nicht zu Herzen. Hier ist jemand unterwegs, der mordet und seine Taten als Selbstmord tarnen will. Dazu benutzt er hochtrabende Sätze, als käme er aus einer anderen Zeit. Aber wir werden, und das kann ich Ihnen versichern, unserem Shakespeare das Handwerk legen", erklärte Hartmann entschlossen. „Hatte Ihre Gattin Feinde?"

„Wo denken Sie hin? Alle mochten sie. Sie war sozial engagiert und half jedem, der sie darum bat."

„Arbeitet Ihre Frau?"

„Ja, halbe Tage bei Matasch in der Buchhaltung."

„In Kelsterbach?"

„Ja, warum?"

„Dazu dürfen wir Ihnen zum jetzigen Zeitpunkt nichts sagen, da es Teil der Ermittlungen ist", erklärte Hartmann bedauernd. „Noch eine letzte Frage. Wohin sagten Sie, ging Ihr Angelausflug? Entschuldigen Sie bitte, aber ich muss das klären."

„Zum Ginsheimer Altrhein, zusammen mit drei Freunden. Ich kann Ihnen die Namen geben."

„Bei Gelegenheit, Herr Klose. Wir fahren jetzt ins Präsidium. Bleiben Sie hier, bis die Kollegen der Spurensicherung kommen. Wir melden uns und drücken die Daumen, dass Ihre Frau recht bald das Bewusstsein wiedererlangt", ergänzte Hannah und verabschiedete sich per Handschlag.

Die Psychiaterin und Psychotherapeutin Dr. Thea Klingelbach saß müde und erschlagen am Frühstückstisch. In der Nacht weckte sie ein furchteinflößender Traum, der sie lange wachliegen ließ. Sie grübelte seit Freitagabend, ob ihre Entscheidung, den Patienten 328 mit dem Faible für Katzen ohne Medikamente ins Wochenende zu lassen, vertretbar schien. Nachdem sie sich während der Sitzung zunächst überhaupt nichts bei ihrem Vorschlag dachte, kamen ihr bereits kurz nach dem Verschwinden des Behandelten erste Zweifel. Sie vermutete hinter ihren Gedanken zum Therapieverlauf den Auslöser des Traumes, in dem sie mit einem Panther gerungen hatte.

„Ich sollte aufhören, mich verrückt zu machen", sagte sie zu sich selbst und kicherte. „Aber sind wir in diesem Berufszweig das nicht sowieso alle ein klein wenig? Der Psychiater kommt früher oder später selbst zu einer Psychose."

Behutsam strich sie über das Haupt von Mona Lisa, die es sich auf dem Stuhl neben ihr bequem gemacht hatte. Die Katze hob träge den Kopf, blinzelte, ließ ein sparsames Schnurren hören und rollte in ihre Position zurück.

„Na, mein Fräulein. Einmal mehr knauserig in Sachen Liebesbezeugung? Das nächste Mal spare ich dafür an Leckerlis und wir testen aus, wer am längeren Hebel sitzt." Mona Lisa erhob sich, machte einen Buckel, um ihre Glieder zu strecken, und warf ihrer Besitzerin einen missbilligenden Blick zu, als habe sie jedes Wort verstanden. Als Thea Klingelbach ihren

Kaffeebecher zum Mund führte, zerkratzte ihr die Katze beim Absprung auf den Fußboden den Arm.

„Pass doch auf, du Mistkröte“, fluchte sie und wischte mit der Serviette über den blutigen Kratzer. Unwillkürlich kam ihr erneut das Verhalten des Patienten in den Sinn. Ich kann das so nicht stehenlassen, beschloss sie, während sie bereits zum Telefonhörer griff. Vor Jahren hatte sie es sich zur Gewohnheit gemacht, die Rufnummern der von ihr behandelten Personen in einem Notizbuch festzuhalten.

Zu ihrem Bedauern erreichte sie niemanden, weshalb sie ein Post-it beschriftete und an ihre Handtasche klebte. Dadurch stellte sie sicher, unter keinen Umständen zu vergessen, den Patienten für Montag einzubestellen.

„Möglicherweise erreiche ich später jemanden“, beruhigte sie sich selbst. „So lange werde ich jetzt auf meiner Liege die Sonne genießen und eine Mütze Schlaf nachholen. Was ist mit dir, Mona Lisa? Kommst du mit hinaus?“

Die Katze reagierte nicht. Vermutlich lag sie bereits in einem ihrer zahlreichen Verstecke und schlief.

„Frau Klose arbeitet bei Matasch, seltsamer Zufall, oder?“, bemerkte Hannah, nachdem sie im Wagen saßen.
„Allerdings! Und einer, der eher keiner ist, wenn du mich fragst. Nach dem Meeting sollten wir das noch einmal mit Herrn Reinheimer besprechen und herausfinden, ob die beiden sich kannten“, beschloss Hartmann und fuhr los.
„Kopfzerbrechen macht mir auch, wie der Täter am Maindamm so einfach davonkommen konnte. Die Gassen, die er auf dem Weg zur Hauptstraße nutzen musste, sind sehr schmal. Kam er da problemlos durch? Wenn man dort einem anderen Fahrzeug begegnet, wird es ordentlich eng.“
„Ich kenne die Straße zwar kaum, aber ich nehme an, dass er einfach Glück hatte. Vielleicht hatte er keine Eile hatte, weil er den Zeugen nicht unbedingt wahrgenommen haben muss. Zur Tatzeit stand die Sonne hoch am Himmel, absolut möglich, dass sie ihn blendete. Zur Sicherheit können wir bei den Anwohnern nachhaken, ob jemand was gesehen hat. Aber ob uns das weiterbringt?“ Sie zog fragend die Schultern nach oben.
Hardy bog in den Hasengrund ein, suchte eine Parklücke direkt am Eingang zum Revier und wurde sofort fündig.
„Das wird heute eine Menge Arbeit. Hoffentlich sind die Kollegen ähnlich motiviert wie wir.“
Er gähnte theatralisch, um zu signalisieren, dass er seine Couch vorgezogen hätte.

„Mensch, Hartmann! Vergiss die Internetrendezvous, bis wir hier durch sind. Die interessierten Mädels werden sich nicht abwenden, nur weil du einen Tag offline bist.“
„Dein Wort in Gottes Gehörgang. Es gibt da eine, bei der ich unsagbar niedergeschlagen wäre, wenn der Kontakt abreißt“, erklärte er schwärmend. „Sie ist so …“
„Klappe jetzt“, stoppte Hannah seinen Redefluss. „Dafür habe ich im Augenblick keinen Kopf. Behalte die Story für dich, bis wir diesen Kranken erwischen. Danach bin ich ganz Ohr und werde mir, bei einer teuren Flasche Wein, alles anhören und Tipps auspacken.“
„Du? Was macht ein Mädel, das vor seiner misslungenen Liebesbeziehung geflohen ist, zu einem kompetenten Ratgeber?“
Sie streckte ihm die Zunge heraus. „Blödmann. Bloß weil es einmal schiefging, bedeutet das keinesfalls, dass ich nicht zur Ratgebertante prädestiniert bin. Übe dich in Geduld, mein allerliebster Jens.“ Sie betonte seinen Vornamen extrem deutlich. „Bald staunst du Bauklötze! Aber nun lass uns reingehen, wir sind spät dran.“
„Danke, Hannah“, sagte er im Gehen.
Verwundert sah die Kommissarin ihn an: „Wofür?“
„Dafür, dass du meine Partnerin bist, wir uns mit Respekt begegnen und trotzdem eine Menge Spaß haben.“
„Ich danke dir“, gab sie gerührt zurück, während sie eine Woge der Verbundenheit verspürte.

Im Büro von Josef Mitheimer waren außer einem noch fehlenden Kollegen alle anwesend. Rasch erläuterte Hannah, was sie im Gespräch mit Herrn Klose erfahren hatten. Bei der Erwähnung der Firma Matasch ging ein Raunen durch den Raum.

„Damit haben wir zumindest eine Übereinstimmung bei den beiden Opfern. Sie haben eine Verbindung zu der Firma. Ob uns das weiterbringt, wird sich zeigen“, erklärte der Chef. „Die Spurensicherung ist in der Freiligrathstraße eingetroffen. Bislang keine Spuren von Einbruch, wie Sie vermuteten. Für mich legt das die Vermutung nahe, dass Frau Klose den Täter entweder kannte oder er mit einer List ins Haus gelangte. Auch die Spritze bringt uns leider nicht weiter. Für heute sind einige Befragungen durchzuführen. Da sind Herr Reinheimer und der Geschäftsführer von Matasch. Außerdem die Anwohner am Damm und in der Straße, in der die Kloses wohnen. Habe ich etwas vergessen?“ Er schaute fragend in die Runde.

„Jemand könnte diese Katzenzeichnung genauer unter die Lupe nehmen und im Internet nach Hinweisen suchen, ob sie als Symbol für irgendetwas auftaucht“, schlug Hartmann vor.

„Erneute Befragung der Nachbarin von Reinheimers?“, kam es vorsichtig von Axel Neumann. „Möglich, dass sie etwas von einer Freundschaft zwischen den Opfern weiß. Der Ehemann scheint nicht besonders gut informiert über ihre Freunde und Bekannten zu sein, oder?“

Mit vor Aufregung geröteten Wangen wartete er auf die Reaktion der Kollegen. Erst vor Kurzem zum Team der Rüsselsheimer gestoßen, wollte er sich ein paar Lorbeeren verdienen.

„Ausgezeichnet, Neumann, wollen Sie das übernehmen?“, fragte Mitheimer freundlich.

„Klar!“

„Die Zeichnung überprüfe ich persönlich. Frau Bindhoffer fährt mit Alkan zum Geschäftsführer von Matasch. Hartmann und Seidel übernehmen Herrn Reinheimer und dessen Nachbarin. Der Rest geht zum Damm.“

Hardy nahm seinen Chef scharf ins Visier, bevor er fragte: „Darf ich erfahren, warum ich heute mit Friedhelm zusammenarbeite?“

„Weil ich es so einteile. Gibt es da ein Problem?“

„Allerdings, und dabei möchte ich dir …“, er deutete in Seidels Richtung, „nicht zu nahe treten. Wozu hat man einen Partner, wenn man dann einem anderen zugeteilt wird?“

„Ich setze in diesem Team eine gewisse Anpassungsfähigkeit voraus. Auch die Akzeptanz, dass meine Entscheidungen begründet sind. Ich muss sie keinesfalls mit jemandem von Ihnen erörtern. Ist das rübergekommen? Wir haben keine Zeit zu verlieren, es gibt Wichtigeres, als über Befindlichkeiten zu diskutieren. Ende der Ansage“, schloss er mit zorniger Miene.

Auf dem Parkplatz zog Hannah Jens hastig beiseite. „Warum schikaniert er mich so?"
„Er drangsaliert uns alle. Glaubst du, Seidel wäre nicht lieber mit Çetin losgezogen? Keine Ahnung, was heute in ihn gefahren ist. Aber ich weiß, dass ich dir etwas sagen muss. Deshalb bitte ich dich, ruf an, wenn du zuhause bist. Hier möchte ich das ungern besprechen, okay?"
Hannah nickte und überlegte, was Hartmann dazu bewog, nun doch freiwillig mit der Sprache herauszurücken.
„In Ordnung, ich fahre dann. Sei nett zu Frau Nässer, sie steht auf dich."
„Wer ist das?", fragte Hardy mit fragender Miene.
„Die Nachbarin, du Ei!"
„Sag doch gleich, dass du von Rosalind sprichst. Da hätte es sofort geklingelt."
„Ro-sa-lind", flötete Hannah grinsend, klopfte ihm auf die Schultern und ging zum Wagen von Çetin, der sie mit rudernden Handbewegungen zur Eile antrieb.
„Der scheint es eilig zu haben. Besser du bewegst dich. Bis nachher und mach dir keinen Kopf."

Die Kommissarin stieg zu Çetin Alkan ins Auto. Während sie den Sicherheitsgurt anlegte, beobachtete sie, wie Mitheimer aus der Tür kam und Hartmann zu sich rief.

„Was läuft da zwischen den beiden?“, fragte ihr Kollege, der ebenfalls in die Richtung schaute.

„Frag mich was Leichteres. Irgendetwas muss dem Boss ordentlich den Morgenkaffee verhagelt haben. So wie der drauf ist.“

„Der Türke ist unschuldig“, erklärte er grinsend und fuhr vom Parkplatz.

„Was ist der Reinheimer für ein Typ? Hältst du ihn für glaubwürdig?“
„Bisher ja. Ich bin allerdings auf die Reaktion gespannt, wenn wir ihm mitteilen, dass eine seiner Arbeitskolleginnen ebenfalls attackiert wurde. Durchaus denkbar, dass es einen Zusammenhang gibt, der ihm erst danach dämmert. Ich hoffe es zumindest.“
Sie vereinbarte telefonisch ein Gespräch mit Herrn Horn, dem Geschäftsführer von Matasch.
„Mir kommt das Ganze unheimlich bizarr vor. Ich meine, wer schnappt sich eine Spritze mit Insulin und spritzt sie jemandem? Da muss eine Menge Wut dahinterstecken. Und ich vermute eine Täterin. Auch wegen der Statistiken zu Giftmorden, aber hinterfrag es nicht weiter, es ist eher ein Bauchgefühl“, nahm Çetin das Gespräch wieder auf.
„Echt?“ Hannah schüttelte den Kopf. „Ich kann mir keinen weiblichen Täter ausmalen. Die Kaltblütigkeit, eine bewusstlose Person einfach abzukippen, spricht tendenziell für einen Mann.“
„Wir könnten darum wetten, wer recht behält. Meine Intuition hat mich selten getäuscht.“
„Çetin, du spinnst! Ich denke, dass du eines Tages Haus und Hof verwettet hast.“
„Südländisches Temperament. Ich kann nichts dagegen unternehmen. Die Gene sind übermächtig, glaube mir.“

Als Hannah und ihr Kollege in der Firma Matasch ankamen, teilte ihnen der Mann am Empfang mit, dass der Geschäftsführer sie im Büro erwartete. Auf die Frage, ob Herr Reinheimer im Hause sei, verdrehte er kurz die Augen und erwiderte: „Er scheint hier neuerdings zu wohnen. Klar, man kann es ja nachvollziehen. Aber in der Firma zu übernachten? Ich weiß nicht, da ginge ich eher zu Verwandten oder Freunden. Gleich hier vorne links die erste Tür“, erklärte er danach, wieder in geschäftsmäßigem Ton.
„Dann werden Hartmann und Seidel bald hier aufschlagen. Wir hätten mit einem Wagen fahren können“, stellte Çetin lachend fest und klopfte an die Tür von Herrn Horns Büro.

Ein großgewachsener, rundlicher Mann begrüßte die Beamten freundlich und bat sie Platz zu nehmen. „Kann ich Ihnen etwas zu trinken anbieten?“
Sie lehnten dankend ab.
„Herr Horn, Sie wissen von Marion Reinheimer und Renate Klose?“
„Ja, tragische Geschichte. Dass beide mit meinem Betrieb in Verbindung stehen, macht mir ordentlich zu schaffen. Ich bin ein äußerst friedliebender Mensch, der es mag, wenn der Alltag in harmonischen Bahnen verläuft. Unzweifelhaft ist dies nicht immer möglich, das ist selbst mir klar. Aber ich hasse es, mit anzusehen, wie Leute sich ohne Grund schikanieren.“

„Kannten Sie die beiden persönlich?“

„Die eine mehr, die andere weniger. Frau Reinheimer traf ich zweimal auf Firmenfeiern. Renate Klose wurde in den letzten Jahren eine meiner engsten Mitarbeiterinnen. Als Geschäftsführer muss mir daran gelegen sein, die Buchhaltung in Ordnung zu wissen. Darüber musste ich mir bei ihr absolut keine Sorgen machen. Sie arbeitete außerordentlich korrekt und ich bot ihr immer wieder an, ihre Stundenzahl aufzustocken.“

„Klingt nach der Mitarbeiterin des Monats“, versuchte Çetin den Mann im Redefluss zu stoppen.

„In der Tat.“

„Wissen Sie, ob sich die Frauen einmal kennengelernt haben?“

„Glaube ich kaum. Marion Reinheimer war absolut kein geselliger Mensch. Zumindest nicht, wenn sie bei uns an einer Feierlichkeit teilnahm. Renate Klose hingegen …“, er räusperte sich kurz, „ist … das genaue Gegenteil. Sie liebt es, mit Kollegen zusammen zu sein. Mit ihnen zu tanzen, sich zu unterhalten und Spaß zu haben.“

„Haben Sie irgendeine Vermutung, weshalb beide Opfer durch die Firma in Verbindung stehen könnten?“

„Nein. Ich wünsche mir nichts sehnlicher als zu erfahren, dass diese Tatsache reiner Zufall ist.“

„Können wir uns kurz den Arbeitsplatz Ihrer Buchhalterin ansehen?“

„Sicher“, erwiderte der Geschäftsführer, stand auf und begleitete sie zur Tür. „Gleich rechts nebenan. Ich bin hier, wenn Sie noch etwas wissen möchten.“

Nach dreimaligem vergeblichen Läuten bei Familie Reinheimer drückte Hartmann beherzt den Klingelknopf, auf dem der Name Nässer stand.
„Hoffentlich ist die nette Rosalind wenigstens zuhause, sonst haben wir beide ein Problem“, erklärte er Seidel, als der Türöffner brummte.
Am Fußboden im Hausflur des Erdgeschosses lagen nirgendwo mehr Prospekte herum. Auch die Briefkästen schienen vom Papierballast der letzten Tage befreit worden zu sein. Hardy pfiff anerkennend. „Wow, da hat jemand kolossal Dampf gemacht.“
Wie aufs Stichwort öffnete sich die Fahrstuhltür und ein hagerer, älterer Mann schob einen Reinigungswagen in den Gang. Als er die beiden erblickte, lächelte er freundlich und fragte: „Kann ich helfen? Suchen Sie wen?“
„Danke. Wir wissen, wo wir hinmüssen. Aber darf ich Ihnen ein Kompliment aussprechen?“
„Hä?“, kommentierte der Mann ungläubig und schien nicht sicher, ob der Kommissar ihn auf den Arm nehmen wollte.
Hartmann wies mit zwei ausgestreckten Zeigefingern in den Hausflur.
„Ich meine das hier! Alles so sauber. Einen Moment dachte ich, ich habe mich in der Tür geirrt. Putzen Sie hier öfter?“
„Klar. Einmal die Woche auf den Sonntag. Der einzige Tag der mir bleibt, weil ich sonst im Lager schufte.“

„Sind Sie mit einigen der Mieter hier im Haus bekannt?“, wollte Seidel wissen.
„Natürlich. Ich schrubbe hier seit mehr als sechs Jahren. Da trifft man den ein oder anderen Bewohner und spricht ein paar Worte.“
„Die Reinheimers? Kennen Sie die?“
„Neunter Stock. Sie eher schüchtern, dennoch immer freundlich. Er ständig im Anzug, rennt durch die Flure, als sei er auf der Flucht und tut ausgesprochen wichtig. Aber Moment … Jetzt kapiere ich. Sie sind von der Polizei, stimmts?“
Die Beamten nickten zustimmend.
„Herr Reinheimer ist leider nicht zuhause. Haben Sie ihn zufällig gesehen heute?“
„Nein. Wäre mir aufgefallen. Bei dem Getuschel im Haus achtet man besonders auf ihn.“
„Kann ich mir ausmalen“, erwiderte Hartmann. „Trotzdem danke und nochmals alle Achtung. Sollten Sie einmal auf der Suche nach einer privaten Reinigungsstelle sein, denken Sie bitte zuerst an mich.“
„Das werde ich mir merken. Aber was ist jetzt? Wollten Sie hoch?“
Seidel lachte. „Wo Sie es erwähnen, so war der Plan. Schönen Tag noch, Herr …?“
„Meier, schlicht und ergreifend. Wiedersehen und viel Erfolg.“

Rosalind Nässer stand in ihrer Wohnungstür und sah ihnen erwartungsvoll entgegen.

„Gibts was Neues?“

„Ja und nein“, antwortete der Kommissar und zeigte auf seinen Kollegen. „Darf ich bekanntmachen? Herr Seidel, ebenfalls von der Kripo.“

„Wo ist Ihre nette Kollegin?“

„Sie ist bei einer anderen Befragung. Ich soll aber herzliche Grüße bestellen. Ihnen und Hennes Blau.“

Das hatte Hannah zwar nicht unmissverständlich gesagt, doch er war sicher, in ihrem Sinne gegrüßt zu haben.

„Weswegen wir hier sind. Erwähnte Marion Reinheimer jemals eine Freundin namens Renate Klose?“

Rosalind Nässer überlegte einen Moment, bevor sie entschieden den Kopf schüttelte. „Nein, nie. Ich kenne zwar eine Frau, die so heißt, aber die wohnt weit weg. Und einen so enormen Seltenheitswert besitzt er auch nicht, dieser Nachname, stimmts? Was ist mit der Dame? Hat sie etwas mit Marions Tod zu schaffen?“

„Entschiedenes Nein. Sie arbeitet mit Herrn Reinheimer und …“

Seidel stieß ihm den Ellenbogen in die Seite, um seinen Redefluss zu stoppen.

„Verzeihung, aber mehr dürfen wir in diesem Zusammenhang nicht preisgeben“, ergänzte er die Worte des Kollegen Hartmann.

„Verstehe“, sie nickte verständnisvoll. „Sonst noch Fragen?“
„Eine.“ Hardy grinste spitzbübisch. „Irgendeine Idee, wo wir Herrn Reinheimer finden?“
„Identische Antwort. In der Firma. In aller Früh hörte ich seine Wohnungstür. Jede Wette, dass er schon wieder am Schreibtisch sitzt. Kann ich sie sehen?“
Hartmann errötete: „Wen? Mich?“
Frau Nässer unterdrückte ein Lachen: „Nein, Marion!“
„Ach so. Sorry, manchmal bin ich ein Träumer. Leider ist das im Moment unmöglich, weil noch keine Freigabe vorliegt. Setzen Sie sich deswegen später am besten mit ihrem Mann in Verbindung. Er wird informiert, sobald alles abgeschlossen ist.“
Sie verzog das Gesicht. „Vergessen Sie es, war nur so ein Gedanke. Gegen einen gemeinsamen Kaffee mit Ihnen gibt es absolut keine Einwände. Solange es beim Heißgetränk bleibt, Daddy.“ Sie zwinkerte kokett.
„Lass uns fahren“, versuchte Seidel die Situation für seinen Kollegen zu entschärfen. „Wir sind in Eile, vergessen?“
„Nein. Ich bin dafür, dass wir uns beeilen. Hier meine Karte, nur für den Fall, dass Ihnen noch etwas einfällt und nicht, weil ich auf ein Date hoffe.“
„Prima, jetzt fühle ich mich richtiggehend behütet.“ Sie blinzelte ihm erneut zu.

Hannah und Çetin betraten das Büro von Frau Klose.
Der Raum, der im Gegensatz zum Arbeitsplatz von Herrn Horn eher bescheiden wirkte, zeigte akribische Ordnung. Sämtliche Ordner an den Wänden trugen sorgfältig ausgefüllte Etiketten, die einen raschen Überblick über den Inhalt erlaubten. Ein Umstand, den man in vielen Büroräumen vorfand. Betrachtete man allerdings die Farben der Ordnerrücken, erkannte man ohne Probleme einen ausgesprochen farbenfrohen Menschen. Nach den Nuancen des Regenbogens angeordnet, verliehen sie dem Raum einen Charme, den das Büro des Geschäftsführers mit seiner Designereinrichtung bei Weitem nicht erreichte.
Am Fenster klirrte leise ein Windspiel.
„Dieses Regal ist faszinierend. Das Geklimper hingegen würde mich spätestens nach zehn Minuten in den Wahnsinn treiben“, stellte Hannah fest und zog wahllos eine der Akten heraus. „Buchhaltungskram eben“, seufzte sie.
Çetin grinste sie vom Schreibtisch aus, den er genauer in Augenschein nahm, an und erwiderte: „Klingt so, als sei das nicht die Erfüllung deiner Berufsträume.“
„Ein Alptraum. Wenn ich mir vorstelle, ich müsste mich den gesamten Tag damit beschäftigen, Berichte zu schreiben und abzulegen, wäre ich längst über alle Berge.“
Die in die Kamera grinsende Familie, deren Foto in einem silbernen Rahmen auf Frau Kloses Schreibtisch stand, schien ihre Aussage zu belächeln.

„Bedauerlich. Ich hoffte darauf, das Gegenteil von dir zu hören. Mir geht es ähnlich und ich bin ständig auf der Suche nach Opfern, denen ich meinen Schreibkram unterjubeln kann."

„Vergiss es, denn damit sind wir schon zu zweit." Sie grinste und öffnete eine Schublade.

„Heftklammern, Locher, Bleistifte, Radiergummi. Nichts Aufregendes hier. Bei dir?"

Ihr Kollege hielt ein Blatt in der Hand und bedeutete ihr mit einer Geste, einen Moment zu schweigen.

Neugierig trat sie an seine Seite. Bereits nach den ersten Zeilen erkannte sie, dass es sich um ein Gedicht handelte, in dem eine Katze beschrieben wurde.

„Zeig mal her", zischte sie ungeduldig.

„Gleich. Ich versuche mir auszumalen, ob sie das eher zufällig hier liegen hat oder ob es relevant ist."

„Besser du tatschst es nicht überall an. Nur für den Fall, dass es ein Beweisstück ist."

Çetin brummte zustimmend und zog ein Paar Handschuhe aus seiner Hosentasche.

„Es scheint mir mit hoher Wahrscheinlichkeit Marke Eigenbau zu sein, und wurde von keinem großen Lyriker verfasst. Wobei ich zugeben muss, dass mein Horizont in dieser Richtung eher begrenzt ist. Ich hoffe, dass ich nicht gerade einen Meister der Dichtkunst verkenne. Wirf du einen Blick darauf und bestätige die fachsichere Meinung."

Grinsend schob er Hannah das Blatt zu.
„Bist du in der Ausübung deines Jobs auch einmal ernsthaft?"
„Absolut unüblich", gab er zu und verschränkte abwartend die Arme vor der Brust.
„Was?", rief die Kommissarin angespannt.
„Handschuhe, wenn ich bitten darf!"
„Eins zu null für dich. Und jetzt halt für drei Sekunden die Klappe."
Hannah überflog die Zeilen zunächst flüchtig. Kein Meisterwerk, da musste sie Çetin beipflichten. Als sie jedoch langsam zum Ende des Textes gelangte, schlugen all ihre Sinne Alarm. Sie hatten etwas gefunden, was sie weiterbringen konnte. Zweifelsohne stand es mit den Fällen in Zusammenhang und stammte damit direkt vom Täter selbst.

Katzen schmiegen sich an, suchen Geborgenheit.
Wollen Wasser, Futter und Streicheleinheiten,
doch steht ihnen auch die Abtrünnigkeit.
Sie allein bestimmen die Zeit, der gewollten Zweisamkeit,
sind sie Tage verschwunden, verspüren sie Leid.
Allerdings nehmen sie übel es dir sehr,
lässt du sie draußen und fütterst nicht mehr.
Kein Erbarmen kannst du erwarten,
sind sie erst weg und in Nachbars Garten.
Die Liebe die du erworben in Jahren und Stunden,
ist in kürzester Zeit unwiederbringlich verschwunden.

Und kehrt sie dir den Rücken kalt,
sei gefasst auf einen Hinterhalt.
Mit Krallen und Fauchen kann sie sich wehren,
mit Gewalt zu ihrem Willen bekehren.
Leg dich nicht mit der Felidae an,
und teile das Wissen mit deinem Mann.

Langsam legte sie das Blatt auf den Tisch zurück und holte tief Luft. „Falls ich das Gedicht richtig interpretiere, und stoppe mich bitte sofort, wenn du anderer Meinung bist. Damit ich später nicht in den nächsten Fettnapf von Mitheimer trete, den er bereithält."

„In Ordnung. Willst du jetzt endlich loswerden, was du zu sagen hast?"

Sie atmete tief ein, unschlüssig, ob sie mit ihrer Vermutung recht behalten konnte. „Sieh auf den letzten Teil der Worte. Krallen und Fauchen, sich wehren und bekehren. So weit noch nachvollziehbar. Was aber soll die Erwähnung des Mannes? Ich glaube, dass der Täter in Wirklichkeit nicht die Ehefrauen treffen wollte, sondern den Gatten. Verstehst du?"

Er nickte nachdenklich. „Wir sollten danach suchen, was die Ehemänner der Opfer verbindet und ob es hier eine Verbindung gibt?"

„Bingo. Und einer der Herren sitzt zufällig hier in der Firma. Lass uns nach oben zu Herrn Reinheimer gehen. Nimm das Gedicht mit, wir konfrontieren ihn auf der Stelle damit."

Als Thea Klingelbach von der Terrasse, auf der sie mehr als zwei Stunden geschlafen hatte, zurück ins Wohnzimmer kam, entdeckte sie die offenstehende Haustür. Verwundert ging sie den Flur entlang und bemerkte, dass winzige Erdklümpchen auf dem Boden lagen. Mona Lisa, eine Meisterin im Türenöffnen, musste die Täterin sein. Die Eingangstür indessen hatte sie bisher immer außer Acht gelassen. Wenn ihr Freiheitsdrang sie nach draußen zog, nutzte sie ihre Katzenklappe in der Küche.

„Weshalb machst du das denn jetzt? Und woher hast du den vielen Dreck gezaubert?“, fragte sie laut und schaute sich um. Von ihrer Katze fehlte jede Spur.

„Sieh zu, dass du auftauchst und dir deine Schelte abholst.“

Keine Regung. Sie schien sich nicht im Haus aufzuhalten und die Therapeutin empfand ein leises Gefühl des Unbehagens, als sie an die Tür schritt und sie mit Schwung schloss. Sie beugte sich zu einem der Erdklumpen und betrachtete ihn, auf ihrer Hand liegend, genauer. Beunruhigt darüber, dass sie die Form der Erde an das Profil einer Schuhsohle erinnerte, griff sie einen weiteren Brocken. Ihre zitternden Finger ließen die sandigen Klumpen auf den Boden fallen, weil sie keinen absolut eindeutigen Abdruck fand.

„Mona Lisa“, rief sie ängstlich und flüsternd nach ihrem Haustier.

Aus der Küche drang ein knisternder Ton an ihr Ohr. Mit weichen Knien schlich sie vorsichtig zur Ecke. Sie entdeckte nichts Verdächtiges, doch das Geräusch blieb stetig vernehmbar. Drei weitere zaghafte Schritte. Am Eingang zum Wohnzimmer nahm sie leise das Barometer von der Wand und hielt es als Waffe vor die Brust. Hinter der Theke der offenen Küche sah sie Mona Lisa, die mit verschmitztem Ausdruck vor einer in Plastik verpackten Reihe von Leckerlis saß. Kauend versuchte sie, die begehrte Ware von ihrer Umhüllung zu befreien.

Erleichtert ließ Thea Klingelbach ihre improvisierte Waffe sinken und ging neben der Katze in die Hocke.

„Ist dir klar, was für einen Schrecken du mir eingejagt hast? Mach wenigstens die Pfoten sauber, wenn du von deinen Jagdtouren wiederkommst. Kein nennenswerter Erfolg da draußen, oder? So wie du dich über die Stangen hermachst."

Sie hob die Katze vom Boden auf ihren Arm und stellte verwundert und beunruhigt fest, dass keinerlei Schlamm an ihren Pfoten klebte.

„Das ist eine Fellnase, ausgeprägter Putz- und Fellfimmel. Denk daran und mach dich nicht wegen jeder Kleinigkeit verrückt", ermahnte sie sich selbst zur Ruhe.

„Zudem eine, die es faustdick hinter den Ohren hat", ergänzte sie und strich Mona Lisa sanft über die Nase. Das Antwortschnurren kam prompt und beruhigte ihren raschen Pulsschlag. Das leise Gefühl des Unbehagens blieb dennoch spürbar.

Als sich Hartmann und Seidel am Empfang auswiesen und nach Herrn Reinheimer fragten, zog der Mann überrascht die Augenbrauen hoch.
“Noch mehr Polizei? Da sind schon zwei von Ihnen im Haus.“
„Ich weiß“, erwiderte Hardy. „Sieht alles viel gefährlicher und dringender aus, als es ist. Wir müssen Ihren Mitarbeiter etwas fragen und zuhause war er nicht.“
„Ihre Kollegen sind ebenfalls auf dem Weg zu ihm. Sind vor etwa drei Minuten mit dem Lift nach oben. So langsam wird es dann eng in seinem Büro“, versuchte er zu scherzen.
„Danke“, erwiderte Seidel humorlos und schritt zum Fahrstuhl.

Wie vermutet trafen die vier Polizisten bei Herrn Reinheimer aufeinander. Hannah hielt ihm das gefundene Gedicht entgegen und fragte: „Fällt Ihnen dazu etwas ein?“
Während er las, erklärte Çetin seinen eingetroffenen Kollegen leise die Situation.
Ungeduldig trommelte die Kommissarin mit den Fingern auf der Schreibtischplatte. „Und?“
Herr Reinheimer hob den Blick und zuckte die Achseln. „Keine Ahnung. Was soll das darstellen?“
„Einen Reim, den wir in einer Schublade Ihrer Arbeitskollegin fanden. Sie wissen, dass Ihre Kollegin ebenfalls angegriffen wurde?“
„Ich erfuhr es heute früh, als ich eintraf, ja.“

„Bei beiden Angriffen spielte der Hinweis auf eine Katze eine Rolle. Bei Ihnen der Anruf."

Sie setzte Reinheimer in Kenntnis über das, was sie in seiner Wohnung am Telefon gehört hatte.

„Bei Renate Klose lag eine Zeichnung am Fundort auf der Mainwiese und eben fanden wir dieses Gedicht in ihrer Schublade. Die Anspielung auf die Männer macht mich glauben, das Sie mehr über das Thema wissen. Denken Sie nach, es muss etwas geben."

Der Befragte schüttelte ungeduldig den Kopf.

„Ich kann Ihnen nicht weiterhelfen. Womit vermuten Sie, verbringe ich den Tag hier im Büro? Arbeiten? Nein! Die zu bearbeitenden Unterlagen liegen noch genauso hier am Platz wie vorgestern. Ich grübele und zermartere mir das Hirn, ob ich irgendetwas getan oder gesagt habe, was den Täter auf meine Marion aufmerksam machte. Ich komme zu keinem Ergebnis. Das muss anders zusammenhängen."

„Herr Reinheimer, kannte Ihre Frau Renate Klose?", setzte Hartmann das Gespräch fort.

„Nein, die beiden begegneten sich nur ein einziges Mal auf einer Weihnachtsfeier der Firma."

„Das wissen Sie genau?", hakte Hannah nach.

„Ganz bestimmt. Ich denke, ich wüsste doch, wenn sie eine meiner Arbeitskolleginnen träfe."

„Frau Nässer erwähnte, dass Sie eher wenig von der Freizeitgestaltung Ihrer Gattin wahrnahmen."

Herr Reinheimer schnaubte verächtlich. „Rosalind? Diese eifersüchtige Ziege von nebenan? Legen Sie ihre Worte bitte nicht auf die Goldwaage. Wollen Sie hören, was ich über sie denke?“

Das zustimmende Nicken aller Beamten erfolgte prompt und zeitgleich.

„Sie liebte Marion. Jede Wette, dass sie Neigungen in gleichgeschlechtlicher Richtung hat. Kann sein, dass sie es ihr nie gestand, doch meine Meinung steht diesbezüglich fest. Allein wie sie sie angeschaut hat, wenn sie uns gemeinsam auf dem Flur traf. Ein Blick wie ein Dolch und auf eine seltsame Art, beinahe mordlüstern. Sie tobte, als Marion eine Verabredung mit ihr sausen ließ, um stattdessen etwas mit mir zu unternehmen. Eine Furie, die vor nichts zurückschreckt. Haben Sie die junge Dame einmal nach ihrem Alibi befragt? Nein? Dann würde ich das schleunigst nachholen. Und je länger ich darüber nachdenke, um so dringlicher scheint mir die Maßnahme!“

Verwundert schaute Hannah ihn an und musste insgeheim zugeben, dass die Nachbarin, zumindest für den Mord an Frau Reinheimer, ein Motiv haben könnte, falls er mit seiner Beobachtung richtig lag.

„Dürfen wir Ihre Therapeutin wegen Ihrer psychischen Probleme befragen? Auch im Zusammenhang damit, ob ihr etwas an Ihren Gesprächen aufgefallen ist, was uns weiterhelfen könnte und Ihnen irrelevant erscheint?“

„Entschuldigen Sie, aber dem möchte ich, solange es nicht zwingend erforderlich wird, keinesfalls zustimmen. Ich habe in der Praxis von Frau Dr. Klingelbach sehr private Dinge besprochen. Darunter auch solche, die weder mit meiner Ehe noch meinem Beruf in Zusammenhang stehen. Sehen Sie mir nach, dass ich diese Gespräche gerne für mich behalten möchte."

Çetin erklärte in freundlichem Tonfall: „Ich bin mir sicher, dass Ihnen viel an der Aufklärung des Mordes an Ihrer Frau liegt, oder?"

„Auf jeden Fall."

„Dann bedenken Sie bitte Folgendes. Die Ärztin hört aus Gesprächen mitunter Zwischentöne oder Mitteilungen zwischen den Zeilen heraus, die Ihnen nicht bewusst sein müssen. Absolut denkbar, dass uns genau diese eine Beobachtung zum Durchbruch verhilft. Also, was sagen Sie?"

„Ich bleibe bei meiner Bitte und baue darauf, dass Sie auch ohne das Gespräch mit Frau Dr. Klingelbach den Täter ermitteln."

„Wie Sie wünschen, da lässt sich dann nichts machen. Danke für Ihre Auskünfte, wir sehen uns bald wieder", ergänzte er und deutete den Kollegen mit einem Nicken das Ende der Befragung an.

„Da ist was oberfaul bei dem Kerl. Glaubt dem untrüglichen osmanischen Instinkt."

Seidel grinste: „Haltet ihr es für möglich, dass an der Sache mit der Nachbarin etwas dran ist?"

Hannah schüttelte den Kopf, während Hartmann nickte.

„Na, was denn nun? Könnt ihr beiden euch einigen?"

„Sie wirkte auf mich selbstbewusst genug und hätte uns ihre Liebe zu Marion Reinheimer gestanden. Die ist doch taff, jedenfalls gewann ich den Eindruck von ihr", erklärte Hannah.

„Vergiss nie, dass Menschen durchaus in der Lage sind, ihre Gefühle und Neigungen zu verbergen. Selbst engste Freunde und die Familie haben jahrelang keinen Schimmer. Erinnere dich daran, wie rasch sie ihre tote Freundin nicht mehr sehen wollte, nachdem sie hörte, dass sie deren Ehemann um Erlaubnis bitten solle. Am besten gehst du noch einmal zu ihr und fragst sie direkt."

„Wieso ich?"

Seidel lachte auf.

„Weil Hardy sich diese Peinlichkeit ersparen möchte. Sie hat ihn Daddy genannt und dezent auf ihren Altersunterschied hingewiesen."

„Echt?", fragte die Kommissarin erstaunt. „Ich hatte den Eindruck, dass sie auf dich steht."

„Was uns verdeutlicht, dass auch eine Hannah Bindhoffer mit ihrer Intuition und Menschenkenntnis total danebenliegen kann", stellte Hartmann mit zufriedener Miene fest und drückte den Fahrstuhlknopf fürs Erdgeschoss.

Sein Telefon klingelte. Er sah auf das Display, zögerte eine Sekunde und nahm dann das Gespräch an. Errötend lauschte er und verabschiedete sich rasch.

„Wer war das, Casanova?", fragte Hannah neckend.

„Wenn man vom Teufel spricht. Rosalind Nässer. Sie sagte, sie wollte testen, ob meine Nummer stimmt. Die foppt mich doch, oder?"

„Allerdings", lachte die Kommissarin. „Aber du hast ihr den Zündstoff geliefert. Jetzt sieh zu, dass du dich nicht an den daraus resultierenden Flammen verbrennst."

Seidel nickte begeistert. „Das hätte ich kaum schöner ausdrücken können. Frau Bindhoffer hat es rhetorisch einfach drauf."

„Danke für die Blumen, Kollege, aber jetzt sollten wir uns wieder mit ernsteren Dingen als Hartmanns Privatleben beschäftigen."

Hektisch und mit zittrigen Fingern hämmerte Thomas Reinheimer auf der Tastatur seines Computers herum. Er stampfte nervös mit den Füßen auf und starrte auf den Monitor. „Mach schon“, fluchte er laut.
Auf dem Bildschirm vor ihm baute sich zögerlich ein Bild auf. Den Blick zur Tür gerichtet, lauschte er angespannt, ob Schritte vom Flur zu vernehmen waren. „Komm jetzt!“
Wenige Sekunden später hasteten seine Finger über die Tastatur. Ein Geräusch auf dem Gang. Er hielt inne und atmete tief ein, als es still blieb.
Ein entsetzter Blick auf das, was er zur Antwort bekam. Erneutes Eintippen mehrerer Sätze in Rekordgeschwindigkeit, gefolgt von einem Laut, der all seine Verzweiflung zum Ausdruck brachte. Er legte resigniert den Kopf auf seine auf dem Schreibtisch gekreuzten Arme und weinte haltlos.
„Das kann ich dir unmöglich durchgehen lassen“, schwor er unter zitternden Weinkrämpfen und erhob sich langsam vom Schreibtischplatz.
„Na warte, du Miststück, das wirst du mir büßen!“

Im Eingangsbereich der Firma Matasch standen die vier Beamten beisammen und beratschlagten ihre nächsten Schritte.
„Ich bin dafür, dass du noch einmal bei Frau Nässer vorbeischaust. Geh allein zu ihr. Çetin kann sich solange ein Eis an der Tanke holen“, schlug Hardy vor.
„Denkst du, sie wird mir, wenn es so sein sollte, gleich reinen Wein einschenken?“
„Du hast doch eben noch erklärt, dass du sie für ausgesprochen selbstbewusst hältst und nicht glaubst, dass sie ihre Neigungen verbirgt.“
„Schon, aber ist das im Augenblick relevant?“
„Ich denke ja“, warf Seidel ein. „Vor allem deshalb, um dem missgelaunten Chef vollständige Informationen zu liefern. Er wird es wissen wollen.“
„Bin ganz seiner Meinung, Hannah. Wir versuchen es später bei der Therapeutin. Auch gegen den Willen von Reinheimer. Aber zuerst statten wir Herrn Klose einen Besuch ab. Vielleicht kann er mit dem Gedicht mehr anfangen.“
„Setzt voraus, dass er nicht genauso dicht macht wie der da.“ Çetin deutete nach oben. „Wenn ihr fertig seid, könnt ihr euch melden. Falls es zeitlich passt, können wir die Höhle des Löwen gemeinsam betreten.“
Seidel nickte. „Ich gehe davon aus, dass ihr auch keinen Schimmer habt, warum Mitheimer vorhin so durchgedreht ist?“

„Nicht den geringsten“, erklärte die Kommissarin. „Wartet bitte noch einen kleinen Moment, ich möchte Herrn Horn das Gedicht zeigen.“
Sie klopfte an die Bürotür und trat ein.
„Ich habe das Gefühl, dass der Boss sich auf Hannah und dich eingeschossen hat, Hardy. Wir anderen bekommen die Breitseite nur mit ab. Könnte da was dran sein?“
Er zuckte die Schultern und verdrehte theatralisch die Augen. „Wer weiß schon, was in der Denkfabrik des Obergurus vor sich geht. Ich bin mir zumindest nicht bewusst, dass Hannah und ich etwas ausgefressen hätten.“
„Lasst uns fahren“, rief die Kommissarin, als sie zurück aus dem Büro des Geschäftsführers kam. „Hier ist vorerst alles erledigt.“
„Er ist genauso ahnungslos wie sein Angestellter?“
„Exakt. Mit dem kleinen Unterschied, dass ich es ihm auch abkaufe. Er war nur verwundert darüber, dass Frau Klose einen solchen Müll überhaupt aufbewahrte. Meinte, das passe in keiner Weise zu ihrem Geschmack.“
„Was uns verdeutlicht, dass sie andere Gründe hatte, es zu behalten“, warf Seidel ein. „Wird Zeit, sich die Meinung des Ehemanns einzuholen.“

Çetin bog in die Zufahrt der Tankstelle, die gegenüber dem Hochhaus lag, und parkte den Wagen seitlich am Gebäude.
„Geh nach oben, ich warte hier. Hartmann hat recht. Wenn die Nässer etwas zu sagen hat, macht sie es am ehesten bei dir. Ein orientalisch aussehender Kollege, den sie wahrscheinlich von vornherein als Macho abstempelt, ist eher kontraproduktiv."
„Kann es sein, dass du voller Komplexe steckst?"
„Nein, ich gebe nur wieder, was ein Gros der Menschen denkt. Mach dir deshalb keinen Kopf, so ist es eben."
„Klingt aber, als könntest du einen Gesprächspartner zum Thema brauchen?"
„Ohne Zweifel. Deswegen spreche ich mit dir. Eine, die selbst in diese Gegend geworfen wurde und sich integrieren muss, ist das perfekte Opfer für mein Geheule."
Er grinste amüsiert.
„Geh doch einfach dahin, wo auch nachts Dauerhitze herrscht!"
Er sah die Kommissarin verständnislos an. „Hä?"
„Fahr zur Hölle, ist die hochdeutsche Version meines Rates."
Lachend stieg sie aus dem Auto und lief zum Hochhaus. Dabei wurde ihr zum ersten Mal bewusst, dass sie und Çetin Alkan sich von Anfang an ganz selbstverständlich geduzt hatten. Vermutlich weil sie der Umstand verband, nicht von hier zu kommen.

„Kein Wunder, dass die Kollegen den Norddeutschen eine allzu direkte Art zuschreiben“, rief er ihr hinterher und hob drohend den Zeigefinger.

„Alles Vorurteile“, antwortete sie, bevor sie die Straße überquerte und dabei heftig winkte.

„Ganz schön taff, die Kleene“, murmelte Çetin, als er zur Tür des Tankstellengebäudes ging. „Das wird sie auch sein müssen, um sich in unserem Haufen zu etablieren. Mit ihrem schmalen Körperbau und dem freundlichen Gesicht ist eine große Klappe überlebensnotwendig.“

Rosalind Nässer wirkte beim Öffnen der Tür erstaunt darüber, wiederholt Besuch von der Polizei zu bekommen.

„Ihre Partner sind erst vor Kurzem gegangen. Was gibt es noch?"

„Ich möchte Sie gerne etwas Persönliches fragen. Können wir hineingehen?"

„Sicher. Ich hoffe, Sie kommen nicht wegen meiner Bemerkung gegenüber Ihrem Kollegen. Das sollte ein Scherz sein."

„Nur indirekt. Mich interessiert, ob Sie mit Marion Reinheimer mehr als Freundschaft verband. Hegten Sie Gefühle für sie?"

„Denken Sie an solche der romantischen Art?"

Hannah nickte.

„Blödsinn. Den Floh hat Ihnen ihr Kerl ins Ohr gesetzt, stimmts?"

„Ja. Er erklärte uns, dass Sie auffallend eifersüchtig reagierten, als Frau Reinheimer seine Gesellschaft der Ihren vorzog."

Rosalind Nässer verschränkte die Arme vor der Brust und fauchte: „Klar kochte ich, weil sie immer, wenn er einmal Zeit für sie hatte, alles andere um sich herum vergaß und nichts Eiligeres zu tun hatte, als nach der Pfeife des Herrn zu tanzen. Enttäuschte er sie in irgendeiner Art und Weise, was häufig genug vorkam, hatte ich Mühe, sie wieder aus ihrem Schneckenhaus hervorzulocken. Ich sagte Ihnen, dass das Verhältnis zu Marion schwierig war, mir aber unheimlich viel bedeutete."

„Haben Sie einen Freund?“

Verärgert hob die junge Frau ihre Brauen.

„Sie glauben mir nicht?“

„Ich will nur sicher sein. Es liegt uns allen daran, den Mord an Ihrer Freundin so rasch es geht aufzuklären. Also?“

„Ja, aber er wohnt in Hannover. Wir sehen uns nur ab und an. Klassische Fernbeziehung. Wollen Sie seinen Namen, damit Sie es überprüfen können?“

Sie nahm einen Block vom Wohnzimmertisch und notierte eine Telefonnummer.

„Hier ist die Nummer. Wenn Sie keine weiteren Fragen haben, bitte ich Sie zu gehen. Ich bin müde.“

„Danke, und entschuldigen Sie meine forsche Art.“

„Geht klar, schönen Tag“, erwiderte sie knapp und begleitete Hannah zur Tür.

An der Tankstelle wiederholte die Kommissarin das Gespräch für ihren Kollegen Çetin.
„Sie schwindelt nicht. Aber ruf zur Sicherheit die Nummer an, die sie dir gegeben hat."
Hannah, die ihr Handy bereits aus der Tasche geholt hatte, wählte die notierten Zahlen und wartete.
„Zeiler."
„Hier spricht Kommissarin Bindhoffer von der Kripo Rüsselsheim. Ich muss im Zusammenhang mit einer Ermittlung eine Aussage von Rosalind Nässer überprüfen."
„Das ging aber flott", gab er erstaunt zur Antwort.
„Sie hat Sie bereits darüber informiert, dass ich Sie kontaktiere?"
„Vor genau einer Minute."
„Okay, dann werden Sie meine Frage, ob Sie ihr Freund sind mit ja beantworten, nehme ich an?"
„Absolut. Hier neben mir liegt ein Bahnticket für nächsten Freitag. Wenn Sie mögen, können Sie mich ab diesem Zeitpunkt in Raunheim treffen."
„Danke Ihnen und entschuldigen Sie die Störung."
„Keine Ursache und viel Erfolg bei Ihren Ermittlungen. Ich mochte Marion. Ein wenig eigen, aber herzensgut, die Frau."
Çetin schloss den Sicherheitsgurt: „Wollen wir los?"
„Ja. Fahr zu, ich gebe Seidel und Hartmann Bescheid, dass wir auf dem Weg zum Präsidium sind."

„Hat Jens das Gedicht abfotografiert? Er muss es Herrn Klose ja zeigen können."

„Mach ihn nicht schusseliger als er ist", verteidigte sie ihren Partner und verschwieg geflissentlich, dass sie das Foto gemacht hatte. „Hat er, und wir nehmen es für die KTU mit."

Çetin streckte den rechten Daumen in die Luft.

„Läuft", stellte er zufrieden fest und startete den Wagen.

Hardy rief Herrn Klose auf dem Handy an, während sein Kollege durch Kelsterbach Richtung Rüsselsheim fuhr.

„Er ist zu Hause", informierte er Seidel nach dem Telefonat. Du kannst also die Freiligratstraße ansteuern. Ich versuche in der Zwischenzeit, Frau Dr. Klingelbach ausfindig zu machen. Auf der Bandansage ihrer Praxis ist leider kein Hinweis auf ihre Privatnummer. Aber womöglich findet Mitheimer die für uns heraus."

„Sei vorsichtig mit dem, worum du den Boss im Moment bittest. So wie er drauf ist, macht er dir die Hölle heiß, nur dafür, dass du überhaupt in Erwägung ziehst, sie zu befragen. Schließlich hat Herr Reinheimer es abgelehnt, seine Erlaubnis zu erteilen."

„Im Telefonbuch gibt es keinen Eintrag."

„Konnte man ahnen. Die Frau wird in ihrer Freizeit nicht ständig von Patienten gestört werden wollen, die sich für die wichtigste Person der Welt halten. Komm, Hardy, du kennst das doch auch. Ist man krank und hat die private Telefonnummer des behandelnden Arztes, ruft man viel eher an. Die Versuchung ist größer, als wenn man bei der ärztlichen Notdienststelle auftauchen muss, um behandelt zu werden."

„Da ist was dran. Meine Erfahrungen dahingehend sind zum Glück nur begrenzt. Was denkst du, sollen wir das morgen in Angriff nehmen? Da müsste die Ärztin in ihrer Praxis zu erreichen sein."

Seidel nickte und bog in die Straße ein. Während beide nach Parkmöglichkeiten Ausschau hielten, die an einem Sonntag in diesem Wohngebiet stets begrenzt waren, stimmte der Kollege ihm zu.

„Ehrlich gesagt ich würde Frau Dr. Klingelbach nur mit Mitheimers Okay aufsuchen. Den Tanz auf dem Pulverfass kannst du dir echt ersparen. Falls Reinheimer in den Kreis der Verdächtigen rückt, wird er der Befragung der Therapeutin zustimmen. Warum willst du zuvor in die Nesseln greifen, wenn es sich vermeiden lässt?"

„Du hast recht, viel preisgeben würde sie ohnehin nicht. Und ein paar Minuten Freizeit mehr stünden uns prima zu Gesicht. Ich werde den Boss weder um Erlaubnis bitten noch nach ihrer Telefonnummer fragen."

„Weiser Entschluss!"

Herr Klose öffnete die Haustür, schon bevor die Beamten den Klingelknopf drückten.

„Kommen Sie herein. Wissen Sie jetzt, wer das meiner Renate angetan hat?"

„Leider nicht. Aber wir müssen Ihnen etwas zeigen, was wir im Büro Ihrer Frau gefunden haben."

Hartmann öffnete die Galerie seines Handys und holte mit zwei Klicks die Fotografie des Gedichtes auf das Display. Zufrieden stellte er fest, dass die Kurzeinweisung von Hannah ihm sehr nützlich wurde.

„Kennen Sie diese Zeilen? Wir haben sie in ihrem Büro entdeckt."
Einen Moment schaute der Befragte konzentriert auf das Smartphone, dann fragte er unsicher: „Was soll das?"
„Nun, wir haben gehofft, dass Sie uns das erklären können."
„Dass es von ihr stammt, kann ich mit Sicherheit ausschließen. Renate mag keine Reime und Gedichte. Die hinken doch alle, pflegte sie zu sagen. Deshalb ist es mir ein Rätsel, wieso Sie es bei ihr gefunden haben."
Der Kommissar steckte das Handy zurück in die Hosentasche.
„Die Anspielung auf die Männer im letzten Teil, klingelt da etwas bei Ihnen?"
„Nochmals nein, leider", erwiderte Herr Klose. Seine Stimme klang bei genauem Hinhören ein wenig belegt, dachte Hardy, ließ sich diese Empfindung aber nicht anmerken.
„Es gibt keinen Grund, den jemand haben könnte, Ihre Ehefrau für etwas zu bestrafen, was Sie verbockt haben?"
„Hören Sie, meine Renate liegt im Krankenhaus im Koma. Es ist offen, ob ich sie jemals wieder so in die Arme schließen kann, wie ich sie bis gestern kannte. Es fällt mir beim besten Willen niemand ein, der mir eine Sache nachträgt, für die er sich rächen wollte. Erst recht nicht in dieser Art und Weise. Ehrlich gesagt fehlt mir auch die Muße, darüber nachzudenken. Es gib im Moment wesentlich Wichtigeres für mich!"

„Absolut verständlich. Allerdings sollten Sie bedenken, dass eine solche Information hilfreich bei den Ermittlungen sein kann.“

„Tut mir leid, ich weiß dazu im Augenblick keine vernünftige Aussage zu machen. Falls mir etwas einfällt, werde ich sofort Bescheid geben. Halten Sie die Hoffnungen darauf eher klein, ich kenne solche gestörten Idioten nicht, da bin ich sicher.“

„Denken Sie darüber nach. Die entsprechende Person kann bereits seit Jahren keine Rolle mehr in Ihrem Leben spielen. Hier ist meine Karte.“ Er reichte sie Herrn Klose. „Rufen Sie einfach an, egal zu welcher Zeit. Natürlich auch, falls Ihnen sonst noch irgendetwas einfällt.“

„Mache ich. Gibt es weitere Fragen?“

„Nein, außer, wie geht es Ihrer Frau?“

„Unverändert. Ich dusche und fahre dann gleich wieder in die Klinik zu ihr.“

Nach stockender Fahrt und der Diskussion, ob man nicht doch besser die Autobahn genommen hätte, erreichten Hannah und Çetin die Einfahrt zur Eisenstraße. Das große Polizeirevier, das rechterhand gleich zu Anfang der Straße stand, wirkte wenig einladend.

„Mit der Architektur dieses Bunkers haben sie sicher den Mann beauftragt, der auch die JVA Darmstadt geplant hat. Sieht mehr aus wie ein Knast, oder?“, fragte Çetin und bog auf den Parkplatz ein. „Dabei arbeiten doch hier die Guten.“

„Ich bin froh, dass du das gesagt hast. Aus meinem Mund wäre es wieder zu einem typischen Vorurteil einer Norddeutschen geworden. Trotzdem muss ich dir recht geben. Die hohen Betonmauern und der Stacheldraht laden absolut nicht zu einem Besuch ein.“

„Mich beschleicht ab und an, wenn ich auf den Parkplatz fahre, die Furcht, nie wieder aus dem Bunker herauszukommen“, warf Çetin lachend ein. „Noch dazu kommt in den letzten Tagen unser Boss, der sich aufführt wie Zerberus.“

„Willkommen in der göttlichen Komödie, obwohl mir nicht so zum Lachen ist. Warten wir auf Hartmann und Seidel?“, fragte Hannah ihren Kollegen.

„Hast du Nachricht, wie lange es dauert, bis sie hier sind?“

Sie fingerte nach ihrem Handy. „Fahren jetzt los“, las sie vom Display ab. „Gesendet vor zwei Minuten. Der Boss drängelt auch, er hat mir eine SMS geschickt.“

„Echt? Sieht ihm gar nicht ähnlich. Was schreibt er?“

„*Ich warte auf Ihre Ankunft* mit drei Ausrufezeichen."
„In diesem Fall bin ich absolut dafür abzuwarten, bis die beiden anderen auftauchen. Geteiltes Leid und so."

Nach kurzer Wartezeit und dem Austausch aller Erkenntnisse, betraten die vier Kollegen gemeinsam das Präsidium und trafen im Büro von Josef Mitheimer auf die restlichen Beamten des Teams.

Sofort ergriff ihr Vorgesetzter das Wort.

„Lassen Sie mich rasch berichten, zu welchen Ergebnissen wir gekommen sind, bevor Hartmann, Seidel, Alkan und Bindhoffer unsere Zusammenfassung komplettieren. Die Anwohnerbefragung rund um die Festung erbrachte keine neuen Erkenntnisse. Bis auf die Tatsache, dass Herr Neumann“, er zeigte auf den Beamten, „ab heute weiß, dass man an fremde Hunde nicht allzu arglos herantreten sollte.“

Er grinste belustigt, bevor er Sekunden später mit ernster Miene fortfuhr.

„Gibt man den Suchbegriff Katzenzeichnungen in die Bilder-Suchmaschine ein, erhält man circa zwölftausend Abbildungen. Ich habe sie lange aufmerksam angeschaut, fand aber keine, die in Zusammenhang mit der am Main gefundenen Zeichnung stehen könnte. In dieser Richtung also leider auch null Treffer. Morgen werde ich die schriftlichen Einträge zum Thema genauer unter die Lupe nehmen. So viel von unseren Fortschritten. Nichts, nada, niente. Ich hoffe, Herr Hartmann hat Ermittlungsergebnisse, die weiterhelfen“, ergänzte er und blickte hoffnungsvoll in seine Richtung. „Sonst dreh ich heute noch durch.“

Hardy berichtete den anwesenden Kollegen vom Gedicht auf dem Schreibtisch der Buchhalterin und dem Gespräch mit Reinheimer, einschließlich der Vermutung, die Nachbarin sei eventuell lesbisch. Anschließend erwähnte er die wenig hilfreichen Aussagen von Herrn Klose bezüglich des Reims und die Überprüfung des Freundes von Rosalind Nässer.

„Immerhin ein Indiz. Trotzdem, wir tappen im Dunkeln und drehen uns im Kreis", schlussfolgerte Mitheimer grimmig. „Hoffentlich zaubert uns die KTU ein Ass aus dem Ärmel. Hier und heute erreichen wir nichts mehr. Genießen Sie Ihren Feierabend, wir treffen uns morgen früh. Gehen Sie in Gedanken alle Fakten durch und jonglieren Sie Möglichkeiten. Außerdienstliche Grübeleien haben schon so manches Mal einen Durchbruch bewirkt."

„Ein frommer Wunsch", zischte Hartmann Hannah zu. „Lass uns abhauen, ich bin todmüde."

„Dito. Eine Dusche, eine Käsestulle und ein Bett sind alles, was ich heute noch brauche."

„Dann ziehen wir das durch und legen uns schlafen. Bist du sauer, wenn ich dir die Sache vom Boss ein anderes Mal erzähle?"

„Was?", Hannah überlegte einen Augenblick. „Nein, ehrlich gesagt habe ich im Moment keinen Gedanken daran verschwendet. Geh pennen, Mann, morgen ist auch noch ein Tag."

Nervös trommelte Thomas Reinheimer mit den Fingern auf den Tisch des Lokales. Wo blieb sie nur so lange? Er verneinte zum dritten Mal die Frage der Bedienung, ob er etwas bestellen wolle.

„Ich warte auf meine Verabredung, bitte gedulden Sie sich noch einen Moment. Sie muss gleich hier sein."

Fast zwanzig Minuten später schwang die Tür auf. Sie begrüßte ihn gönnerhaft und nahm Platz.

„Ist dir klargeworden, zu wem du gehörst? Oder gibt es einen anderen Grund, warum ich hier bin?"

„Ich will wissen, warum du das getan hast!"

„Was meinst du?"

„Tu nicht so scheinheilig. Mir ist klar, dass ich dir gegenüber unfair gehandelt habe. Aber was konnte Marion dafür?"

„Du sprichst in Rätseln. Keine Ahnung, warum du dich hier so aufführst. Ich habe gehofft, dass du endlich mutig bist und mehr aus dem gemeinsamen und interessanten Chat machen möchtest, und ich deshalb hierher kommen sollte. Stattdessen greifst du mich an und fragst Dinge, die ich nicht begreife. Was ist los?"

„Wollen die Herrschaften jetzt etwas trinken, oder beschränken Sie sich weiterhin auf unsere Sitzgelegenheiten?", fragte die Kellnerin ohne eine Spur von Freundlichkeit.

„Ich nehme einen trockenen Weißwein", gab sie fröhlich ihre Bestellung auf. „Er darf stauben und die Speicheldrüsen ordentlich kitzeln."

„Was ist mit Ihnen?"
Thomas Reinheimer seufzte. „Ein alkoholfreies Bier, bitte."
„Na, geht doch", grantelte die Bedienung und verschwand zum Tresen.
„Sag mir endlich, was du getan hast!"
Statt etwas zu erwidern, begann sie gleichmäßig und tief zu brummen.
„Hör auf damit. Was soll das?"
Er erhielt erneut keine Antwort von seinem Gegenüber und hatte Mühe, die Fassung zu wahren.
„Ich sah nie mehr in dir als einen Flirt per Computer. Das wusstest du von Anfang an. Mal ehrlich, wer lässt sich denn mit einer Frau ein, die nach einem Katzensitter sucht? Ich fand dich herrlich verrückt und wollte meine Neugier stillen. Lesen, was dir sonst noch so einfällt. Niemals gab ich dir irgendwelche Versprechungen oder machte dir Hoffnung. Jedenfalls habe ich das so empfunden. Und als du um ein Treffen gebeten hast, lehnte ich vehement ab. Weshalb also musstest du dich an meiner Ehefrau vergreifen?"
Ihre Hände schossen vor, zu Klauen geformt und ihre krallenartig geformten, langen Fingernägel zerkratzen seinen Arm. Zeitgleich verließ ein beängstigend echt klingendes Fauchen ihre Kehle. Die Wut in ihren Augen war überdeutlich zu erkennen.
„Was willst du? Ich kenne Marion nicht und wollte nur dein Kätzchen werden. Falls du weiter über Dinge reden möchtest,

die du dir in wilden Fantasien zusammenreimst, verschwinde ich besser gleich."
Sollte er sich täuschen? Bestand die Möglichkeit, dass diese Internetbekanntschaft wirklich keine Schuld am Tod seiner Frau trug? Er schüttelte fast unmerklich den Kopf. Nein, dafür passten die Einzelheiten und Puzzleteile zu perfekt zusammen. Sie musste es getan haben, Zweifel ausgeschlossen. Er würde sofort, nachdem sie das Lokal verlassen hatte, bei der Polizei vorbeifahren und beichten.
„Was schüttelst du den Kopf? Hast du es dir anders überlegt? Eine Runde Kraulen, Milchtritt und Schnurren?"
„Du bist doch total übergeschnappt. Merkst du nicht, wie verrückt das alles ist? Meine Frau ist ermordet worden und du spielst Theater und schlüpfst in die Rolle einer Katze. Ich werde gehen!", erwiderte er energischer und lauter als beabsichtigt.
„Tu das, aber jammere später keinesfalls, dass du keine Warnung von Kimi erhalten hättest. Diese Krallen", sie hob die Hände, „sprechen eine deutliche Sprache."
„Kaum zu glauben, was mit der Seele eines Menschen passieren kann. Wieso bist du so?", fragte er, ohne auf eine Antwort erpicht zu sein. Er legte einen Zehneuroschein auf den Tisch, nickte ihr stumm zu und verließ das Lokal mit raschen Schritten.

Draußen empfing ihn eine schwüle Nacht. Zahlreiche Passanten bevölkerten die Straßen. Sämtliche Sitzgelegenheiten im Freien wurden von schwatzenden Menschen besetzt, die die Kühle nach dem Gewitter vom Nachmittag genossen. Er dachte daran, wie herrlich es wäre, mit Marion den lauen Abend zu verbringen. Die Trauer um seine Frau drohte ihn zu ersticken. Er beschleunigte den Gang zum Auto, um die Entschlossenheit, mit der Polizei zu kooperieren, nicht zu verlieren. Der Drang, sich sinnlos zu betrinken, schien übermächtig nach ihm zu greifen. Die heraneilenden Schritte gelangten nur unterschwellig in sein Bewusstsein.

26. August

Thea Klingelbach ging in ihren Behandlungsraum und fuhr den Computer hoch. Angetrieben vom Post-it auf ihrer Tasche und dem Gefühl, dringend mit ihrem Patienten sprechen zu müssen, wartete sie voller Ungeduld auf den Startbildschirm ihrer Praxissoftware.

Nachdem das System Betriebsbereitschaft meldete, öffnete sie ihre Patientendateien und notierte ihre Versuche, am Wochenende mit Patient 328 telefonischen Kontakt aufzunehmen. Sie kontrollierte, ob sich außer der von ihr im Notizbuch vermerkten Rufnummer eine weitere in den Akten fand und landete einen Volltreffer. Sie wählte die hinterlegte Handynummer und rief verärgert „Mistkram“, als niemand das Gespräch annahm. Nervös wartete sie auf die Ankunft ihrer Mitarbeiterin. Zahlreiche Male hatte sie Julia dafür getadelt, zu viele private Unterhaltungen mit Patienten zu führen. Heute jedoch konnte ihr dieser Umstand von Nutzen sein. Wenn sie ehrlich zu sich selbst war, musste sie gestehen, dass sie nicht einmal genau wusste, wo die behandelte Katzenstörung arbeitete. Eine regelmäßige Beschäftigung lag vor, so weit half ihr ihr Gedächtnis. Das Wo blieb in ihrer Erinnerung verschleiert, obwohl es ein ausgezeichneter Ansatzpunkt zur Kontaktaufnahme sein konnte. Leider fand sich in den Akten auch kein diesbezüglicher Eintrag, sodass sie auf das Erinnerungsvermögen von Julia hoffen musste.

Das Geräusch eines Schlüssels im Schloss erlöste sie vom angespannten Warten.

„Guten Morgen“, rief sie ihrer Angestellten entgegen. „Könntest du bitte gleich einmal eine Minute herkommen?“

Nervös stellte sie ihrer Helferin die dringenden Fragen.

„Leider kann ich Ihnen in diesem Fall wenig weiterhelfen. Ich bekam niemals Zugang zu Patient 328. Richtiggehend maulfaul, es war bereits bei jedem Mal schwierig, einen Termin zu vereinbaren. Mehr als ein knappes Ja oder Nein hörte ich kaum. Haben Sie denn nichts aufgeschrieben?“

Thea Klingelbach schüttelte den Kopf.

„Warum interessiert Sie das so brennend?“

„Ich wollte das Gespräch gerne auf heute verschieben und erreiche niemanden. Ich dachte mir, man könnte über den Arbeitgeber an den Patienten gelangen.“

„Der Termin für morgen steht doch. Muss es denn noch vorher sein?“, fragte Julia unsicher. „Ich meine, das sind nur vierundzwanzig Stunden. Ohne zu neugierig zu erscheinen, reicht es nicht, bis dahin abzuwarten?“

„Vermutlich hast du recht. Es ist nur so, dass ich die Erlaubnis erteilte, Medikamente wegzulassen. Nachträglich betrachtet scheint mir diese Entscheidung falsch. Deswegen wollte ich sie bereits heute rückgängig machen.“

„Wird in keinen Weltuntergang ausarten, oder? Ich bleibe am Ball und rufe weiter dort an. Falls es klappt, prima, wenn nicht, erledigen Sie das eben morgen. Einverstanden?“

„Ausgezeichneter Vorschlag, zumal in zehn Minuten der erste Termin kommt. Ich sollte mich darauf konzentrieren und keine Gespenster sehen.“

„Meine Rede“, erwiderte Julia knapp und ging zu ihrem Arbeitsplatz im Anmeldebereich.

Thomas Reinheimer erwachte mit dröhnendem Schädel in einem abgedunkelten Raum. Stöhnend hielt er sich seinen Kopf und versuchte, das Geschehene zu rekonstruieren. Langsam stieg ihm das schmerzhafte Gefühl eines Einstiches ins Gedächtnis. Sie hatte ihn auf der belebten Straße eingeholt, sich untergehakt und ihm dabei irgendetwas in den linken Oberschenkel injiziert. Er betastete die Stelle, die bei der Berührung höllisch anfing zu brennen.

„Also doch“, murmelte er leise. „Meine Vermutung stimmt, und ich bin der Nächste auf ihrem Plan.“ Er stöhnte erneut und versuchte, sich trotz der Kopfschmerzen zu konzentrieren. Im schummrigen Licht suchten seine Augen einen Gegenstand, den er zur Verteidigung einsetzen konnte. Bis auf ein paar Kissen, die auf dem Sofa lagen, und einigen Zeitschriften im Korb daneben, schien der Raum leer. Er griff die oberste Illustrierte und stellte entsetzt fest, dass es sich um eine Ausgabe von *Geliebte Katze* handelte.

„Du bist wahnsinnig“, brüllte er verängstigt und frustriert, bereute es jedoch Sekunden später bereits.

„Sei kooperativ und spiel ihr Spielchen mit“, ermahnte er sich im Geiste. „Ansonsten hast du keine Chance doch noch mit der Polizei zu reden und deine Haut zu retten. Die Beamten brauchen meinen Hinweis, sonst werden sie die Wahnsinnige nicht schnappen. Undenkbar, dass sie ohne diese Informationen auf die richtige Spur gelangen.“

Er musste es schaffen, heil hier herauszukommen, koste es, was es wolle.

Als er Schritte vernahm, legte er sich rasch zurück auf die Couch und schloss die Augen. Er versuchte, das gleichmäßige Atmen eines tief schlafenden Menschen zu imitieren.

„Mach mir nichts vor, ich habe dich draußen gehört.“ Sie zerrte schroff an seiner Schulter. Als er die Lider öffnete, blickte er in ein Gesicht voller Hass. Ihre an ihn gerichteten Worte klangen laut wie ein Peitschenhieb durch das kleine Zimmer.

„Dachtest du ernsthaft, ich lasse dich aus dem Lokal auf dem direkten Weg zu den Bullen rennen? Ich weiß, du hältst mich für wahnsinnig, du hast es vorhin gerufen, ich konnte es hören. Mag sein, dass in meinem Kopf nicht immer alles in geordneten Bahnen läuft, oder in solchen, mit denen Normalsein assoziiert wird.“

Sie legte einen Zeigefinger an ihre Stirn.

„Aber ich kann wunderbar denken, planen und den Überblick behalten. Ich sah dir an, dass du mir kein Wort geglaubt hast. Also konnte dies nur bedeuten, dass du auf schnellstem Weg zur Polizei rennst. Sieh ein, dass ich das verhindern musste. Wie ich mit dir und Hubert Klose in Kontakt gekommen bin, bleibt den Ermittlern so lange ein Rätsel, wie ich auf dich aufpasse. Allerdings sollte ich nicht unerwähnt lassen, dass das

Spiel mit einer Beute, die sich weder wehren kann noch listiger ist, schnell langweilig wird."

Sie hob eine Hand vor den Mund und gähnte demonstrativ. „Furchtbar öde und reizlos. Was ist, willst du wenigstens versuchen, dich aus meinen Krallen zu winden?"

„Warum sollte ich? Du und dein verrücktes Hirn werden ohnehin dafür sorgen, dass ich mit niemandem mehr reden kann. Sag mir einfach, dass du mich genau wie Marion und Renate Klose umbringen wirst."

„Mau", gab sie leise zurück. „Kommt darauf an, wie lange du mir Spaß an unserer kleinen Zusammenkunft lässt. Huberts Frau ist am Leben. Auch eine Sache, um die man sich kümmern muss. Und zwar jetzt!" Dabei deutete sie auf ihre Uhr am Handgelenk. „Deine Frist ist zumindest für den Moment nicht abgelaufen. Vielleicht nutzt du die Gelegenheit und denkst darüber nach, ein herausragender Katzensitter zu werden und mich umzustimmen?"

Thomas Reinheimer starrte sie wortlos an.

„Hör auf zu glotzen und gib mir deinen Arm. Ich schicke dich für eine Weile ins Reich der Träume."

Ohne Gegenwehr ließ er ihr ihren Willen und hoffte inständig, dass sein Geist den Körper überlisten und die Wirkung des Medikamentes mindern konnte.

„Letzte Chance, Junge", feuerte er sich gedanklich an. „Nicht aufgeben! Streng dich an!"

Hartmann und Çetin standen rauchend vor dem Polizeipräsidium, als Hannah auf den Parkplatz fuhr.
„Moin, ihr beiden. Ist euer vom Chef in Auftrag gegebenes Grübeln genauso erfolglos geblieben wie meins?"
„Absolut. Dafür verstärkt sich bei mir das Gefühl, als passiert bald wieder etwas Furchtbares. Keine Ahnung, ein nervöses Kribbeln im Kopf, Eingebung oder wie immer man es auch nennen mag. Der Täter ist mit seinem Plan noch lange nicht am Ende. Was denkt ihr darüber?", fragte Hardy und drückte die Zigarette im Aschenbecher aus.
„Ich fürchte, du könntest recht behalten. Vor allem, weil die Verbindung weiter verborgen bleibt. Lasst uns nach oben gehen, vielleicht gibt es Fortschritte."

Im Büro sah ihnen Mitheimer grimmig entgegen. Außer Axel Neumann war noch keiner der Kollegen eingetroffen.
„Hallo Boss", versuchte Çetin die spürbar angespannte Stimmung des Chefs aufzumuntern.
„Morgen allerseits. Ein Fortschritt in Sachen Insulinmord ist leider bisher nicht zu vermelden. Die Untersuchung dieses Reims hat uns auch keinen Schritt weitergebracht. Ich lag die halbe Nacht wach und überlegte, wo der Denkfehler ist. Die Opfer sind keinesfalls willkürlich ausgewählt, es muss eine Übereinstimmung geben. So viel ist mir klar. Auch, dass sie bei den Ehemännern zu finden ist, aber wo? Die gehen ja nicht

einmal gemeinsam zum Angeln. Verflucht nochmal, ich rufe die beiden jetzt an und bestelle sie her. Möglich, dass sie uns etwas verheimlichen und hier endlich einsehen, dass es an der Zeit ist, auszupacken."

Er nahm die Akte zur Hand und fuhr mit dem Finger über mehrere Seiten, bis er fand, wonach er suchte. Er wählte langsam, jede einzelne Zahl leise vor sich hin murmelnd.

„Geht niemand ran. Haben Sie Reinheimers Büronummer?"

Hannah nickte und schob ihm ihren Notizblock zu.

Erneut brauchte Mitheimer einige Zeit. Er drückte konzentriert die abgelesenen Nummern ins Telefon und presste den Hörer fest ans Ohr.

„Auch hier keine Antwort. Ich versuche es über die Zentrale."

Wieder erschien es Hannah so, als ob ihr Chef sehr zögerlich jede einzelne Zahl der Telefonnummer ins Zahlenfeld tippte.

„Hier ist Josef Mitheimer von der Kripo Rüsselsheim. Ich wollte gerne mit Thomas Reinheimer sprechen, erreiche ihn aber auf seinem Apparat nicht."

Einen Moment lauschte er dem Gesprächspartner, dann erwiderte er: „Verstehe. Haben Sie eine Handynummer von ihm?

Sie haben es schon versucht? Okay. Wären Sie so freundlich, Sie mir trotzdem zu geben?"

Er griff nach dem Notizblock, schlug hastig die Seite um und notierte laut wiederholend, die durchgegeben Ziffern.

„Falls er noch auftaucht, möchte er sich bitte sofort bei uns melden. Danke.“
„Reinheimer ist nicht zur Arbeit erschienen und geht an kein Telefon. Der Mann erklärte mir, dass dies absolut ungewöhnlich für ihn sei. Der Typ sei die Zuverlässigkeit in Person und lege bereits ein Attest vor, wenn er nur eine Stunde beim Zahnarzt verbrächte. Ehrlich gesagt macht mir das Sorgen.“
Axel Neumann erhob sich vom Stuhl und schlug vor, sicherheitshalber zur Wohnung der Reinheimers zu fahren.
„Kann doch sein, dass er ordentlich einen über den Durst getrunken hat und einfach noch pennt, oder?“
Mitheimer nickte. „Machen Sie das und nehmen Sie Herrn Alkan mit.“

Als die beiden Polizisten das Büro verließen, wandte der Chef sein Wort an Hardy und Hannah. „Was glauben Sie?“
„Wegen Reinheimer?“, fragte Hartmann.
„Ja. Sind Sie der Meinung, es ist ihm etwas passiert?“
„Ich denke nein. Er ist ein Mann und passt, soweit wir das bisher beurteilen können, nicht ins Profil des Mörders.“
„Angenommen unser Täter setzt, nachdem er mit dem Mord an der Ehefrau ein Warnzeichen hinterließ, jetzt dazu an, sein eigentliches Ziel anzugreifen. Checken wir zur Sicherheit, ob Herr Klose zu erreichen ist“, schlug Hannah vor.

Nach zustimmendem Nicken von Mitheimer wählte sie auf dem Apparat ihres Chefs die Nummer.

„Nur der Anrufbeantworter am Festnetz und auf dem Handy läuft die Mailbox. Aber das muss nichts bedeuten. Lass uns in die Klinik fahren, ich vermute, er ist dort und hat sein Telefon ordnungsgemäß abgeschaltet."

„Hauen Sie ab. Ich kümmere mich um die Einträge im Internet und hoffe, dass ich diesmal fündig werde. Wo, verflucht, ist die Verbindung? Wenn wir das herausbekommen, sind wir ein großes Stück weiter. Ich setze einen der Kollegen erneut daran, alles zu prüfen, was wir in die Finger und aus der Datenbank bekommen."

„Der Täter hat etwas mit Diabetes zu tun, nehme ich an", dachte Hartmann laut. „Insulin ist nicht rezeptfrei in der Apotheke zu kaufen. Also braucht er es selbst oder gelangt durch jemanden, den er kennt, daran."

„Kann auch sein, dass er im medizinischen Bereich arbeitet. Das könnte die Wahl dieser Art von Vergiftung erklären. Wie kommt man sonst darauf, ausgerechnet Insulin zu verwenden? Klinisch versierte Personen wissen, wie schwer es nachzuweisen ist. Jemand sollte überprüfen, ob die Herren in derselben Klinik behandelt wurden, oder einen gemeinsamen Hausarzt haben."

Mitheimer nickte und notierte mit zittrigen Fingern einen weiteren Stichpunkt auf dem Notizblock vor ihm.

„Guter Gedanke, aber jetzt fahren Sie besser los."

Hardy erhob sich vom Stuhl, hob salutierend die Hand an seine Stirn und zwinkerte. „Aye, aye, Sir, wir sind schon unterwegs."
„Ein wenig mehr Ernsthaftigkeit, wenn ich bitten darf, Herr Hartmann", knurrte der Vorgesetzte und deutete ihnen per Handbewegung an zu verschwinden.

Außer Hörweite des Büros sprach Hannah ihren Kollegen besorgt an. „Ist dir aufgefallen, wie heftig er zittert und wie langsam er sich bewegt?"
„Hmm, jetzt wo du es erwähnst. Und der Humor lässt ebenfalls zu wünschen übrig, zumindest heute. Er wird eben alt, denk daran, in zwei Jahren darf er seinen Ruhestand genießen."
Die Kommissarin schüttelte den Kopf. „Das ist es nicht. Vor ein paar Wochen war er deutlich fitter."
„Dass ihr Mädels immer irgendetwas in Sachen hineininterpretieren müsst, die überhaupt keine Bedeutung haben. Kann doch sein, dass er gestern ein bis zwei Frustdrinks zu viel genommen hat, da bin ich auch zittrig und finde nichts komisch. Genau, ein Kater ist das Problem."
„Womit wir wieder beim Thema sind. Aber denk mal drüber nach. Die Handynummer von Reinheimer ist in den Akten vermerkt, trotzdem hat er sie sich vorhin geben lassen. Es passt einfach nicht. Lass uns fahren."

Axel Neumann hämmerte zum wiederholten Mal an die Tür von Thomas Reinheimer, ohne eine Reaktion zu erhalten.
„Verfluchter Mist. Entweder liegt er sternhagelvoll in seinem Bett und hört uns nicht, oder er ist tatsächlich ausgeflogen."
Çetin nickte.
„Letzteres ließ ihn für mich in keinem guten Bild erscheinen."
„Öffnen Sie die Tür, hier ist die Polizei", rief der junge Kollege laut und traktierte die Tür erneut mit Faustschlägen.
Frau Nässer trat mit müdem Gesichtsausdruck in den Flur. „Was ist denn nun wieder? Ist er nicht in seiner geliebten Firma?"
„Nein", erklärte Çetin. „Und genau das ist der Grund, warum wir uns sorgen. Er hat sich dort weder krankgemeldet noch blicken lassen."
„Das passt nicht zu ihm, da muss ich zustimmen. Warten Sie einen Moment, ich hole die Schlüssel. Wir dürfen doch da rein, oder? Gefahr in Verzug und so weiter?"
„Wir ja! Sie können mir dabei helfen und ich die Tür heil lassen."
„Schade, hätte mich brennend interessiert, ob die Bude schon völlig durcheinander und verdreckt ist."
„Möglicherweise verrate ich es Ihnen später. Aber zuerst muss ich nach Herrn Reinheimer sehen."
Er streckte ihr seine Handfläche mit einer Haben-Wollen-Geste entgegen und ergänzte grinsend: „Machen Sie hinne, bitte."

Die Wohnung war, bis auf zwei speckige Teller in der Spüle, ordentlich aber verlassen. Ein Blick in den Kleiderschrank zeigte Axel Neumann deutlich, dass keine größere Zahl an Kleidungsstücken fehlte.

„Eine Auswahl wie beim Herrenausstatter. Wenn du mich fragst, verreist ist der nicht."

„Sieh nach, ob du sonst etwas Auffälliges entdeckst. Hier im Wohnzimmer sieht alles normal aus. Zumindest gibt es keinerlei Hinweise auf einen Kampf oder andere verdächtige Spuren."

Einige Minuten später schlossen die Beamten die Wohnungstür und brachten der Nachbarin den Schlüssel zurück. Als sie öffnete, bedankte sich Çetin höflich und versicherte der Frau, dass sie in der nächsten Zeit nicht mit einer Rattenplage rechnen musste.

„Beruhigend." Sie grinste. „Ist er da?"

„Nein. Sagen Sie, darf ich Sie etwas fragen?"

„Nur zu."

„Was machen Sie beruflich? Nur aus reiner Neugier. Sie arbeiten von zuhause?"

„Gut erkannt, Sherlock. IT-Branche, das geht prima vom heimischen Rechner aus. Zumindest die meiste Zeit."

„Wie darf ich das verstehen?"

„Na ja. Wenn ständig an die Tür des Nachbarn geschlagen wird oder die Polizei klingelt, ist es mit der Konzentration eher schwierig."

Axel Neumann lachte. „Da muss ich Ihnen zustimmen. Ich bin neugierig, denn Computerarbeiten interessieren mich. Was genau machen Sie da?"

„Ich bin für den reibungslosen Ablauf einer Chatbörse verantwortlich. Dating, Sie verstehen?"

Der junge Kollege errötete und Rosalind Nässer lachte auf. „Keine Angst, so leicht werde ich Ihren Screennamen nicht entschlüsseln."

„Wir müssen los, Axel, spar dir die Fachfragen für ein anderes Mal auf. Mitheimer wartet."

„Schönen Tag, die Herren", verabschiedete sich die Nachbarin grinsend und zwinkerte dem jungen Beamten keck zu, bevor sie in ihrer Wohnung verschwand.

Auf dem Flur vor der Station bemerkten Hannah und Hartmann eine angespannte Atmosphäre. Eine Krankenschwester rannte hektisch und mit roten Flecken im Gesicht auf sie zu.
„Sie können da jetzt nicht rein. Alles abgeriegelt!", rief sie energisch.
„Wieso das denn?"
„Ich darf keine Auskunft geben."
Die Kommissarin zog ihren Dienstausweis und hielt ihn der Frau entgegen. „Ich wette, Sie dürfen."
„Oh", ihr Mund blieb für eine Sekunde in einem Ausdruck des Erstaunens offen. „Sicher. Entschuldigen Sie. Ich wusste ja nicht, dass Sie bereits vor Ort sind."
„Was ist da drin los?", fragte Hardy drängend und verschwieg den Umstand, dass sie keineswegs wegen des erwähnten Vorfalles vor ihr standen.
„Es gab einen Zwischenfall bei der Patientin mit dem hypoglykämischen Krampf. Jemand hat versucht, zu ihr zu gelangen. Zum Glück hat Ihr Kollege rechtzeitig bemerkt, dass etwas faul ist. Wenig zuträglich für seine Gesundheit, die Aktion. Zumindest ist Frau Klose in Sicherheit."
„Hat er ihn geschnappt?"
Die Krankenschwester schüttelte bedauernd den Kopf. „Leider nein, deshalb suchen sie die Station noch einmal nach Spuren ab. Der Täter scheint wie vom Erdboden verschluckt. Ich kann mir ohnehin kaum vorstellen, wie er hier einfach so

hineinschlendern konnte. Er muss durch die Anmeldung und seinen Namen nennen.“

„Na, das ist kein großes Kunststück. Wenn ich da vorne sage, ich sei Herr Müller und möchte zu Frau Schmidt, wird das sicher kaum weiter überprüft.“

„Vermutlich liegen Sie richtig“, erwiderte sie zerknirscht. „Es rechnet aber auch niemand damit, dass es Menschen gibt, die aus boshaften Beweggründen auf die Station gelangen wollen. Die Patienten hier bekommen Besuch von Angehörigen und Freunden, die ihnen in ihrer schweren Zeit Beistand leisten möchten. Zumindest nahm ich das bisher an.“

„Öffnen Sie uns bitte die Tür, Frau… ?“

Er äugte auf ihr Namensschild.

„Weiss, Inka Weiss.“ Sie lächelte übertrieben freundlich und zeigte zur Tür. „Klar, kommen Sie mit.“

Vor dem Zimmer von Renate Klose saß ein Beamter mit blassem Gesicht. Man sah ihm deutlich an, dass er die anstehende Standpauke fürchtete. Hannah, die Situationen wie diese aus ihrem Hamburger Polizeialltag nur zu gut kannte, ging mit freundlichem Lächeln auf den Mann zu.

„Alles in Ordnung bei Ihnen?“

„Es geht. Langsam werden die Schmerzen erträglicher.“

„Sind die Kollegen von der Spurensicherung verständigt?“

Er nickte gequält.

Die Kommissarin tätschelte ihm die Schulter. „Beruhigen Sie sich und erzählen Sie mir bitte der Reihe nach, was geschehen ist."

„Ich saß hier und schaute von der Zeitung auf, als eine Person in OP-Bekleidung auf mich zukam. Zuerst dachte ich mir nichts dabei und winkte sie hinein. Kurz zuvor ging Herr Klose in die Cafeteria, um einen Espresso zu trinken. Er meldete sich bei mir ab und fragte, ob er mir etwas mitbringen könne. Ich bat um einen Tee, mein Magen streikt im Moment bei zu viel Koffein."

„Okay, kenne ich", erwiderte Hartmann. „Was geschah dann?"

Verschämt nickte der Beamte. „Entschuldigung, ich bin echt durcheinander. Also, ich saß hier eine Weile und von drinnen konnte ich kein Gespräch hören. Auch darüber machte ich mir zunächst wenig Gedanken. Aber nach etwa drei Minuten wurde ich unruhig. Ich nehme an, Sie kennen das Gefühl? Nichts, woran ich es zu diesem Zeitpunkt hätte festmachen können. Nur der Drang nachzusehen. Schließlich bekam ich es zusammen. Null Unterhaltung, ein Arzt redet doch mit seinem Patienten, bevor er irgendetwas tut, oder? Die OP-Kleidung, die mir wieder in den Sinn kam, und der Gedanke an den Mundschutz ließen mich aufspringen und in das Zimmer stürmen. Quasi in der letzten Sekunde konnte ich verhindern, dass der Eindringling Frau Klose eine Spritze gab. Ich riss den Arm hoch, als die Nadel bereits ihre Haut berührte."

Er stockte und schien einen Augenblick in dieser Erinnerung gefangen.
„Und weiter?", fragte Hannah drängend.
„Schneller als ich einen Piep sagen konnte, ließ der Täter die Spritze fallen und benutzte einen Elektroschocker, den er in der linken Hand hielt. Er drehte sich zu mir und drückte ihn mir genau hier zwischen Brust und Schulter."
Er deutete auf die Stelle und verzog das Gesicht.
„Das hat mich erst einmal umgehauen. Während ich nach Luft schnappte und den Schmerz aushielt, suchte er das Weite. Ging in gemächlichem Schritt aus der Tür, als sei nichts passiert. Ich lag zusammengekrümmt neben dem Bett der Frau, bis Herr Klose kam. Bis dahin war der Täter geflüchtet, ohne von jemandem aufgehalten zu werden. Warum auch? Man konnte unter dem Mundschutz kaum ausmachen, dass es sich nicht um einen Arzt handelte."
„Verstehe", antwortete Hannah nachdenklich. „Die Patientin wurde bereits untersucht, nehme ich an?"
„Ja, es kam sofort ein Arzt zu ihr und behandelte mich ebenfalls. In der Zwischenzeit tobte ihr Ehemann, weil ich den Kerl hier hineingelassen hatte. Als er sich beruhigte, verständigte er Ihre Kollegen."
„Apropos, können Sie mir mehr Angaben zu dem Mann machen? Was gibt es außer dem Mundschutz zu berichten?"

„Er war klein und zierlich. Ich weiß noch, dass ich mich fragte, ob das ein Arzt oder eher eine Ärztin ist, als ich nach oben blickte."

„Bingo", rief Hartmann. „Passt zu den Angaben des Zeugen vom Mainufer. Weiter, konnten Sie die Haarfarbe sehen?"

„Am ehesten Blond. Ein bisschen verwaschen und weniger hell. Wie nennt man das noch?"

„Aschblond?", hakte Hannah nach.

„Ja, genau. Viel mehr kann ich leider nicht sagen, außer dass mir lilafarbene Turnschuhe unter der Hose ins Auge gestochen sind. Lässiger Gang, als ob die Wege hier drinnen Routine seien."

„Er kannte sich aus?"

„Zumindest erweckte er den Eindruck. Ich meine, wenn man zum ersten Mal durch die Flure kommt und vorhat, jemandem etwas anzutun, ist man da nicht verunsichert?"

Hannah nickte. „Gut möglich. Warten Sie bitte, bis die Kollegen der Spurensicherung eintreffen, falls es Fragen gibt. Danach lassen Sie sich ablösen und gehen nach Hause. Sie sind noch immer reichlich blass um die Nase."

„Danke. Ich rechne es Ihnen beiden hoch an, dass Sie nicht wie die Hyänen über mich hergefallen sind. Wenn ich ehrlich bin, hatte ich einen Riesenbammel vor diesem Gespräch."

Hartmann klopfte ihm aufmunternd auf die Schulter.

„Machen Sie kein Drama daraus. Sie haben rasch genug gehandelt, um die Frau zu retten. Darauf kommt es letztendlich an."

„In letzter Sekunde seinen eigenen Arsch gerettet trifft es wohl eher", mischte Herr Klose sich verärgert ein. Er trat aus dem Krankenzimmer zu ihnen auf den Flur.

Hannah zischte aufgebracht zurück: „Seien Sie vorsichtig mit dem, was Sie sagen. Ich verstehe Ihren Ärger und Ihre Ängste, aber lassen Sie das nicht an dem Mann aus, der Ihrer Frau das Leben gerettet hat."

„Welches Leben?", entgegnete er matt und sank auf einen Stuhl. „Sehen Sie sie an. Eine Seele, die betäubt in einem Körper gefangen ist, der keinerlei Regungen zeigt."

Er beugte sich nach vorne, nahm das Gesicht zwischen beide Hände und schluchzte leise.

Inka Weiss, die Schwester von vorhin, kam den Flur hinunter und fragte besorgt, ob sie helfen könne.

„Schon in Ordnung", erwiderte Herr Klose und wischte die Tränen von seinem Gesicht. „Vielen Dank."

„Keine Ursache", rief sie zurück, während sie bereits die Tür zu einem der Patientenzimmer öffnete.

„Auch wenn Ihnen das im Moment seltsam vorkommt und Sie wahrlich schwerwiegendere Sorgen haben, muss ich wissen, ob Sie zu dem Gedicht oder anderen Dingen noch etwas zu sagen haben", erklärte Hannah und sah den Mann freundlich und verständnisvoll an.

„Nein. Ich kann nicht klar denken, seitdem meine Renate hier liegt. Bitte haben Sie Verständnis. Falls sie wieder zu sich kommt, werde ich jede Sekunde darauf verwenden darüber nachzudenken und all Ihre Fragen zu beantworten.“
„Absolut nachvollziehbar. Trotzdem müssen Sie uns versprechen anzurufen, wenn Ihnen etwas einfällt. Seien Sie vorsichtig und melden Sie verdächtige Aktionen besser einmal mehr. Keine Scheu bitte.“
„Das werde ich. Nicht einen Millimeter weiche ich von Renates Seite. Wer in ihre Nähe gelangen will, muss erst an mir vorbei, und das wird eine schwere Aufgabe. Notfalls verteidige ich sie mit meinem Leben. Ehrenwort!“
„Daran zweifle ich keine Sekunde. Passen Sie auf sich auf“, entgegnete Hardy, wartete das Nicken von Herrn Klose ab und hob grüßend die Hand, als sie den Flur entlang zum Ausgang liefen.

Mit bleischweren Gliedern und Augenlidern, die er nur mit Mühe offen hielt, lauschte Thomas Reinheimer auf die Geräusche vor der Tür. Er glaubte, eine zuschlagende Tür wahrgenommen zu haben, konnte jedoch den Empfindungen, die wie in einer mit Wasser gefüllten Blase in sein Bewusstsein drangen, nicht mit Sicherheit vertrauen.

„Ich muss mir Gewissheit verschaffen", waberten die Gedanken im Wellengang. „Aber wie?"

Entschlossen sammelte er die Reste an Konzentrationsfähigkeit und rollte von der Couch. Auf dem Boden gelandet, schärfte der Schmerz des Aufschlags alle Sinne. Er fühlte sich in der Lage, zur Tür zu krabbeln. Ein ums andere Mal blinzelte er heftig, darum kämpfend, wach zu bleiben. Er wusste nicht, was sie ihm per Injektion eingeflößt hatte, doch die Wirkung machte ihm mehr zu schaffen, als er befürchtet hatte.

„Hoffentlich wollte sie mich nur in den Schlaf spritzen und das ist alles, was ich aushalten muss."

Der Gedanke trieb ihn zur Eile an. Er krabbelte vor die Tür und legte das Ohr daran. Kein Laut drang zu ihm. Auch nach einigen Minuten, die Thomas Reinheimer wie Stunden vorkamen, blieb es still. Eine erneute Woge des Schwindels drohte ihn zu überwältigen. Konzentriert auf jede Bewegung zog er sich langsam am Türgriff in die Höhe. Zunächst schienen die Beine unter ihm nachgeben zu wollen. Taumelnd schloss er die Augen, holte tief Luft und biss so fest er konnte auf seine Zunge. Der Schmerz brachte ihn schlagartig zurück in die Gegenwart. Hektisch ruckte er an der Tür, die verschlossen blieb.

„Verfluchte Hexe“, schrie er wütend und schaute sich nach einer weiteren Fluchtmöglichkeit um.

Das Fenster in der gegenüberliegenden Wand war zu klein für ihn, um ins Freie zu gelangen.

„Ich bin in einem Keller“, mutmaßte er und ging in wackligem Gang hinüber. Er presste das Gesicht an die Fensterscheibe und erkannte, dass sein Verdacht zutraf. Durch die Scheibe blickte er auf Rasen und eine Betonwand, vermutlich eine Garage, die einige Meter entfernt stand. Er begann mit beiden Fäusten auf das Glas zu hämmern. Obwohl er wusste, dass niemand ihn hören konnte, trommelte er sich in einen wahren Rausch. Der kindliche Wunschtraum eines unter seinen Faustschlägen berstenden Fensters stieg wieder und wieder klar vor ihm auf.

„Hier drinnen gibt es nichts, womit ich das Ding zerschlagen kann. Also bitte, lieber Gott, lass diese beschissene Scheibe in tausend Teile zerspringen. Gib nach, gib nach, gib nach“, schrie er die Schlägen begleitend, in immer schriller werdendem Ton.

Als sein heftig rasselnder Atem ihn zu einer Pause zwang, hörte er das Geräusch einer Fahrradklingel direkt vor dem Fenster. Jemand radelte draußen an ihm vorbei, ohne das Klopfen zu vernehmen. Entmutigt sank er in die Knie und rollte sich hinter der Couch zusammen. Dabei schaute er auf den einsehbaren Teil des Teppichs unter dem Sofa. Er blinzelte verwirrt. Lag dort tatsächlich, was er zu sehen glaubte, oder gaukelte ihm sein durch Medikamente verdrehtes Gehirn etwas vor?

Thomas Reinheimer streckte den Arm weit nach vorne. Tastend bewegte er die Hand Stück für Stück über die Fläche, bis die Fingerkuppe des rechten Mittelfingers den Gegenstand berührte. Er schob den Unterarm unter Keuchen vorwärts, bis sein Schultergelenk höllisch schmerzte und ihm keinen zusätzlichen Spielraum ließ. Noch lag es unerreichbar vor ihm.

„Komm schon“, zischte er und hangelte sich erneut nach vorne. Das erste Fingerglied bekam zittrig den Rand zu fassen. Vorsichtig zog er es behutsam, und ständig darauf bedacht nicht abzurutschen, zu sich heran.

Jens Hartmann stand rauchend am Pavillon vor der Klinik, während Hannah Josef Mitheimer über die Vorfälle im Krankenhaus informierte. In Gedanken bei Frau Klose und dem Täter, der ihnen nur knapp entkommen war, beachtete er das Gesprochene der Kollegin wenig. Hardy hörte ein „Ja, wir machen uns auf den Weg ins Präsidium“ aus dem Gespräch seiner Partnerin, als er Rosalind Nässer an der Ampel, auf der gegenüberliegenden Straßenseite entdeckte. Sie trug einen Jogginganzug und eine Sonnenbrille und ging, den Blick stur geradeaus gerichtet auf den Eingang der Klinik zu. Jetzt hatte die Kommissarin sie auch erblickt und beendete hastig ihr Telefonat.

„Was macht sie hier?“

„Keinen Schimmer. Ich glaube, sie hat uns nicht bemerkt. Lass uns herausbekommen, wem die attraktive Nachbarin einen Besuch abstattet“, kommentierte Hartmann und schob Hannah an.

„Das wollte ich auch gerade vorschlagen. Von Reinheimer fehlt noch immer jede Spur und Mitheimer hat etwas im Internet entdeckt“, sagte sie, während die Beamten Frau Nässer in weitem Abstand folgten.

„Was hat er gefunden?“

„Eine psychologische Erklärung, über deren Relevanz ich mich noch im Einzelnen schlaumachen muss“, äffte Hannah den Chef nach und erntete ein herzhaftes Lachen ihres Kollegen.

„Hör auf mit dem Mist, sonst hört sie uns.“

Frau Nässer bewegte sich mit langsamen Schritten auf die Fahrstühle im B-Bereich zu.
„Zu Renate Klose geht sie also nicht“, raunte Hartmann. „Das wäre auch zu einfach gewesen.“
Die Kommissarin hielt ihn am Arm fest und zog ihn hinter einen Pfeiler, während Frau Nässer vor dem Lift wartete. „So ein Mist. Wie sollen wir herausfinden, in welche Etage sie fährt?“
Hardy zuckte die Schultern. „Falls sie die Einzige bleibt, die einsteigt, können wir es direkt an der Stockwerksanzeige ablesen. Aber ich fürchte, da trudelt ein Pulk Mitfahrer ein.“
Aus dem Eingangsbereich näherte sich eine Gruppe Personen, die auf den Lift zusteuerten. Ein Mann unter ihnen deutete auf die Anzeige und sagte: „Da kommt einer, beeilt euch.“
„Mach was“, zischte Hardy und ging Richtung Fahrstuhl, dessen Tür aufglitt.
Hannah trat hervor und hielt der Gruppe ihren Ausweis entgegen, ohne ein Wort zu sagen. Sie hoffte, ihrem Kollegen so die nötige Zeit zu verschaffen, um das Ziel von Frau Nässer auszumachen.
„Ei, was issn?“, fragte eine ältere Dame laut.
„Keine Sorge, Routinekontrolle. Darf ich um Ihre Ausweise bitten?“, erklärte Hannah mit gesenkter Stimme. Hinter ihr erklang das Signal des Fahrstuhls.
„Aber nix mit Bombe oder so?“, wollte ein Zweiter aus der Gruppe wissen.

„Nein. Die Sache hat sich auch im Moment bereits erledigt. Entschuldigen Sie die Störung“, erklärte Jens Hartmann, der neben Hannah trat.
Aufgeregt schnatternd setzten die Herrschaften ihren Weg zum Lift fort.
„Dritter Stock. Wollen wir gleich mit denen mitfahren?“
„Nein, danke. Der Blick der Dame hat mich vorhin beinahe erdolcht. Mit der ist nicht gut Kirschen essen, das spüre ich.“
„Ihr Nordlichter und euer Gespür. Los komm, wir nehmen die Treppe.“
Erleichtert stellte Hannah fast, dass Hartmann nach dem Aufstieg genau wie sie selbst um Atem rang.
„Ab kommender Woche steht Jogging auf dem Plan“, beschloss Hardy und grinste verschmitzt. „Falls mir die Jagd auf böse Buben keinen Strich durch die Rechnung macht.“
„Sieh erst einmal zu, dass du die letzten Schritte in die Station schaffst.“
„Nicht notwendig“, raunte ihr Kollege mit gequältem Gesichtsausdruck. „Sie hat uns entdeckt.“
Rosalind Nässer kam rasch und mit zornigem Blick auf sie zu.
„Was soll das werden? Weshalb schleichen Sie hinter mir her?“
Hannah räusperte sich und gab kleinlaut zurück: „Sie müssen entschuldigen. Reiner Zufall, dass wir Sie unten am Krankenhaus kommen sahen. Und weil ein weiteres Opfer unseres Täters hier behandelt wird, eine Information, die

höchst vertraulich zu behandeln ist, wollten wir wissen, wohin Sie gehen."

„Ach so. Das bedeutet, dass sie beide zwar absolut nichts gegen mich in der Hand haben, aber einfach abchecken, ob ich vielleicht doch in die Sache verwickelt bin. Weil ich was… ? Zu heftig auf Thomas Reinheimer schimpfte, Marion so gerne mochte oder Ihrem Kollegen zu verstehen gab, dass er fast mein Vater sein könnte? Was davon berechtigt Sie, mir hinterherzuschleichen?"

Hartmann schaute verlegen zu Boden und überließ Hannah das Reden. „Typisch", dachte sie, bevor sie Frau Nässer beruhigend eine Hand auf den Arm legte.

„Fassen Sie mich nicht an! Von Ihnen habe ich korrekteres Verhalten erwartet."

„Es tut mir leid, das war eine blöde Idee und eine Kurzschlusshandlung. Ich vermute, dass uns der Umstand, im Fall festzustecken, zu schaffen macht. Entschuldigen Sie vielmals."

„So einfach ist das? Sie verfolgen Menschen, die in irgendeiner Art und Weise mit den Opfern in Kontakt standen und mit der Bitte um Verzeihung ist alles erledigt? Nein!" Sie schüttelte heftig den Kopf, ihre Augen funkelten feindselig.

„So kommen Sie mir nicht davon. Ich bin auf dem Weg zu meiner Mutter, die eine Krebsoperation hatte und der es echt beschissen geht. Da brauche ich keine zusätzliche Belastung.

Ihr Vorgesetzter wird von mir hören und jetzt lassen Sie mich endlich in Ruhe!“

„Hallo Rosalind, was ist denn hier los?“, fragte eine Schwester, die aus dem Fahrstuhl stieg und ein Klemmbrett unter dem Arm trug.

„Alles in Ordnung, Inka. Die Herrschaften haben sich gerade verabschiedet und einen guten Tag gewünscht, oder?“

„Absolut. Entschuldigen Sie nochmals, wir wollten Ihnen nicht zu nahe treten, Ehrenwort“, versicherte Hartmann schüchtern und schob Hannah zum Lift.

Bevor die Tür zuglitt, hörte die Kommissarin, wie die Schwester nach dem Zustand von Rosalinds Mutter fragte. Sie schienen sich länger zu kennen.

„War das die Krankenschwester von vorhin?“

„Na klar. Manchmal rätsele ich darüber, wie man mit einem derart miesen Personengedächtnis ein so guter Polizist werden kann.“

„Verschleierungstaktik. Wenn ich nicht sicher bin, warte ich einfach so lange ab, bis irgendwer mir auf die Sprünge hilft. Ich frage nur bei dir so dämlich.“

„Ist das nun gut oder schlecht?“, wollte Hannah wissen.

„Kommt drauf an, aber tendenziell würde ich gut sagen.“

„Woher die sich wohl kennen?“

„Vermutlich von einer der Stationen. Vielleicht liegt die Mutter schon länger hier.“

„Ja, kann sein.“

„Glaubst du, die Nässer meldet uns?“

„Und wenn, wir sagen es ihm jetzt gleich selbst und nehmen ihr den Wind aus den Segeln. Es gibt echt Schlimmeres. Danke übrigens fürs Schweigen oben bei ihr. Es beruhigt mich ungemein, einen so redegewandten Kollegen neben sich zu wissen.“

„Sorry, ich war zu perplex, um angemessen zu reagieren. Du hast das doch ausgezeichnet gelöst.“

„Ja, so grandios, dass sie uns beim Chef anschwärzen wird“, feixte sie. „Vergiss es einfach, nicht mehr zu ändern.“

Josef Mitheimer saß allein in seinem Büro, als die Kommissare eintrafen. Er schaute kurz auf, kritzelte etwas auf einen Block und bedeutete ihnen mit einer Geste, Platz zu nehmen.

„Wo ist der Rest der Truppe?“, fragte Hartmann verwundert.

„Kommen gleich. Çetin und der junge Neumann befragen die Kollegen in der Firma Matasch, ob noch jemand ein Gedicht erhalten oder eine Idee zum Verfasser hat. Natürlich auch, wo Thomas Reinheimer stecken könnte. Seidel, Katrin Kreuz, Hahn und Süsser kümmern sich um seine Handydaten, kontrollieren die letzten Kontobewegungen und befragen im Haus die Nachbarschaft. Wenn er in den nächsten Stunden nicht auftaucht, kriegen wir ein echtes Problem.“

„Apropos Nachbarn, wir sollten Ihnen etwas sagen“, begann Hannah und erzählte ihrem Chef vom Missgeschick im Krankenhaus. Zu ihrer Überraschung reagierte der Vorgesetzte recht gelassen und neckte die beiden damit, ihre Überwachungskünste einmal mehr zu überdenken und zu trainieren.

„Viel beunruhigender ist ein Anruf der Presse. Aus welcher Quelle auch immer, der Kerl wusste von Frau Klose am Mainufer und von der missglückten Bewachung in der Klinik. Bis auf Weiteres konnte ich Stillschweigen mit ihm vereinbaren, weswegen wir nun endlich vorankommen müssen.“

Er rieb sich die Augen und langte nach der Brille auf dem Schreibtisch. Hannah beobachtete, wie er einige Male daneben griff, bevor er sie packte und aufsetzte.
„Gehen Sie einen Kaffee trinken, ich mache hier rasch etwas fertig. Der Rest der Truppe wird gleich hier sein, und ich möchte ungern alles zweimal erzählen. Vielleicht kann Frau Bindhoffer in der Zwischenzeit auch noch eine Akte bearbeiten“, er lächelte matt. „Ich nehme nicht an, dass Sie mit der Aufgabe schon weit vorangekommen sind?“
„Nein, aber Sie kennen die Gründe.“
„Vorrangig sind momentan andere Dinge, in diesem Fall stimme ich Ihnen vollkommen zu.“
Sein Lid zuckte fast unmerklich und ohne Rhythmus. Die Kommissarin bemühte sich angestrengt, nicht auf jenen Punkt im Gesicht ihres Chefs zu starren.
„Die Sache mit Thomas Reinheimer macht mich total nervös. Mein Gefühl sagt mir, dass da etwas passiert ist. Wer verschwindet, wenn seine Frau vor zwei Tagen ermordet wurde? Nein, das stinkt zum Himmel“.
„Bislang waren die Opfer weiblich und ich vermute, dass der Mann sich irgendwo verkrochen hat und einfach in Ruhe gelassen werden möchte. Der arme Kerl konnte bisher kaum durchatmen“, äußerte Hartmann.
„Falls er nicht selbst Dreck am Stecken hat, liegt das durchaus im Bereich des Möglichen. Trotzdem, mir macht das

Bauchschmerzen. Wie lange dauert es, bis die Kollegen hier sind?“, fragte Hannah mit Blick auf Herrn Mitheimer.
„Was immer Sie vorhaben, warten Sie meine Informationen ab. Die Truppe sollte in etwa zwanzig Minuten vollständig sein. Ausgehend davon, dass alle pünktlich sind. Was ich gefunden habe, kann Ihre Ermittlungen entscheidend beeinflussen.“
„Dann sagen Sie es uns einfach und wir fahren zu dieser Frau Dr. Klingelbach. Sie könnte Informationen über Orte besitzen, an die er sich gern zurückzieht.“
„Nein, wir warten. So viel Zeit muss sein.“
In diesem Moment betraten Çetin Alkan und Axel Neumann den Raum. Resigniert schüttelten beide die Köpfe. „Leider nichts Brauchbares. Alle Kollegen schilderten Reinheimer als unauffällig und kontaktscheu. Er führte keine Gespräche über persönliche Angelegenheiten. Und das Gedicht hat niemand bekommen oder erkannt, wer der Absender sein könnte. Der Mann am Empfang erklärte uns außerdem, dass von Reinheimers Diensttelefon private Telefonate ausschließlich mit der Ehefrau registriert sind. Alle anderen Anrufe waren rein beruflich. Zumindest in dem Zeitraum, den die Erfassung zurückzuverfolgen kann“, fügte Neumann hinzu.
„Was gibt es hier Neues?“, wollte Çetin wissen.
„Geduld. Seidel, Süsser und Kreuz sollten auch gleich eintreffen. Gehen Sie doch bis dahin bitte alle nach draußen, ich möchte hier noch rasch etwas überarbeiten.“

„Weshalb ist er so scharf darauf, uns aus dem Büro zu schicken?“, grübelte Hannah, während sie aufstand und Mitheimer erneut aufmerksam musterte. Abermals registrierte sie das Zucken um die Augen und seine zittrigen Hände. Der Chef erhob sich und zeigte zur Tür.
„Jetzt aber raus mit Ihnen. Dass Sie alle einen Kaffee vertragen können, sieht man auf den ersten Blick. Letzte Gelegenheit, es könnte eine lange Nacht werden.“

Am Kaffeeautomaten beobachtete Hannah ihre Kollegen. Keiner von ihnen schien die Veränderungen an ihrem Vorgesetzten bemerkt zu haben. „Oder sie ignorieren es einfach“, dachte sie und trat zu Jens Hartmann.
„Ist dir was aufgefallen?“, raunte sie leise.
„Was meinst du, dass der Kaffee wie immer grottenschlecht ist?“
„Nein, drinnen im Büro.“
„Mitheimer?
Sie nickte.
„Ja. Du hattest recht, da ist was im Busch. Selbst wenn ein Kater dahintersteckte, müsste es ihm langsam besser gehen. Aber wir sollten uns nicht hier im Flur darüber unterhalten, oder?“
„Stimmt. Allerdings ist auch Thomas Reinheimer ein Thema, das mir unter den Nägeln brennt. Jens, da ist etwas passiert, das spüre ich.“

Hardy ließ ein Lächeln über sein Gesicht huschen.
„Was gibt es da zu lachen?“
„Och nichts, ich hörte nur zum wiederholten Male meinen Vornamen aus deinem Mund.“
„Spinner! Jetzt bleibt keine Zeit für kollegiale Spielchen, schade, aber eine Tatsache. Stimmst du mir zu, dass wir den Kerl auftreiben sollten?“
„Absolut, ich weiß bloß nicht wie.“
„Die Therapeutin. Wenn sie hört, dass einer ihrer Patienten in Gefahr ist, hilft sie uns sicher eher.“
„Kann sein. Da kommt der Rest, lass uns wieder reingehen.“

Josef Mitheimer brachte alle Beamten auf den aktuellen Ermittlungsstand.
„Die Handydaten sind wenig hilfreich. Eine Nummer gestern Abend, Prepaidteilnehmer, sonst nichts seit Freitag. Im Haus hat niemand etwas gesehen und die allerwenigsten wussten überhaupt, nach wem wir fragten. Scheint sich kaum um soziale Kontakte zu bemühen.“
Neumann nickte. „So ging es uns mit den Kollegen auch. Reinheimer ist ein Eigenbrötler, ein Umstand, der ihm zum Verhängnis werden könnte, wenn er tatsächlich in die Gewalt des Täters geraten ist.“
„Sie erlauben, dass ich mit den Ergebnissen meiner Internetrecherche beginne? Es kann bezüglich des Mörders von Relevanz sein.

Die Suche und der Abgleich der Katzenbilder brachten mich gestern nicht weiter, wie ich bereits früher erwähnte.
Interessant wurde es allerdings, als ich heute Morgen die Einträge zu bestimmtem Katzenverhalten genauer unter die Lupe nahm. Ausgehend davon, dass der Täter sich in irgendeiner Art und Weise mit den Stubentigern identifiziert, wollte ich mehr über typische Verhaltensweisen erfahren. Wenn wir ahnen, wie der Mörder tickt, können wir ihm damit möglicherweise einen Schritt voraus sein. Die Recherche bezüglich eifersüchtiger Katzendamen war dabei von höchster Bedeutung. Evolutionstechnisch gesehen ist das Gebaren ein Mechanismus zum Verteidigen einer Gruppe. Mit Drohgebärden wird zum Beispiel verdeutlicht, dass ein Neuankömmling nicht willkommen ist. Heute leben unsere Stubentiger höchstens noch zu zweit oder dritt bei einer Familie. Zur Schmuse- und Nahrungsquelle wurde der Mensch, der sie versorgt. Jedes der Tiere besitzt den Drang zur Eifersucht. Entdeckt es, dass ein vierbeiniger Mitbewohner mehr Streicheleinheiten erhält und vor Wonne schnurrt, sieht es rot. Ausgeprägt aggressives Verhalten ist die Folge. In einem Forum las ich, dass es oft weibliche Katzen sind, die vehement daran arbeiten, einzige Lieblinge zu werden. Es lohnt sich, um die Gunst des Katzensitters zu kämpfen."
Gebannt lauschten die Anwesenden auf Mitheimers Erklärungen.

„Das bedeutet im Umkehrschluss, dass unser Täter eine Täterin ist? Zieht man den Hang zum nachgeahmten kätzischen Verhalten mit in die Überlegung ein“, mutmaßte Hannah laut.

„Das wollte ich Ihnen damit sagen, absolut korrekt, Kollegin Bindhoffer.“

„Ich wusste es“, rief Çetin von hinten.

„Dann suchen wir die Verbindung einer Frau zu den Ehemännern der Opfer. Dazu einen Beweggrund, warum sie die Männer nicht selbst, sondern ihre Ehefrauen angreift?“, ergriff Axel Neumann das Wort.

„Genau. Wenn Herr Mitheimer mit der Idee zum Bezug auf Katzenverhalten recht hat, liegt das Motiv Eifersucht klar auf der Hand. Da draußen läuft eine Frau herum, die alleinige Besitzerin eines Reviers sein möchte und es im wahrsten Sinne des Wortes mit ihren Krallen verteidigt.“

„Himmel nochmal! Kein Kerl, dem wir auf die Spur kommen müssen, darauf wäre ich im Leben nicht gekommen“, warf Seidel ein und schüttelte entsetzt den Kopf.

„Manches Mal wünschte ich, dass die Emanzipation vor einigen Bereichen haltgemacht hätte. Leider holen wir Mädels sogar hier auf. Die Beschreibung des Zeugen vom Mainufer und die Aussage des Beamten vor dem Krankenzimmer schlossen beide nicht aus, dass es sich durchaus auch um eine weibliche Person handeln könnte. Es passt also.“

Mitheimer nahm einen Notizzettel vom Schreibtisch und hielt ihn dicht vor die Augen und sagte: „Die Auswertung der Reifenspur ist da. Ein Opel, Adam um genau zu sein. Jubeln wir gemeinsam, besser hätte es in dieser Stadt nicht laufen können. Nicht nur, dass es sich um ein in der Gegend oft vorkommendes Fahrzeug handelt, auch die Bereifung selbst zeigt leider keine Auffälligkeiten."

„Zumindest ist die Täterin der Industrie des Standortes behilflich", knurrte Hartmann ironisch. „Und nun?"

„Wir sollten jetzt gleich zu der Therapeutin fahren, vielleicht hilft sie uns mit ein paar Tipps weiter", antwortete Hannah.

Mitheimer nickte zustimmend. „Versuchen Sie es. Die anderen Kollegen gehen mit mir noch einmal alle bisherigen Erkenntnisse und Aussagen durch. Ich möchte sicher sein, dass wir nichts Wichtiges übersehen."

Thea Klingelbach bat ihre Mitarbeiterin darum, die letzten beiden Termine zu verschieben. Während der vorausgehenden Sitzungen des Tages ertappte sie sich permanent dabei, abwesend zu sein. Ihre Gedanken kreisten ständig um Patient 328 und ihre Entscheidung, diesen ohne Medikamente entlassen zu haben. Das ungute Gefühl wurde im Laufe des Vormittags zu echter Angst, weshalb sie glaubte, handeln zu müssen.

„Geht es Ihnen nicht gut?“, fragte Julia sie besorgt. „Sie sind ein wenig blass um die Nase.“

„Ja, ich habe schreckliche Kopfschmerzen. Die zwei Tabletten zeigen bisher keinerlei Wirkung. Deshalb möchte ich mich zuhause ins Bett legen. Wird es schwierig die Termine umzulegen?“

Bewusst vermied die Therapeutin, ihrer Angestellten den wahren Grund ihrer Bitte zu verraten. Je weniger sie wusste, umso weniger konnte sie ausplaudern, wenn es zu dem Zwischenfall kam, den sie befürchtete.

„Kein Problem. Es steht nur noch Ronny auf dem Plan und der wird sich sicher freuen, einmal am Fernseher bleiben zu können. Der Siebzehn-dreißig-Termin rief vor ein paar Minuten an und sagte wegen eines anderen Arzttermins ab.“

„Prima. Konntest du den Patienten, über den wir heute Morgen gesprochen haben, erreichen?“

„328?“

„Genau.“

„Nein. Immer nur die Mailbox. Ich hinterließ eine Nachricht mit der Bitte um Rückruf. Bisher allerdings Fehlanzeige. Sie gehen doch nicht deswegen früher aus der Praxis?“, fragte sie skeptisch.
„Keinesfalls. Es ist mein Schädel, der mich dazu zwingt.“ Sie hob die rechte Hand an die Schläfe, um das Gesagte zu unterstreichen.
„Wenn Sie das sagen“, gab die Mitarbeiterin misstrauisch zurück. „Ruhen Sie sich aus und geben Sie Bescheid, falls ich weitere Termine absagen soll.“
„Danke dir, aber ich vermute, das wird nicht nötig werden. Ein dunkles Zimmer und ein wenig Schlaf können Wunder bewirken“, erwiderte sie mit gespielt gequältem Lächeln, nahm ihre Aktentasche und verließ die Praxis.

Vor der Tür zog sie ihr Smartphone heraus, öffnete die Navigations-App und gab die Privatadresse der Patientin in die Suche ein. Sekunden später wusste sie, dass sie den Weg ohne Probleme zu Fuß zurücklegen konnte. Dennoch entschied sie sich dagegen. Entdeckte Julia ihren Wagen nach Verlassen der Praxisräume, warf das unnötige Fragen auf. Entschlossen ging sie zu ihrem Auto, legte die Aktentasche auf den Rücksitz und klemmte das Handy in die Armatur.
„Bist du dabei, in die Privatsphäre einer deiner Patienten einzudringen?“, überlegte sie, während sie den Motor startete.

„Ja. In diesem Fall muss ich so handeln. Es gibt keinen anderen Weg. Was geschehen könnte, wiegt schwerer als die Tatsache, ein Tabu zu brechen“, verteidigte sie ihr Vorhaben vor sich selbst.

Thea Klingelbach fuhr aus ihrer Parklücke auf dem Parkplatz in der Ludwigstraße und fädelte in den Verkehr ein. Sie beschloss, das Auto auf dem Mainparkplatz abzustellen, wo er ihrer Angestellten nicht sofort ins Auge fiel, falls sie ebenfalls dort parkte. Die letzten Meter legte sie zu Fuß zurück und drückte länger als nötig auf den Klingelknopf.

Hannah und Hartmann betraten die Praxis der Therapeutin. Der helle vordere Bereich beherbergte eine Anmeldung, die in mattem Weiß sehr modern wirkte. Überall an den Wänden hingen farbige Zeichnungen von Blumen, die dem ansonsten eher schlicht gehaltenen Raum eine gemütliche und heimelige Atmosphäre verliehen. In der Zimmerecke standen zwei Korbstühle. Dazwischen ein Tisch, der bedeckt mit einem bunten Wirrwarr an Zeitschriften, zum Lesen einlud.
Hinter dem Tresen saß eine junge Frau, die Hannah auf etwa fünfundzwanzig schätzte. Ihr rotes Haar, zum Pferdeschwanz zusammengebunden, wirkte unter dem Schein der Neonbeleuchtung leuchtend.
„Es tut mir leid, aber die Chefin ist vor ein paar Minuten nach Hause gefahren. Ich musste ihre letzten Termine verschieben. Sie fühlte sich unwohl und klagte über rasende Kopfschmerzen. Kann ich Ihnen behilflich sein?“, eröffnete sie selbstbewusst das Gespräch.
„Kommt darauf an, wie weit Ihre Befugnis reicht, in Patientendaten zu schauen. Wir suchen jemanden, der bei Frau Dr. Klingelbach in Behandlung ist und im Augenblick wie von Erdboden verschluckt ist.“
„Darf ich erfahren, um wen es sich dabei handelt?“
„Thomas Reinheimer.“
„Ja, er ist Patient, aber soweit ich weiß, ist er länger nicht mehr zur Behandlung hier gewesen.“

„Tatsache? Nach unseren Angaben soll seine Frau am Freitag telefonisch einen Termin für ihn abgesagt haben."

Die Angestellte nickte zustimmend: „Das war echt eine merkwürdige Sache. Für den von der Ehefrau angegebenen Zeitraum stand der Patient überhaupt nicht in meiner Terminierung. Ich ließ dies ihr gegenüber selbstverständlich unerwähnt. Schweigepflicht, Sie verstehen, aber eigenartig fand ich es schon."

„Das wird ja immer besser", stellte Hartmann fest. Und wann kam er zum letzten Mal zu einer Sitzung?"

„Anfang Juli. Genauer gesagt am fünften, ich erinnere mich daran, es war der Spättermin an einem Freitag. Ich fuhr danach zu Summer in the City nach Mainz. Das Gespräch dauerte ein paar Minuten länger als gewöhnlich anberaumt und ich wurde nervös, weil ich keinesfalls zu spät sein wollte. Cro kommt nicht so oft in diese Gegend und ich freute mich seit Wochen darauf. Oh, Mist", sie legte eine Hand auf ihren Mund, „das hätte ich verschweigen müssen."

„Bleibt unter uns", beteuerte Hannah. Haben Sie es pünktlich geschafft?" Obwohl sie selbst eher auf hausgemachte Musik mit echten Instrumenten stand, konnte sie die Aufregung der jungen Frau nachvollziehen. Monate vor einem Konzertbesuch bei Smokie und ihrem damaligen Liebling Chris Norman bereiteten Vorfreude und Nervosität ihr Probleme beim Einschlafen. Die Erinnerung daran, wie oft sie das Outfit für jenen Abend änderte, bis der große Tag gekommen war, ließ sie bis heute schmunzeln.

„Gerade eben. Haben Sie eine Ahnung, wie lange es dauert, bis man seinen Wagen in der Nähe geparkt bekommt? Keine Chance. Ich bin ins Parkhaus gefahren und mit dem Shuttlebus zum Event. Echt knapp, aber gelohnt hat sich der Stress allemal."

„Kommen wir zum eigentlichen Grund des Besuches", unterbrach Hardy die Schwärmerei der Praxisassistentin. „Können Sie uns Auskunft über die Erkrankungen von Thomas Reinheimer nennen?"

„Haben Sie eine Einwilligung des Patienten?"

„Wie denn?" Ich sagte bereits, dass wir ihn suchen."

„Dann tut es mir leid. Ohne Schweigepflichtentbindung keine Auskunft."

„Er ist vermutlich in höchster Gefahr, können Sie das verantworten?"

„Absolut. Mein Verhalten ist gesetzlich verankert. Bringen Sie mir die schriftliche Einverständniserklärung des Patienten oder eine richterliche Verfügung, ansonsten schweige ich wie ein Grab. Ich bin ohnehin schon zu weit gegangen vorhin. Für Frau Dr. Klingelbach gilt das im Übrigen auch. Ich bin sicher, dass sie Ihnen nichts anderes sagt, wenn Sie Informationen zu Herrn Reinheimer möchten und keine Einverständniserklärung vorweisen."

Hannah wunderte sich über die gewählte und sachliche Sprechweise der jungen Mitarbeiterin. Sie überlegte, wie sie besser an sie herankam, als Hartmann neben ihr losdonnerte. „Rufen Sie sie an. Jetzt! Ich kann mir kaum vorstellen, dass sie genauso verbockt ist wie ihre kleine Empfangszicke. Falls Sie das bis hierhin noch nicht begriffen haben, der Mann schwebt unter Umständen in Lebensgefahr, und Sie beten mir Gesetze herunter?"

„Hardy", lenkte die Kommissarin ein. „Halt die Füße still. Die Frau macht nur ihren Job. Und sie hat recht mit dem, was sie sagt. Drohgebärden bringen uns weder voran noch helfen sie uns, auf einen Nenner zu kommen."

„Ich bin wütend, Hannah, und das darf das nette Fräulein durchaus mitbekommen. Wenn es sein muss, besorge ich den richterlichen Beschluss in den nächsten Minuten. Es kann doch nicht angehen, dass sie hier sitzt, von einem Rapper schwärmt und uns Informationen vorenthält, die wir zur Rettung eines Menschen brauchen. Sorry, aber das macht mich fuchsteufelswild!"

Die Assistentin saß, mit vor der Brust gekreuzten Armen, regungslos auf ihrem Stuhl und fixierte ihn wütend.

„Jens, ich weiß genau, was du meinst und ich wäre froh darum, die Sache zu beschleunigen. Leider sind wir alle an gewisse Vorschriften gebunden. Deshalb bitte ich dich eindringlich, für ein paar Minuten die Klappe zu halten. Wenigstens so lange, bis wir wissen, ob Frau Dr. Klingelbach vielleicht doch ein Auge für uns zudrückt."

Sie wandte sich an die Helferin. „Rufen Sie bitte Ihre Chefin an." Sie nickte, wählte eine Nummer und wartete.

„Sie scheint noch nicht zuhause angekommen zu sein. Ich versuche es auf dem Handy. Einen Moment."

„Na also!", knurrte Hardy und erhielt sofort einen harten Stoß in die Seite.

Die junge Frau legte auf. „Komisch, sie nimmt auch hier nicht ab. Normalerweise geht sie immer ran, wenn sie sieht, dass der Anruf aus der Praxis kommt."

„Wo wohnt sie?", hakte Hannah nach.

„In Nauheim. Sie kann unmöglich schon so fest schlafen, dass sie das Telefon überhört. Dazu ist sie zu kurze Zeit weg. Wahrscheinlich ist sie zu einem Kollegen gefahren, um ein Rezept zu besorgen und bemerkt die Vibration nicht. Handys schaltet man in Arztpraxen aus, wie Sie sicher wissen."

Hartmann zuckte neben der Kommissarin zusammen. Sie wusste genau, dass sie ihren Partner sehr rasch aus der Praxis lotsen musste, um einen erneuten Wutausbruch zu verhindern.

„Versuchen Sie bitte weiter Ihre Chefin zu erreichen. Wir kümmern uns um einen richterlichen Beschluss. Oder haben Sie es sich in der Zwischenzeit anders überlegt?"

„Weshalb sollte ich? Ich darf keinerlei Auskünfte geben und daraus können Sie mir keinen Strick drehen, basta."

„Genau, du hast vergessen, dass wir mit Fräulein Perfekt sprechen“, knurrte Hardy wütend. „Haben Sie eigentlich einen Namen? Nur für den Fall, dass ich in Erwägung ziehe, Sie wegen Behinderung polizeilicher Ermittlungen anzuzeigen.“
„Hartmann!“, zischte die Kommissarin verärgert und zog an seinem Arm.
„Lassen Sie nur“, bat die Helferin lächelnd. „Er ist nicht der Erste, der sich hier am Tresen so aufführt.“
Sie schaute ihn fest an. „Ich heiße Julia Möller und werde mir von einem Polizisten, der ein Benehmen wie die Axt im Walde an den Tag legt, keinesfalls weismachen lassen, dass meine Reaktionen falsch oder strafbar sind. Auch wenn Typen wie Sie gerne Vorurteile fällen, ich bin zwar blond, aber gewiss nicht blöd. Merken Sie sich das, Herr Ich-bin-so-toll!“
Hannah zog ihren vor Zorn bebenden Kollegen aus der Tür.

Auf der Straße musterte sie ihn mit strengem Blick.
„Kannst du dich gefälligst ein wenig am Riemen reißen und aufhören, deine persönlichen Gefühle in Befragungen einfließen zu lassen? Die Kröte am Empfang reizte mich auch bis aufs Messer, aber so läuft das eben nicht. Mit mehr Fingerspitzengefühl könnten wir die nötigen Informationen bereits in der Tasche haben. Und was jetzt, Kommissar Oberschlau?“
„Na, was wohl? Ich besorge den Beschluss“, gab er schnippisch zurück.

„Den du nicht bekommen wirst. Dir ist klar, dass ein erwachsener Mann weniger als vierundzwanzig Stunden vermisst wird und es absolut keine Gewissheit gibt, dass er in Gefahr schwebt, oder? Welcher Richter gäbe dir die Verfügung? Die zeigen dir den Vogel und schicken dich zurück auf die Polizeischule. Lass mich noch einmal mit Miss Unnahbar reden. Du bleibst hier, rauchst eine Zigarette und versuchst wieder runterzukommen, einverstanden?“

„Bleibt mir eine Wahl?“

„Kaum! So verbockt wie du das eben hast, eher nicht.“

Sie zwinkerte ihm freundschaftlich zu und ging zurück in die Praxisräume.

Er schloss die Hand in dem Augenblick, als er wusste, dass es ihm nicht mehr entgleiten konnte. Erleichtert aufatmend drehte er sich zur Seite und genoss für einen Moment das Gefühl des Triumphes. Jetzt brauchte er noch einmal ein Quäntchen Glück und etwas Zeit, um die Wirkung des gespritzten Medikamentes abzubauen.

Mit zusammengekniffenen Augen beäugte er seine provisorische Waffe.

„Nicht die beste Option, aber besser als mit leeren Händen dazustehen", dachte er zufrieden und robbte zurück auf die Couch. Er musste das Überraschungsmoment nutzen, sie überrumpeln. Er wusste, dass ihm nur diese eine Chance blieb. Als er sich in der ungefähren Position befand, in der er nach der Injektion gelegen hatte, klingelte es. Ein langgezogenes, Freiheit versprechendes Klingelsignal. Schneller als das medikamentenvernebelte Gehirn es zuließ, sprang er vom Sofa auf und ging taumelnd zum Fenster. Er trommelte mit aller Energie gegen die Scheibe und brüllte um Hilfe.

Erneut schnarrte die Klingel, lange und anhaltend. Er schwitzte, Sterne tanzten vor seinen Augen und er spürte, dass die Kraft ihn zu verlassen drohte. Er hieb verzweifelt weiter auf die Glasscheibe ein, ohne eine Reaktion zu erhalten. Matt senkte er die Arme und weinte stumm. Die darauffolgende Stille erschien ohrenbetäubend laut. Die Chance auf eine Rettung blieb unerfüllt. Wer auch immer oben geklingelt hatte,

um sie zu besuchen, war gegangen, ohne sein verzweifeltes Klopfen zu hören.
Ein Schlüssel drehte sich im Schloss. Wieso vernahm er das Geräusch bis in den Keller? Es musste eine zweite Tür geben. Rasch ging er zurück auf das Sofa und lauschte angestrengt.
Einzelne Wortfetzen drangen zu ihm.
„Entschuldigen Sie, ich mache so etwas sonst nie".
„Nein … nicht genommen. So lautete die Abmachung, oder?"
„Sind Sie sicher dass …"
„… auch morgen besprechen. Aber möchten Sie einen Kaffee?"
„Gerne, wenn es okay für Sie ist, mich hereinzubitten."
„Aber gerne. Verraten Sie mir, wie Sie mich hier gefunden haben?"
„Diese Adresse steht in Ihren Akten."
„Verstehe, kommen sie doch bitte herein."
Er hörte einen dumpfen Schlag und einen kurzen Aufschrei. Die Tür schwang auf. Durch einen winzigen Schlitz seiner zusammengekniffenen Augen sah er, wie sie eine bewusstlose Person in den Raum zerrte.
„Hör auf, so zu tun, als würdest du schlafen", brüllte sie hasserfüllt. „Deine Lider zucken. Steh auf und hilf mir, diese Edelnutte der Medizin zu fesseln! Kommt hierher und glaubt, sie könne mir vorschreiben, was zu tun ist. Hier ist mein Revier und ich lasse es mir ganz sicher nicht von einer wie ihr wegnehmen. Noch dazu, wo du es dir anders überlegt hast und

der Katzensitter wirst. Wir beide werden es wunderschön haben hier. Vergiss Marion, sie verstand es nicht, das Leben zu genießen und dich glücklich zu machen. Ich hingegen weiß gute Pflege und regelmäßige Streicheleinheiten zu schätzen. Wir …"

Thomas Reinheimer blendete das wahnsinnige Geplapper aus. Entsetzt schaute er auf den Fußboden. Vor ihm lag seine Therapeutin Thea Klingelbach. Wie kam sie hierher? Behandelte sie diese durchgeknallte Person, die noch immer von einer gemeinsamen Zukunft brabbelte, in ihrer Praxis? Oder war die Polizei bereits auf der Suche nach ihm und hatte die Doktorin um Rat gefragt? Er sollte, nein er musste auf die Tirade der Geistesgestörten eingehen, um Zeit zu schinden. Nun lag es an ihm, Leben zu retten, und es stand mehr als sein eigenes auf dem Spiel.

„Kannst du dir vorstellen, wie gemütlich wir es in unserem Heim haben werden?"

Er nahm den letzten Satz auf, ohne einen direkten Zusammenhang zu erkennen. Bemüht, sie arglos zu stimmen, setzte er ein Lächeln auf und fragte: „Wer ist das und was will sie?"

Er betete inständig, dass sie ihn niemals in der Praxis der Therapeutin gesehen hatte oder Informationen darüber besaß, dass er sich ebenfalls dort in Behandlung begab.

„Das muss dich nicht kümmern, wir lassen sie hier liegen. Die wird bald wieder wach. Und jetzt komm, wir hauen hier ab.

Dass sie hergekommen ist, kann kein Zufall sein. Besser wir suchen uns ein anderes kuscheliges Plätzchen, um uns ausreichend zu beschnuppern."

Thomas Reinheimer unterdrückte den Impuls, etwas auf ihren Plan zu erwidern.

Als Hannah erneut die Praxis betrat, hielt die Helferin den Telefonhörer in der Hand. Als sie erkannte, dass die Kommissarin ohne Begleitung erschien, atmete sie erleichtert auf.

„Haben Sie Ihren Pitbull draußen gelassen?"

„Ja, er regt sich bei einer bis fünf Zigaretten wieder ab. Nehmen Sie es ihm nicht allzu übel, eigentlich ist er ein netter Kerl."

„Verstehe", sie hob zweifelnd die Brauen. „Ich bekomme keine Verbindung zu Frau Dr. Klingelbach. Jetzt geht nur noch die Mailbox ran und ihr Anrufbeantworter zuhause dürfte mittlerweile voll mit Nachrichten von mir sein. Ich habe das Gefühl, dass da etwas nicht stimmt. Während Sie vor der Tür standen, fiel mir ihre komische Frage von heute Vormittag wieder ein."

„Was wollte sie wissen?"

„Ob wir eine Telefonnummer vom Arbeitsplatz des Patienten 328 gespeichert haben. Sie machte sich Sorgen, weil sie die Medikamente bei ihr absetzte und später ein ungutes Gefühl bekam."

„328? Reden Sie über alle Ihre Fälle mit Nummern?"

„Ja. Zur Sicherheit, Frau Dr. Klingelbach führte es ein, als sie eine Mitarbeiterin hatte, die gerne laut mit Namen um sich warf."

„Verstehe. Und jetzt haben Sie Angst, dass sie zu 328 gefahren sein könnte und in Schwierigkeiten steckt?"

„Ja, besonders weil diese Frau mir unheimlich vorkam. Sie stieß seltsame Laute aus, wenn sie auf ihre Sitzung wartete.“

„Zum Beispiel?“

„Tiergeräusche, zumindest klang es danach. An einem Nachmittag hörte ich deutlich ein Fauchen.“

Hannah schauderte. Durfte sie das Gehörte als einen potenziellen Hinweis werten? Sie hakte nach.

„Entschuldigung. Das müssen Sie mir noch einmal genauer erörtern. Die Patientin klang wie eine Katze?“

Die Helferin zuckte die Schultern und erweckte den Eindruck, als fühle sie sich ertappt.

„Kann genauso gut wie ein Löwe oder Tiger geklungen haben. Auf alle Fälle furchterregend. Hat mir jedes Mal eine Gänsehaut über den Rücken gejagt.“

Die Kommissarin ahnte, dass die Aufzählung der Raubkatzen sie von der Tatsache ablenken sollte, dass das Problem der Patientin sehr wohl mit Katzen zusammenhing. Sie beschloss, der Frage nicht weiter auf den Grund zu gehen und ihrer Intuition zu vertrauen.

„Ich weiß, Sie dürfen mir keine genauen Auskünfte geben, aber besteht die Möglichkeit, dass ich auf Ihrem Tresen einen Notizzettel mit der Adresse der Patientin 328 finden könnte, rein zufällig?“

Sie zwinkerte der Assistentin aufmunternd zu.

Hin und hergerissen zwischen Pflichtbewusstsein und der Angst um ihre Chefin, blieb die Angestellte einen Moment regungslos sitzen.

„Sie meinen den, den Frau Dr. vorhin hier verloren hat?“

„Genau den. Sorgsam wie Sie sind, haben Sie ihn vom Fußboden aufgehoben und wollten ihn beim Verlassen der Praxisräume entsorgen. Leider sah ich ihn auf der Theke und steckte die Notiz heimlich ein. Damit sind Sie aus dem Schneider.“

„Nicht ganz. Persönliche Informationen müssen durch den Schredder, bevor sie in den Müll dürfen. Aber das hätte ich natürlich noch gemacht!“

„Ohne Frage.“ Hannah lächelte erleichtert.

„Versprechen Sie mir, mir aus der Patsche zu helfen, wenn es hart auf hart kommt?“

„Das wird es nicht. Sie machen das Richtige, aber für den Fall, dass…, Ehrenwort.“

Hannah legte ihre Hand auf Herzhöhe und lächelte dankbar.

„Ich habe keine Ahnung, ob 328 etwas mit der Sache zu schaffen hat“, warf Julia Möller ein. „Nur dieses ungute Gefühl, weil es der Chefin so dringlich erschien, sie früher als vereinbart zu sprechen.“

Ein letzter und verzweifelter Versuch, sich korrekt zu verhalten.

„Wenn wir nachsehen, wissen wir mehr, lassen Sie einfach den Namen weg“, wand die Kommissarin ein. „Bitte!“

„Okay, überredet." Sie griff zu einem Stift.
Erleichtert nahm Hannah die auf einen Zettel gekritzelte Adresse und lief nach draußen.

„Mach die Kippe aus, wir haben einen Hinweis."
Während sie von der Praxis zu Fuß zur notierten Anschrift gingen, erzählte sie ihrem Kollegen von ihrem Gespräch mit der Helferin.
Rasch überquerten sie das Kopfsteinpflaster auf dem Marktplatz und liefen über die Fußgängerampel in die Mainstraße.
„Fordern wir Verstärkung an?" Hartmann keuchte, während er versuchte, mit Hannah Schritt zu halten.
„Nein. Bisher ist es nicht mehr als eine Möglichkeit. Lass uns die Adresse in der Schäfergasse checken, bevor wir die Kavallerie herbitten. Kann durchaus sein, dass das Mädchen aus Angst um ihre Chefin etwas in diese Angelegenheit hineininterpretiert und damit völlig daneben liegt. Wir haben uns erst wegen Frau Nässer in die Nesseln gesetzt. Diesmal möchte ich auf Nummer sicher gehen."
„Hübsches Wortspiel, aber wie du meinst, sag hinterher nicht, ich hätte …"
„Mach die Klappe zu und komm", schnitt sie ihm das Wort ab.
„Da um die Ecke ist es doch schon, warum hetzt du so?"

„Um dich auf Trab zu halten und möglicherweise einer Therapeutin aus der Klemme zu helfen."

Rosalind Nässer betrachtete die Daten auf ihrem Bildschirm, schüttelte den Kopf und versuchte mit einer weiteren Eingabe von Befehlen an das von ihr gewünschte Ergebnis zu gelangen.
„Verflixt, irgendwo muss dieser Fehler doch stecken."
Sie drückte die Entertaste und schaute auf eine schier endlose Liste von Screennamen.
„So weit, so gut. Das bekommt jedes Kind mit ein wenig Erfahrung am Computer zustande. Aber wie ist es dem verdammten Hacker gelungen, über die Fantasienamen der angemeldeten User eine Ebene tiefer zu kommen? Ich habe die Software von allen Seiten durchleuchtet, es gibt kein Schlupfloch. Zumindest kann ich es nicht finden. Das Ding ist mein Baby und ohne Fehler!"
Sie schlug mit der Faust auf die Platte des Schreibtischs. Wieder hämmerte sie auf der Tastatur und sah sich die Protokolle der letzten Tage an.
„Es muss einen Maulwurf geben, das ist die einzige Möglichkeit. Niemand dringt in mein Datennetz ein, das glaube ich einfach nicht."
Sie griff zum Telefon und wählte die Nummer einer Kollegin. Als das Gespräch angenommen wurde, feuerte sie grußlos hektische Fragen ab und lauschte den Antworten. Während des Telefonates lief sie zum Fenster und riss es auf. Die eintretende Luft strich über ihren verschwitzten Körper und ließ sie frösteln.

„Okay", gab sie resigniert zurück. „Dann müssen wir die Polizei verständigen, no way out. Ich habe hundertfach sämtliche Daten durchleuchtet, da ist keine Spur zu finden. Ich weiß, dass jemand aus der Firma dahintersteckt. Stellt sich nur die Frage, wer? Wenn das die Runde macht, können wir einpacken. Dabei ist es gleichgültig, ob der Hack aus unseren Reihen oder von außerhalb stattfand. Niemand wird das Portal weiter nutzen wollen. Die absolute Anonymität ist das Kapital und Alleinstellungsmerkmal dieser Chatseite. Die Panne darf in keinem Fall nach außen dringen. Komm am besten vorbei, dann können wir gemeinsam noch einmal alles durchgehen. Kann sein, dass vier Augen mehr entdecken als zwei. Ich möchte nur ungern die Polizei verständigen. Wer garantiert mir, dass dieses Missgeschick nicht doch publik wird, wenn die die Finger im Spiel haben?"

Nach der Antwort der Kollegin holte sie tief Luft und versuchte sich zu beruhigen.

„Ich soll kein Drama daraus machen? Wie stellst du dir das vor? Klar, es ist es im Moment nur einmal vorgekommen, aber was, wenn es wieder passiert? Robert macht mir die Rübe runter, schließlich hätte ich ihn sofort über die Beschwerde informieren müssen. Ich dachte, wir beide finden gemeinsam den Ursprung des Hacks."

Sie hörte extrem angespannt zu und ballte die Fäuste.

„Okay, verstanden. Du hast heute Abend keine Zeit mehr zu kommen und überlässt mich einer schlaflosen Nacht", zischte sie wütend. „Dabei weißt du genau, dass ich bis in die Früh an dem Problem kauen werde. Ich halte es für ausgesprochen brisant und lasse es nicht einfach unter den Tisch fallen. Spätestens morgen Mittag müssen wir handeln, den Chef aufklären und die Polizei einschalten. Wenn du kneifst, ziehe ich es allein durch.“

Thomas Reinheimer folgte ihr zur Kellertreppe und nickte zustimmend, wenn sie ihn ansprach. Es fiel ihm schwer, sich gleichzeitig auf den aberwitzigen Wortschwall seiner Peinigerin zu konzentrieren und das eben Erlebte zu verdauen. Bei jedem Schritt drohten die nach wie vor wackeligen Beine unter ihm einzuknicken. Er hörte, dass ihr Smartphone klingelte, doch sie machte keine Anstalten das Gespräch anzunehmen. Der ansteigende Ton verursachte eine zusätzliche Qual und seine Kopfschmerzen steigerten sich ins Unerträgliche.

„Warum gehst du nicht ran?“, fragte er matt.

Sie schaute ihn fragend an.

„Das Handy klingelt!“

„Tatsächlich, muss ich überhört haben. Warte hier und rühr dich keinen Zentimeter von der Stelle.“

Er dachte an die improvisierte Waffe in seiner Hosentasche und beschloss, sie noch nicht zum Einsatz zu bringen. Die Chance, auf dem Weg zum Auto eine günstigere Gelegenheit und Hilfe von einem Passanten zu bekommen, schien ihm aussichtsreicher. Er lauschte auf das Telefonat, dass sie hinter einer Tür am Ende der Treppe führte. Außer den Worten „heute kann ich nicht“, die sie sagte, als sie bereits wieder im Flur stand, drang keine Information zu ihm.

„Los jetzt, wir fahren.“

„Wohin?“, fragte er, ohne auf eine Antwort zu hoffen.

„Wirst du sehen. Es wird dir gefallen. Es ist ein Ort, an dem garantiert niemand nach uns sucht. Dort kann ich dich auch bedenkenlos eine Weile allein lassen, es gibt noch etwas zu erledigen."

Sie hakte sich bei ihm unter, lotste ihn zur Treppe und führte ihn zur Haustür. Sie öffnete sie einen Spalt und spähte hinaus.

„Keiner da", stellte sie zufrieden fest und schob ihn aus dem Haus. Er spürte, dass sie ihm nun ein Messer in den Rücken hielt.

„Nur für alle Fälle und wenn du vergisst, wer dein Kätzchen ist", erklärte sie beruhigend.

Das Geräusch des elektronischen Autoschlüssels erklang und sie drängte ihn zum Wagen, der direkt in der Einfahrt neben dem Haus parkte. Thomas Reinheimer blickte verzweifelt ringsherum und hoffte, eine Person zu entdecken, die ihm zu Hilfe eilen konnte. Er sah, dass das Hoftor offen stand. Die kostbare Zeit, die sie benötigt hätte, um es zu öffnen, blieb ihm verwehrt.

„Steig ein", befahl sie und erhöhte den Druck der Klinge.

Resigniert folgte er der Anweisung und nahm auf dem Beifahrersitz Platz.

Seelenruhig und ohne Hektik ging sie um das Auto und setzte sich neben ihn. Sie fuhr auf die Straße, bog nach links ab und gab Vollgas. An der Ecke zur Mainstraße sah Thomas Reinheimer einen Mann, der strammen Schrittes in die Schäfergasse einbog. Er hob den Arm an seinen Kopf und imitierte ein Kratzen, während er mit zwei Fingern in ihre Richtung winkte.

Sie stach ihm ohne Vorwarnung in den Oberschenkel. „Lass das, oder ich schicke dich zu deiner Marion!“

„Entschuldigung“, antwortete er unterwürfig und hielt eine Hand auf die schmerzende Stichverletzung, die nur oberflächlich schien. Er zweifelte keine Sekunde daran, dass sie ihre Drohung in die Tat umsetzen würde. „Meine Kopfhaut juckt wie irre, seit du mir die Spritze gegeben hast. Kaum auszuhalten“, versuchte er sein Verhalten plausibel zu erklären.

Sie nickte. „Das kann vorkommen. Im Handschuhfach liegt ein Stofftaschentuch, nimm es und drücke es fest auf die Wunde“, befahl sie. „Wenn wir am Ziel sind, werde ich dein Bein versorgen.“

Sie bog an der Ampelanlage nach links auf die Frankfurter Straße.

Fast gelähmt vor Angst und Schmerzen nahm er wahr, dass sie auf die Schnellstraße Richtung Raunheim fuhr. „Ob sie plante, zu ihm zu fahren? Nein, die Polizei käme dorthin, wenn sie merkten, dass er verschwunden war“, dachte er und drückte weiter fest auf sein Bein. Ihn beruhigte, dass nur wenig Blut an der Druckstelle auf dem Taschentuch zu sehen war.

Am Kreisverkehr angekommen nahm sie die Straße, die neben der Brücke in den Ort führte. „Also doch zu mir“, überlegte er, verwarf den Gedanken jedoch kurz darauf, als sie am HL-Hochhaus vorbei weiter Richtung Ortsmitte fuhr.

Hartmann klingelte und las *Ortmann* vom Klingelschild ab, während er darauf wartete, geöffnet zu bekommen. Hannah ging, ohne zu zögern, durch das offene Tor in den Hof des Grundstücks.

„Was machst du?“

„Ich sehe nach, ob die Eigentümerin hinten ist“, antwortete sie und lief zu einer weiteren Tür, die zum Garten zu führen schien. Die Klinke ließ sich mühelos herunterdrücken. „Es ist offen“, rief sie dem Kollegen zu und verschwand. Hardy drückte erneut auf den Klingelknopf. Dieses Mal sehr lange. Er wartete einen Moment und als immer noch niemand öffnete, folgte er Hannah zum hinteren Teil des Hauses. Er sah, dass sie am Boden lag und durch das Kellerfenster blickte.

„Hardy, komm her, ich glaube, ich sehe da drinnen einen Schuh.“

Er beugte sich zu ihr, presste die Hände an die Scheibe und versuchte im Dämmerlicht zu erkennen, ob sie recht hatte.

„Siehst du es? Neben der Couch, man sieht nur die Spitze.“

Seine Augen suchten den Raum erneut ab und entdeckte das, was Hannah gesehen hatte.

„Scheiße, ja, da hinten. Wir müssen hinein, ich nehme an, die Tür ist verschlossen?“, rief er aufgeregt.

„Sicher, sonst würde ich wohl kaum vor dem Fenster hocken.“

Ohne auf ihre Bemerkung einzugehen, schlug er mit dem Griff des Dienstrevolvers die Scheibe ein.

Das Klirren von berstendem Glas durchbrach für einen kurzen Augenblick die idyllische Ruhe der Straße.
„Ich steige rein, rufst du Mitheimer an?“, bat er Hannah, bevor er versuchte, durch das kleine Fenster hinein zu gelangen. Nach dem zweiten missglückten Versuch fragte er kleinlaut: „Können wir die Rollen tauschen? Ich passe da im Leben nicht durch. Aber bei dir könnte es klappen.“
Hannah grinste.
„Musste eines Tages einen Nutzen bringen, dass ich von so klappriger Statur bin. Halt das fest.“
Sie drückte Hartmann ihr Handy in die Hand und gelangte fast mühelos durch das Fenster.
„Die lange Dürre ist drin“, rief sie und beugte sich zu der Frau am Boden. „Hier liegt jemand, ruf die Rettung an.“
Sie tastete nach dem Puls der Verletzten und stellte beruhigt fest, dass er stark und gleichmäßig schlug. Sie nahm ein Kissen vom Sofa und schob es vorsichtig unter ihren Kopf. Auf dem Fußboden lag eine Handtasche. Die Kommissarin öffnete den Reißverschluss, zog ein Portemonnaie heraus und fand einen Ausweis.
„Es ist Frau Dr. Klingelbach“, rief sie zu ihrem Kollegen, der seinen Kopf durch die zerbrochene Scheibe steckte.
„Lässt du mich zu euch hinein?“
„Klar. Ich gehe nach oben und mach dir ein Fenster auf.“
„Sei bitte vorsichtig. Ich bin nicht sicher, dass niemand mehr im Haus ist. Der Lärm des Glases hat sie in jedem Fall

aufgeschreckt. Gut möglich, dass sie hinter einer Tür auf ihre Chance zu entkommen lauert. Oder Schlimmeres plant!"
„Ich passe auf", versprach Hannah, zog ihre Waffe und ging hinauf.
Langsam schlich sie Stufe um Stufe empor. Vorsichtig schob sie die Tür am Ende der Treppe auf und spähte in einen verlassenen Hausflur. Mit gezogener Pistole ging sie leise durch die restlichen Räume. Als sie ins Wohnzimmer gelangte und Gewissheit hatte, dass sich niemand im Haus aufhielt, schaltete sie das Licht ein.
„Alles sauber, komm rein", rief sie durch das nun geöffnete Fenster.
Hartmann trat heran, das Smartphone noch am Ohr. Aus der Ferne vernahm sie bereits die Sirene eines herannahenden Krankenwagens.
„In Ordnung, Chef, machen wir."
Er kletterte zu ihr ins Haus und sah sich um. Nichts an der Einrichtung des Zimmers schien auffällig.
„Was ist mit Frau Dr. Klingelbach? Hat sie Verletzungen?"
„Auf den ersten Blick konnte ich keine Wunden ausmachen, allerdings gab es nur wenig Licht. Vermutlich hat 328 sie niedergeschlagen und danach das Weite gesucht. Ist jedoch nur meine Theorie, aber wie du hörst, kommt die echte medizinische Hilfe gleich."
Er lauscht und nickte.
„Was hat der Boss gesagt?"

„Er will uns sofort sehen, wenn wir hier fertig sind. Selbstverständlich sollen wir mit Frau Dr. sprechen, falls sie wieder zu sich kommt. Was meinst du, wie stehen die Chancen darauf?"

„Lass uns zu ihr nach unten gehen und nachsehen. Sie liegt schon zu lange allein dort."

Als sie den Kellerraum betraten und das Licht einschalteten, flackerten die Lider der Ärztin. Hannah hockte sich neben sie, streichelte ihr behutsam über die Stirn und sprach sie leise an.

„Frau Dr. Klingelbach? Können Sie mich hören?"

Diese nickte mit schmerzverzerrtem Gesicht.

„Wissen Sie, was mit Ihnen geschehen ist?"

Sie verneinte mit einer kraftlosen Kopfbewegung. „Nur noch, dass ich klingelte und sie mir einen Kaffee anbot", wisperte sie kaum verständlich und versank erneut in Bewusstlosigkeit.

Der Wagen holperte, als sie nach der Unterführung auf den Parkplatz am Mainufer einbog. Er schaute auf eine Reihe von Booten, die im Jachthafen lagen und sanft hin und her schaukelten. Trotz der lange Tage im August konnte er keine Einzelheiten mehr ausmachen. Es musste mindestens halb neun sein, schätzte er.

„Steig aus“, befahl sie. „Wir sind da.“

Als er ausstieg, schoss ein derber Schmerz durch das verletzte Bein. Humpelnd folgte er ihr zum Tor des Hafens. Sie zog einen Schlüssel hervor, schloss auf und bedeutete ihm mit einer Handbewegung, ihr zu folgen. Stöhnend setzte er den Weg fort, während seine Augen die Umgebung nach einem Fluchtweg absuchten. Außer ihnen beiden war niemand zu sehen, das Gelände schien verlassen.

Vor einem der letzten Boote in der Reihe hielt sie an.

Sie wandte sich zu ihm um, einen zärtlichen Ausdruck im Gesicht.

„Schau, Liebster, hier stört niemand den Katzensitter und seine Samtpfote. Ich freue mich darauf, nachher von dir verwöhnt zu werden. Schließlich musst du deiner Kimi zeigen, wie stolz du auf sie bist!“

Abermals stieß sie einen Schnurrlaut aus, der Thomas Reinheimer erschaudern ließ.

„Willkommen an Bord, lauf du voraus.“

Er kletterte unter Schmerzen auf das Boot, dicht gefolgt von seiner Peinigerin, die sich in das Schnurren hineingesteigert zu haben schien. Sie sprach kein Wort und wies ihn mit ausgestrecktem Finger an, nach rechts zu gehen. Einige Stufen führten in eine kleine Kajüte, in der ein Bett und ein winziger Tisch mit Stuhl standen.

„Zieh die Hosen aus und leg dich dort hin", befahl sie, nachdem sie das Schnurren eingestellt hatte. „Ich muss dein Bein versorgen."

Gehorsam streifte er vorsichtig die Jeans über seine Oberschenkel. Die mitgebrachte Waffe, eine verbogene Nagelfeile, hielt er dabei sorgsam mit einer Hand in der Hosentasche, um ihren Fall auf den Boden zu verhindern.

„Und jetzt hinlegen", wies sie ihn an.

Vom Bett aus beobachtete er, wie sie sich nach einer kleinen Kiste bückte, die unter dem Tisch stand.

„Bitte tu mir nicht weh", flehte er angstvoll.

„Wo denkst du hin. Ich helfe dir und bin auf deiner Seite. Vergiss das nie. Und jetzt beiß die Zähne zusammen."

Sie öffnete ein kleines Fläschchen, das er als Desinfektionsmittel erkannte, und gab ein paar Tropfen der Flüssigkeit auf ein Tuch. Als sie den Stoff auf seine Wunde senkte, schrie Thomas Reinheimer vor Schmerz auf.

„Pst!" Sie hielt sich einen ausgestreckten Zeigefinger vor den Mund. „Gleich wird es besser, aber du darfst nicht solchen Lärm machen. Wenn sie uns beide entdecken, ist das Spielchen aus und wir werden keine weitere Gelegenheit bekommen, um uns kennenzulernen."

Er versuchte, einen zweiten Schrei zu unterdrücken, doch seine Angst und der Schmerz waren so unerträglich, dass es ihm misslang. Er brüllte aus Leibeskräften.
Wütend nahm sie das zuvor benutzte Baumwolltuch und stopfte es ihm mit einer kräftigen Handbewegung in den Mund. Sie wühlte erneut in der Kiste und kam mit einer Rolle Klebeband zu ihm zurück. Ihre wild funkelnden Augen fixierten ihn und er konnte den Wahnsinn, der sich hinter ihrer Stirn manifestierte, deutlich erkennen. Mit einem Ratschlaut riss sie ein Stück des Bandes ab und klebte es ihm fest über die Lippen.
„Ich habe dich gewarnt. Wenn du meine Hilfe nicht willst, werde ich andere Saiten aufziehen müssen. Streck deine Hände vor."
Er schüttelte heftig mit dem Kopf und brachte einen Grunzlaut hervor.
„Eins, zwei…", sie hob drohend das Messer, das sich nun wieder in ihrer geschlossenen Faust befand, vor sein Gesicht.
„Wirds bald?"
Augenblicklich streckte er ihr die Arme entgegen. Sie legte die Waffe zur Seite, griff nach einem Seil, das auf einem Haken über dem Bett gewickelt hing, und begann ihn zu fesseln. Grob zog sie den Strick um seine Handgelenke fest.
Thomas Reinheimer schmeckte den bitteren Geschmack des Desinfektionsmittels auf der Zunge. Er hatte das Gefühl, dass

das Tuch im Mund mit jedem Atemzug größer wurde und ihn zu ersticken drohte.

Mit einem heftigen Ruck schob sie seine Beine zusammen. Der Schmerz explodierte, ließ ihn aufstöhnen und trieb ihm ein Feuerwerk von Lichtern hinter die krampfhaft geschlossenen Lider.

„Ich muss etwas erledigen, um unsere Sicherheit zu gewährleisten. Du wirst dich nicht von der Stelle rühren können. Eine gute Gelegenheit, um erneut über dein Verhalten nachzudenken. Geht man so mit einem Kätzchen um, das alles gibt, um vom Katzensitter anerkannt und geliebt zu werden? Sieh mich an!“, herrschte sie ihn an und schlug ihm ins Gesicht.

Er öffnete vorsichtig die Lider, darauf gefasst, eine weitere schmerzliche Lektion von ihr zu erhalten.

Er blinzelte den Tränenfilm von seinen Augen und sah, dass sie ihn freundlich anlächelte. Als sie ihre Hand hob, zuckte Thomas Reinheimer ängstlich zusammen. Doch sie streichelte ihm sanft über die Wange und küsste seine Stirn.

„Ich weiß ja, dass du dich erst in die neue Situation eindenken musst. Das Glück zu erkennen und mir dankbar zu sein erfordert eine Zeit des Nachdenkens. Sei gewiss, du wirst mich mehr lieben, als du es dir im Moment vorzustellen vermagst. Ich bin diejenige, die dir half, aus deinem langweiligen und in festen Bahnen verlaufenden Leben auszusteigen.“

Eine Woge der Übelkeit stieg aus seinem Magen nach oben und brannte in der Speiseröhre. Panisch schluckte er heftig und es gelang ihm, keine Regung im Gesicht zu zeigen. Er wollte, dass sie ihn so rasch wie möglich allein ließ. Zeit gewinnen, um sich aus dieser Lage zu befreien.

„Ruh dich aus und denke an das, was ich dir gesagt habe. Ich bin in etwa einer Stunde wieder bei dir. Bis dahin möchte ich, dass du brav bist und nicht versuchst, deine Fesseln zu lösen. Versprochen?"

Er nickte heftig.

„Hervorragend, dann bis nachher", sagte sie sanft und warf ihm eine Kusshand zu.

Als die Tür hinter ihr zufiel, dachte Thomas Reinheimer an die Nagelfeile in der Hosentasche, so nah und trotzdem unerreichbar. Sie hatte die Ausgangstür nicht verschlossen. Wenn er es schaffte, sich von der Fesselung zu befreien, konnte er einfach so hinausspazieren. Er ruckte die Hände unter dem Strick. Er saß stramm, und doch gewann er den Eindruck, dass er ein klein wenig Spielraum spürte. Beim zweiten Mal ruckelte er heftiger, kein weiteres Gefühl einer Lockerung. Auch der nächste Anlauf blieb erfolglos. Er stöhnte verzweifelt und versuchte die Unterschenkel auseinanderzubiegen. Das Seil ließ ihm keinerlei Bewegungsfreiheit und er fluchte im Geiste.

Josef Mitheimer lief ihnen vor dem Revier entgegen, als sie in den Parkplatz einbogen. Die Aktentasche unter dem Arm und den Kopf tief gebeugt schien er sie zunächst gar nicht zu bemerken.

„Wohin gehen Sie?“, fragte Hannah.

„Oh, Frau Bindhoffer, ich wollte nach Hause fahren.“

„Aber“, wand Hartmann ein, „Sie haben mir doch gesagt, wir sollen sofort herkommen, wenn wir in der Schäfergasse fertig sind.“

Einen Moment lang schaute er die beiden Kommissare irritiert an, dann lächelte er versöhnlich.

„Ich dachte, es wird noch eine Weile dauern, bis Sie alles erledigt haben. Ehrlich gesagt bin ich todmüde und nicht mehr aufnahmefähig. Können wir das morgen früh in Ruhe besprechen?“

Hannah glaubte, sich verhört zu haben. Ein Josef Mitheimer, der lieber Feierabend machte und den Dingen einfach ihren Lauf ließ? Unmöglich!

„Ist alles in Ordnung bei Ihnen?“, hakte sie unsicher nach. Hartmann stand mit ebenfalls ratloser Miene neben ihr.

„Selbstverständlich“, er räusperte sich betreten. „Scheint ja jetzt nichts mehr zu werden mit dem Feierabend. Gehen wir hinauf.“

„Moment, Boss, nur dass ich es richtig verstehe. Eben wollten Sie den Nachhauseweg antreten und die Ermittlungen auf

Dienstag vertagen. Und nun begeben wir uns zurück in Ihr Büro und machen doch weiter?"

„Exakt wiedergegeben!"

„Entschuldigung, Sie sind absolut sicher, dass Ihnen nichts fehlt?"

„Was soll diese Fragerei, ich bin einfach müde und wollte die Gelegenheit beim Schopf ergreifen, einmal vor Mitternacht ins Bett zu kommen. Und jetzt los, erzählen Sie mir, was passiert ist."

Die Kommissarin warf ihrem Kollegen einen fragenden Blick zu. Hatte er das nicht bereits vor etwa einer Stunde getan? Hartmann zuckte die Schultern und blieb stumm.

Während sie die Stufen hinauf zum Büro gingen, erzählte Hannah ihrem Vorgesetzten, was sich nach dem Besuch in der Praxis von Frau Dr. Klingelbach abgespielt hatte. Zunächst lauschte er konzentriert, doch als sie zu der Stelle mit der Adresse in der Schäfergasse kam, winkte er ab und schaute wesentlich entspannter als zuvor.

„Das hat mir Kollege Hartmann bereits alles am Telefon erklärt. War sie schon vernehmungsfähig?"

„Leider nur kurz, sie sagte, sie könne keine Aussage zu dem Angriff machen. Wenn es sich überhaupt um einen handelte, aber davon gehe ich aus."

Sie unterrichtete Josef Mitheimer auch darüber, dass die Helferin angab, Reinheimer sei lange nicht mehr zu einer Behandlung in der Praxis erschienen.

„Wieso kamen Sie überhaupt darauf, dass die Therapeutin in Gefahr sein könnte?“

Hannah berichtete vom Verlauf des Gespräches und dem Moment, als das Thema Katze angesprochen wurde. „Sie wissen, wie ich ticke. Manchmal genügt mir ein Bauchgefühl, um die richtigen Schlüsse zu ziehen. Als ich bemerkte, wie die Helferin versuchte, sich mit einem Ablenkungsmanöver aus der Sache herauszuwinden, klingelten bei mir sämtliche Alarmglocken.“

„Das hieße im Umkehrschluss, dass die Patientin unsere Täterin ist?“

„Das zu behaupten ginge ein wenig zu weit, allerdings ist es möglich. Leider erfuhr ich von der Helferin nur die Adresse und keinen Namen. Was bedeuten kann, dass die Mörderin nicht unbedingt in diesem Haus wohnt.“

Nun kam Leben in Josef Mitheimer. Er sprang vom Stuhl auf, auf dem er sich erst vor einigen Minuten niedergelassen hatte und rief: „Worauf warten Sie? Schicken Sie die Spurensicherung hin.“

„Ist bereits veranlasst.“

„Dann fragen Sie im Krankenhaus nach, ob die Therapeutin vernehmungsfähig ist. Ich veranlasse, Frau Dr. Klingelbachs Tür zu bewachen, und besorge einen richterlichen Beschluss, damit wir Einsicht in die Akte dieser Patientin erhalten. Ich verwette meinen Allerwertesten, dass sie es ist. Leider habe ich den Rest der Truppe in den Feierabend geschickt. Bekommen wir drei das ohne sie hin?“

„Selbstverständlich“, antwortete Hannah sofort, froh darüber, wieder den Josef Mitheimer zu sehen und zu hören, den sie kannte.

„Ich übernehme die Fahrt in die Klinik. Mir ist wohler, wenn jemand von uns in der Nähe von Frau Dr. Klingelbach ist. Was denken Sie?“, fragte Hartmann den Vorgesetzten.

Mitheimer schüttelte den Kopf. „Glauben Sie im Ernst, dass die Kollegen es erneut zu einem Zwischenfall kommen ließen? Ausgeschlossen. Allerdings kann es nicht schaden, wenn Sie bereits vor Ort sind, sobald sie wieder zu sich kommt. Ihre Erinnerungslücke könnte nur für kurze Zeit bestanden haben, also fahren Sie los.“

Hannah telefonierte im Flur erneut mit der Spurensicherung, um Druck zu machen. Sie versprach in etwa einer Stunde ebenfalls vor Ort zu sein, um erste Ergebnisse abzurufen.

Als sie zurück ins Büro kam, beendete auch ihr Chef ein Telefonat.

„Die Anordnung kommt gleich per Fax zu uns. Funktionierte ohne Probleme, den Richter von der Dringlichkeit zu überzeugen. Wir müssen die Helferin anrufen, damit sie uns in die Praxis lässt. Ich hoffe, sie steht im Telefonbuch und es sind keine fünfzehn Julia Möllers in Rüsselsheim und Umgebung eingetragen.“

„Wissen Sie denn, ob die junge Dame hier wohnt?“

„Leider nicht, aber ich bin zuversichtlich. Einmal müssen wir doch auch Glück haben. Sehen Sie nach."
Mitheimer tippte den Namen ins Telefonverzeichnis im Internet und trommelte mit den Fingern auf seinem Schreibtisch, während er ungeduldig auf das Ergebnis wartete.
„Es gibt zwei Kandidaten, die infrage kommen. Eine Julia und einmal J. zum Nachnamen Möller. Hoffentlich geht bei einer der Rufnummern die gesuchte Frau an den Apparat."
Sie beobachtete, wie er konzentriert auf die Tastatur des Telefons schaute und langsam die erste Nummer eintippte. Nach einem Augenblick des Wartens erklärte er den Grund seines Anrufs.
„Können Sie sofort losfahren?" Er lächelte zufrieden. „Danke und bis gleich."
„Volltreffer?"
„Ja, wir fahren zur Praxis."
„Sie kommen mit?"
„Selbstverständlich. Ich werde Sie wohl kaum allein losziehen lassen."
„Das weiß ich zu schätzen, Chef. Aber wer kümmert sich dann um die Koordination hier? Falls etwas Brauchbares in den Akten steht und wir handeln müssen, oder Hartmann in der Klinik auf Hinweise stößt?"
Josef Mitheimer überlegte kurz und stimmte ihr anschließend mit einem Nicken zu. Er griff erneut zum Telefonhörer und Hannah hörte den Anweisungen für Çetin zu. Als er das

Gespräch beendete, bat er sie, vor der Praxis auf den Kollegen zu warten.

„Er macht sich auf den Weg und müsste in zehn Minuten vor Ort sein."

„In Ordnung. Ich hätte das jedoch durchaus ohne Çetins Hilfe hinbekommen. Kann ich etwas für Sie tun, bevor ich fahre?"

„Nein, weshalb fragen Sie?"

„Nehmen Sie es mir nicht übel, aber irgendetwas ist mit Ihnen los. Sie sind so anders in den letzten Tagen."

„Unsinn." Sein Auge begann erneut zu zucken. „Alles im Lot. Ich bin nur müde. Sehen Sie zu, dass Sie fortkommen. Wir wollen diese Helferin", er schielte auf den Bildschirm, „Julia Möller, doch nicht warten lassen. Schlimm genug, dass ich sie mitten in der Nacht aus dem Bett klingeln musste."

Jens Hartmann nahm die Treppen zur Station 43. Nachdem der Mann am Empfang des Krankenhauses ihm mitgeteilt hatte, dass Frau Dr. Klingelbach bereits von der Aufnahme in die Neurologie verlegt worden sei, wollte er keine Zeit mit dem Warten auf den Lift verschwenden.

Er hastete an einer Schwester vorbei, die, ein Kissen unter dem Arm, durch den Flur ging. Hardy klopfte an die Tür mit der Nummer 8. Nach kurzem Zögern trat er ein.

Die Ärztin lag auf ihrem Bett und schaute zur Tür, als er eintrat. Er zeigte seine Dienstmarke, stellte sich vor und nahm auf einem Stuhl Platz.

„Darf ich Ihnen ein paar Fragen stellen?"

„Klar, gerne. Mir geht es gut. Ich muss zum Ausschluss einer Gehirnerschütterung über Nacht bleiben, aber die habe ich nicht."

„Das freut mich", erwiderte er ehrlich. „Was genau wollten Sie bei Ihrer Patientin und was ist dort geschehen?"

Sie schlug die Hände vors Gesicht und schüttelte den Kopf.

„So viel Dummheit gehört bestraft. Dass ich hier liege, habe ich einzig mir selbst zuzuschreiben. Ich unterschätzte die Sache von Anfang an."

„Was meinen Sie?"

„Am letzten Freitag erklärte mir die Patientin, sie wolle keine Medikamente mehr einnehmen. Sie gab an, andere Möglichkeiten gefunden zu haben, um gesund zu werden. Zunächst erleichtert, dass es ihr besser ging, gestattete ich ihr eine Medikamentenpause. Aber bereits nach einigen Stunden zweifelte ich meine Entscheidung an."

„Warum glaubten Sie, dass es ein Fehler war?"

„Ich kenne ihre Vorgeschichte. Noch nie ließ ich sie einen Tag ohne Tabletten. Wir sprachen häufig über die Einweisung in eine Klinik, weil ich diese Option für die Beste hielt. Sie lehnte stets ab. Durch ihre Teilnahme am sozialen Leben, sie arbeitete regelmäßig und ließ sich nie etwas zu Schulden kommen, hatte ich keine Handhabe, sie dazu zu zwingen."

„Was macht die Frau beruflich?"

„Der Schlag auf den Kopf scheint mein Erinnerungsvermögen auf Vordermann gebracht zu haben. Heute Vormittag wollte es mir partout nicht einfallen, jetzt weiß ich es wieder. Sie arbeitet aushilfsweise für eine Firma, die Chatportale betreibt. Irgendetwas mit Datenbanken und Kundenbetreuung, glaube ich. Sie erzählte mir, dass ihr dieser Job sehr viel Spaß bereitet und sie regen Kontakt zu einigen Nutzern pflegt."

„Wissen Sie, in welcher Firma?"

„Nein, so weit geht die wundersame Verbesserung meiner Erinnerung dann leider doch nicht. Aber das bekommen Sie sicher rasch heraus."

„Das werde ich. Aber zunächst interessiert mich brennender, warum Sie genau heute zu ihr gegangen sind?"

Sie räusperte sich verlegen und dachte einen Moment nach.

„Ich gab ihr am Freitag einen Termin für morgen. Das gesamte Wochenende über versuchte ich, sie ans Telefon zu bekommen, weil ich sie früher sprechen wollte. Mir ging ein Satz aus unserer letzten Sitzung nicht mehr aus dem Kopf und ich hatte Angst, dass sie etwas Unüberlegtes tut.“

„Können Sie ihn für mich wiederholen?“

Die Therapeutin nickte. „Vermutlich sogar Wort für Wort. Sie sagte, sie habe sich Luft gemacht, ihre Krallen ausgefahren und in Fleisch geschlagen.“

Jens Hartmann sprang auf. „Steht die Erkrankung der Patientin in irgendeinem Zusammenhang mit Katzen?“

„Ja. Sie fällt in Verhaltensmuster, die dem des Tieres angepasst sind. Sie spielt die Kätzin Kimi und glaubt, sie käme so besser zurecht im Leben. In einigen Sitzungen hörte ich nicht viel mehr als Schnurren und Fauchen. Sie zeigte Krallen, leckte ihre Hände ab und verhielt sich absolut versunken. Ich vermute, es steckt ein tiefes Trauma dahinter, allerdings packte sie diesbezüglich nie aus.“

„Wie ist ihr Name?“, rief Hardy aufgeregt. „Ich muss los und die Frau schnappen. Wenn diese Umstände nicht zusammenpassen, trete ich meine Karriere bei der Polizei in die Tonne.“

„Inka Weiss.“

„Hmm, genau wie die Schwester auf der Intensivstation.“

Er winkte und rannte zur Tür.

Rosalind Nässer saß entmutigt auf ihrer Couch und zappte durch die TV-Kanäle, als es an ihrer Tür klopfte. Sie schaute auf die Uhr und fragte sich, wer um kurz nach elf noch etwas von ihr wollte. Während sie das Wohnzimmer durchquerte, pochte es erneut. „Ich komme ja", rief sie und öffnete die Wohnungstür so weit, wie es die vorgelegte Sicherheitskette zuließ.

„Ach, du bist es", sagte sie erleichtert. „Ich dachte, du hast keine Zeit und unser Problem sei nicht von großer Bedeutung."

„Entschuldige. Vorhin am Telefon stand ich ein wenig unter Strom. So viele Dinge zu erledigen. Aber nun bin ich hier und helfe dir. Lässt du mich rein?"

„Offen gesagt habe ich die Suche abgebrochen. Nirgendwo war ein Fehler zu finden. Die Sicherheitssoftware läuft absolut rund, es kann kein Hack von außen gewesen sein."

Unruhig trat die Besucherin im Flur hin und her.

„Jetzt bin ich extra hergekommen, also was ist? Darf ich einen Blick auf deine Ergebnisse werfen und selbst schauen, ob ich etwas entdecke?"

„Okay, komm rein."

Rosalind Nässer zog die Sicherheitskette zurück und öffnete die Tür für ihre Kollegin, die seit ein paar Monaten als Aushilfe in ihrem Betrieb arbeitete.

„Setz dich, Inka, möchtest du einen Kaffee?"

„Kalte Milch, falls du so etwas im Haus hast."

Hannah fluchte, als ihr Handy klingelte, während sie noch fuhr. Zu oft vergaß sie, das Telefon in die Halterung der Freisprechanlage zu stecken, bevor sie den Wagen startete. Der Rufton, die Titelmelodie vom Kommissar, den sie ihrem Vorgesetzten zugeteilt hatte, tönte durch das Wageninnere. Sie beschloss dennoch, es klingeln zu lassen und zuerst die letzten Meter zur Praxis zu fahren. Als sie das Auto geparkt hatte, wühlte sie in ihrer Tasche, bis sie das Smartphone in Händen hielt. Sie drückte die Wahltaste und ihr Chef meldete sich bereits nach dem ersten Freizeichen.

„Inka Weiss heißt unsere Täterin. Schnappen Sie sich die Akte und kommen Sie umgehend zurück ins Präsidium."

„Woher wissen Sie das auf einmal?"

„Hartmann rief an. Frau Dr. Klingelbach erzählte von der Erkrankung der Dame. Sie denkt, sie sei eine Katze!"

„Ist das nicht eine der Krankenschwestern auf der Intensivstation?"

„Nach den Angaben der Therapeutin macht sie irgendwas mit Computern. Geben Sie Gas in der Praxis."

„Ich beeile mich", versprach sie und sah die Straße entlang. Noch hörte sie kein ankommendes Fahrzeug. Sie schritt den Gehsteig auf und ab und grübelte, ob Thomas Reinheimers Verschwinden ebenfalls auf das Konto der Täterin ging, als Çetins Wagen neben ihr anhielt.

„Ihr wisst schon, dass es gleich Mitternacht ist, oder?", begrüßte er sie grinsend.

„Allerdings, und wenn ich nicht so aufgeregt wäre, dass wir endlich vorankommen, würde ich direkt an diesem Pfeiler dort", sie zeigte mit dem Finger drauf, „lehnen und ein Nickerchen halten. Wir wissen, wer die Täterin ist."

„Tatsächlich? Was machen wir dann noch hier?"

„Auf die Akte warten. Hoffentlich ist die Helferin bald hier. Übrigens dachte ich, dass du erst in der Nacht aktiv wirst."

„Ich?", er schaute überrascht. „Wie kommst du darauf? Nach den Spätnachrichten ist für mich normalerweise Schicht im Schacht."

„Dann bist du ja überhaupt nicht so aufregend, wie ich immer dachte. Keine langen Touren durch die Frankfurter Clubs?"

„Traurig aber wahr, das habe ich seit Jahren vermieden. Zumindest, wenn ich zum Dienst eingeteilt bin. Im Urlaub ist das etwas anderes. Da tanze ich nächtelang und gebe alles."

Hannah lachte amüsiert. „Urlaub? Könntest du mir diesen Begriff einmal genauer definieren? Ich erinnere mich nur dunkel daran."

„Wer ist denn jetzt die Täterin?"

„Inka Weiss."

„Okay, und wir holen ihre Akte?"

„So siehts aus und da kommt endlich Frau Möller. Zurück an die Arbeit", ergänzte sie und ging auf die Mitarbeiterin von Dr. Klingelbach zu.

Sie wirkte verängstigt und nervös, als sie den Schlüssel ins Schloss steckte. Die Kommissarin legte ihr eine Hand auf die Schulter.

„Machen Sie sich keinen Vorwurf, Sie hielten nur Ihre Vorschriften ein."

„Das ist ja das Problem. Weil ich mich so stur verhielt, ist die Chefin verletzt. Warum nur verweigerte ich die Zusammenarbeit? Es lag in meiner Hand, Ihnen und damit ihr zu helfen."

„Ich sehe das anders. Frau Dr. Klingelbach war längst aus der Praxis verschwunden, als wir eintrafen. Sie befand sich bereits auf dem Weg zu Inka Weiss. Selbst wenn Sie uns sofort über den Patienten 328 in Kenntnis gesetzt hätten, hätten wir nicht schnell genug dort sein können. Glauben Sie mir, Sie trifft keine Schuld an den Vorkommnissen. Aber nun brauchen wir bitte die Akte."

„Selbstverständlich."

Sie ging mit gesenktem Kopf zum Aktenschrank, zog eine Schublade heraus und blätterte durch die alphabetisch geordneten Unterlagen.

„Hier ist sie. Ich bete, dass Sie diese Frau rasch hinter Schloss und Riegel bringen."

Çetin Alkan nahm die Akte und steckte sie in eine Plastiktüte.

„Wir tun unser Bestes. Und jetzt hören Sie auf mich, vergessen Sie Ihre Selbstvorwürfe und gehen Sie nachhause."

„Ich muss die Termine absagen."

„Aber doch nicht mitten in der Nacht. Morgen ist auch noch ein Tag“, erwiderte Hannah. „Seien Sie weniger streng zu sich selbst. Wir fahren jetzt zurück ins Revier. Sie kommen zurecht?“

„Ja. Sehen Sie zu, dass diese Person unschädlich gemacht wird. Erst danach werden wir alle wieder ruhig schlafen können.“

Als Thomas Reinheimer weiter verbissen versuchte, die Fesseln zu lösen, keuchte er vor Anstrengung. Die Atmung durch die Nase fiel ihm immer schwerer. Er hatte das Gefühl, dass das Tuch in seinem Mund mit jedem Befreiungsversuch mehr Platz einnahm und ihn langsam erstickte.

„Ich schaffe es nicht“, dachte er resigniert, als ein weiteres heftiges Rucken der Beine zu keinem Erfolg führte. „Sie lässt mich elendig verrecken. Warum nur bin ich auf den schwachsinnigen Text in ihrer Chatvorstellung eingegangen. Katzensitter gesucht, das konnte doch nur von einer Geisteskranken stammen. Ein wahnsinniges Monster, das sich hinter einem scheinbar harmlosen Flirt versteckt und nur darauf wartet zuzuschlagen. Marion ist tot, und mich trifft die Schuld dafür.“

Tränen rannen ihm über die Wangen, während er den nächsten kraftlosen Versuch startete, die Fesseln zu lösen. Das Weinen erschwerte das Atmen zusätzlich. Er versuchte angestrengt und erfolglos, den Tränenfluss zu stoppen. Das Bild von Marion brannte unter seinen Lidern, nahm das gesamte Denken ein und ließ sich durch keine logischen Vorsätze vertreiben.

„Ich bin gleich bei dir, Schatz“, ließ er sie in Gedanken wissen. „Das ist meine gerechte Strafe für das, was ich dir antat. Angetrieben von der Neugier und dem Wunsch, andere Sehnsüchte zu erfüllen, habe ich alles kaputtgemacht, für das es sich zu leben lohnt.“

Zum ersten Mal bereute er, nie an Religionen interessiert gewesen zu sein. Ein Funken Hoffnung und die Aussicht auf ein Wiedersehen im Jenseits konnten zum Silberstreif am Horizont für diejenigen werden, die tief im Glauben verwurzelt waren. Doch auch in dieser so aussichtslosen Situation brachte er es nicht fertig, ein Gebet zu sprechen oder um Hilfe zu flehen. Er empfand es als schändlich, erst jetzt die Nähe Gottes zu suchen, an dessen Existenz er nie geglaubt hatte.

Schicksalsergeben schloss er die Augen und verharrte ohne eine Bewegung in seiner Position.

27. August

Jens Hartmann saß im Büro von Josef Mitheimer, als Hannah und Çetin eintrafen.

„Schön, dass Sie so rasch wieder hier sind. Seidel, Hahn und Neumann sind ebenfalls informiert und sollten in den nächsten Minuten hier eintreffen. Haben Sie die Akte?“, fragte er und zeigte ihnen an sich zu setzen.

„Hier ist sie. Nicht besonders dick. Ich hoffe, wir finden trotzdem etwas Brauchbares.“

„Die Fahndung läuft bereits und jede verfügbare Streife sucht nach ihr. Sie fährt übrigens, wer hätte das gedacht, einen Opel Adam. Nebenbei durchleuchte ich im Moment alle Informationen, die ich zur Person bekommen kann. Sie ist nicht aktenkundig. Scheint, als lag Frau Dr. Klingelbach mit ihrer Einschätzung der sozialen Kompetenz richtig.“

„Fragt sich nur, was die tickende Zeitbombe zum Explodieren gebracht hat.“ Hartmann kratzte nachdenklich an seinem Hinterkopf.

Das Eintreffen der Kollegen unterbrach für einen kurzen Moment die Unterhaltung.

„Wir sind komplett und sollten keine Zeit verlieren. Ich schlage vor, dass ich hier am Schreibtisch bleibe, die Patientenakte lese und nach Hinweisen zur Verdächtigen suche. Frau Bindhoffer und Herrn Hartmann bitte ich, noch einmal zu Thomas Reinheimer zu fahren. Da ist was passiert und ich will das geklärt wissen. Wenn er nicht in seiner Wohnung ist, checken Sie die Firma. Alkan und Hahn reden mit Hubert Klose. Konfrontieren Sie ihn mit dem Namen der Verdächtigen, ich könnte mir vorstellen, dass ihn das gesprächiger macht. Vermutlich weiß er nicht wo sie sich aufhält, aber einen Versuch ist es wert. Neumann und Seidel bleiben zunächst hier. Ich vermute, dass ich Sie später, wenn ich die Frau durchleuchtet habe, benötigen werde. Soweit klar?“

Alle nickten zustimmend und Hannah nahm erleichtert wahr, dass ihr Chef in den letzten Minuten keinerlei Auffälligkeiten gezeigt hatte. Sie hoffte, dass ihre Befürchtungen, genau wie Jens Hartmann behauptete, völlig aus der Luft gegriffen waren. Dass die von ihr beobachteten Symptome auf das Konto des Stresses der vergangenen Tage gingen und keine Hinweise auf schreckliche Veränderungen darstellten. Ihr ungutes Gefühl jedoch blieb bestehen.

Frau Nässer kam, mit einem Kaffee und einem Glas Milch, zurück an den Tisch zu Inka Weiss. Sie klappte den Laptop auf und schaltete ihn ein. Während der Computer hochfuhr, sprachen beide kein Wort.

Als der Startbildschirm erschien, klickte Rosalind auf das Firmen-Icon und loggte sich in ihren Account ein. Sie öffnete ihre abgelegten Notizen und drehte den Bildschirm zu Inka.

„Sieh dir an, was ich alles überprüft habe. Überall Fehlanzeige, aber das sagte ich dir ja bereits. Ehrlich gesagt fehlen mir Ideen, wo wir noch suchen könnten. Es kann nur ein Interner an die Daten gegangen sein. Einen Zugriff von außen schließe ich mit Sicherheit aus."

„Stimmt. Und jetzt sage ich dir auch, wer es ist."

Überrascht schaute Rosalind ihre Kollegin an. „Du weißt, wer dahintersteckt?"

„Ja. Die besagte Person sitzt hier in deinem Wohnzimmer."

„Du?", fragte sie entrüstet und deutete mit dem Finger auf sie. „Warum?"

„Ich brauchte die Daten dringend, weil ich etwas kontrollieren musste. Was genau, brauchst du im Augenblick nicht zu erfahren. Es war absolut unumgänglich."

„Aber weshalb haben wir eine Meldung bekommen? Wenn du nur auf eine Adresse zugegriffen hast, konnte das niemand bemerken."

Inka atmetet tief ein. „Völlig exakt. Das, was ich tat, war nicht ganz legal. Die Anschriften der User müssen auch für uns tabu sein. Ich spürte, dass die Sache auffliegen würde. Spätestens nach dem Fund der Toten bekam ich Panik. Dass es sich zufällig um genau jene Adresse handelte, kapierte ich erst, als du mir von deiner ermordeten Freundin erzähltest. Ich suchte die Anschrift von Thomas Reinheimer."

Rosalind erblasste. „Hast du mit der Sache zu tun?"

„Nein", sie schüttelte energisch den Kopf. „Wo denkst du hin. Ich führte einige Wochen lang nette Chatgespräche mit ihm und wurde neugierig, wo er wohnt. Das ist alles."

„Du nutzt unser Programm selbst?", fragte sie Inka überrascht.

„Klar, du nicht?"

„Nein, warum sollte ich? Ich bin mit Matthias zusammen, schon vergessen?"

„Er ist so weit weg, ich dachte, dass du ab und an deinen Marktwert testest. Ich suche mir zum Chatten immer Männer aus dieser Gegend. Schließlich will ich ein persönliches Kennenlernen nicht ausschließen. Doch dafür hunderte von Kilometern zu fahren, nur um festzustellen, dass es ein Griff ins Klo war, hielt ich für unsinnig. Wie dem auch sei. Als du mir von dem Mord erzähltest, wurde ich unruhig. Es musste verdächtig erscheinen, wenn ich mir kurz zuvor die Adresse des Opfers besorgt hatte. Also meldete ich selbst den Vorfall. So ließ sich am einfachsten herausfinden, ob jemand dahinter käme, wer auf die Daten zugegriffen hatte. Du kannst dir vorstellen, wie erleichtert ich war, als du mich so verzweifelt angerufen und um Hilfe gebeten hast."

„Wieso bist du wirklich hier?"
Inka Weiss schaute Rosalind anerkennend an.
„Schlaues Kind, du kapierst so schnell. Ich musste dich einweihen. Schon am Telefon hegtest du keine Zweifel, dass nur jemand aus der Firma infrage kam. Über kurz oder lang wärst du mir ohnehin auf die Schliche gekommen. Warum es dir dann nicht gleich sagen?"
„Inka, du bringst mich in eine unmögliche Position. Dir sollte klar sein, dass ich das melden muss. Ich bekam den Auftrag, das Sicherheitsleck zu überprüfen. Man wird mir Fragen stellen und einen Bericht verlangen."
„Du kannst ihnen das hier zeigen", sie wies auf den Bildschirm, „und den Rest für dich behalten."
„Nenne mir einen vernünftigen Grund, weshalb ich das tun sollte."
„Weil wir befreundet sind?"
„Nein!", rief Rosalind zornig. „Eine Freundin lässt einen nicht stundenlang in einem Programm nach Fehlern suchen, die sie selbst verursacht hat. Das ist fies und absolut unverzeihlich. Kannst du dir ausmalen, wie ich hier schwitzte, als ich keine Lösung fand? In Gedanken zogen bereits alle Kollegen als Missetäter in meinem Hirn vorbei. Auf dich wäre ich vermutlich als Letzte gekommen, weil ich dachte, du seist eine von den Guten. Tja, so leicht täuscht man sich."
Sie stemmte die Arme in die Hüften und ergänzte verärgert: „Ich kapiere auch noch immer nicht, warum du überhaupt hier

bist. Du solltest mich so gut kennen, dass du weißt, dass ich dieses Spielchen keinesfalls mitmachen werde. Untersteh dich, das von mir zu erzwingen."

Die Kollegin hob beschwichtigend die Arme.

„Bleib mal locker. Ich wusste, dass du kneifst und jedes Detail an die Firmenleitung weiterträgst. Allerdings wollte ich dir die Möglichkeit geben, ohne größeren Schaden aus der Sache heraus zu kommen. Dich auf meine Seite zu schlagen. Wie ich feststellen muss, liegt dir wenig daran. Bedauerlich, aber kaum zu ändern. Glaubst du mir wenigstens, dass ich mit dem Mord an Marion Reinheimer nichts zu tun habe?"

„Natürlich", antwortete Rosalind zu hastig, stand auf und ging einen Schritt auf die Tür zu.

„Setz dich hin", befahl Inka Weiss ihr in schneidendem Ton.

„Ich möchte, dass du sofort gehst", gab sie, bemüht darum, ihre Stimme mutig klingen zu lassen, zur Antwort. Sie merkte, dass ihr der Versuch jämmerlich misslang. Sie klang wie ein ängstlich piepsendes Mäuschen.

„Nimm wieder im Sessel Platz!"

„Nein! Du sollst gehen, jetzt!", rief sie und trommelte mit der Hand an die Wand des Wohnzimmers.

„Heute Nacht spielen wir nach meinen Regeln, Täubchen. Du kannst mit dem Hämmern aufhören, dein Nachbar ist auf einer Bootstour und hört dich nicht."

Rosalinds Herz begann heftig zu klopfen. Ihre Kollegin wusste, wo Thomas Reinheimer sich aufhielt. Die Polizei suchte ihn und hatte sie erst vor einigen Stunden nach ihm gefragt. Sekundenschnell nahm das grausige Puzzle in ihrem Kopf Gestalt an. Sie stand vor der Mörderin ihrer Freundin Marion. Einer Irren, die auch einer zweiten Frau Schreckliches angetan hatte. Sie musste einen Weg finden, aus ihrer Gewalt zu entkommen, bevor sie zum nächsten Opfer wurde. Panisch sortierte sie alle Informationen, die sie jemals über das Verhalten in Gefahrensituationen gelesen hatte. *Gelassen bleiben und mit der Widersacherin sprechen, sie in ein Gespräch verwickeln und ihr klarmachen, dass ein menschliches Wesen vor ihr steht.* Trotz ihrer Angst versuchte sie, den im Geist vorbeiziehenden Ratschlägen zu folgen.

„Lass uns morgen darüber reden. Ich bin müde und weiß nicht mehr recht, was ich denken oder sagen soll“, gestand sie ihrem Gegenüber wahrheitsgemäß und hoffte, sie damit zu besänftigen.

„Hör auf mit dem Geschwafel. Ich glaube dir kein Wort. Du willst deine Haut retten und mich einlullen. Vergiss es einfach. Ich kenne die Menschen mittlerweile zu genau, um auf solche Tiraden hereinzufallen.“

„Wo ist Hennes Blau?“, fragte Rosalind Nässer, die erst jetzt bemerkte, dass kein Hund zu sehen war.

„Der liegt in deinem Bett und schläft. Es geht ihm gut. Für dich ist die Katze im Sack. Du hast die falsche Seite gewählt und entschieden, mir in den Rücken zu fallen. Mit den Konsequenzen musst du zurechtkommen.“

Sie stand auf, griff in die Tasche ihres Sweatshirts und ging auf Rosalind zu.

„Ich schwöre dir, es wird schnell gehen und du empfindest keine Schmerzen“, wisperte sie und ließ dem Versprechen ein kurzes, grausig klingendes Fauchen folgen. „Jedenfalls keine unerträglichen“, fügte sie zufrieden hinzu und hob ihren Arm in die Höhe.

Hannah griff nach dem Handy, als der Rufton vom Kommissar erklangt.

„Herr Mitheimer, gibt es Neuigkeiten?“

Sie nickte. „Sekunde, ich stelle auf Lautsprecher. Der Boss hat die Daten von Inka Weiss überprüft“, erklärte sie Hardy, während sie die entsprechende Taste drückte. „Sieht so aus, als habe er etwas gefunden.“

Die Stimme des Chefs klang laut in den Wagen.

„Dieser IT-Laden, in dem sie jobbt, ist hier im Hasengrund. Eine kleine Klitsche, in der sie das Chatportal aus dem Boden stampften. Ein Start-up-Unternehmen mit geringem Grundeinsatz und beachtlichen Erfolgen im Bereich der Onlinegeschäfte. Die Werbeeinnahmen sind schon jetzt enorm. Ehrlich gesagt, würde ich meine Gelder in kein Programm investieren, dass sich *Hungry Hearts* nennt, aber das ist unerheblich. Doch nun raten Sie beide einmal, wer dort ebenfalls angestellt ist?“

„Rosalind Nässer?“

„Woher wussten Sie das?“

„Ich arbeite mich in alle Aussagen und Akten der laufenden Ermittlungen ein, und da stand etwas von IT“, gab Hannah zurück und bemerkte im gleichen Augenblick das von ihr selbst aufgestellte Fettnäpfchen.

„Womit Sie bewiesen haben, wie wichtig es ist, seine Ergebnisse schriftlich festzuhalten“, warf Mitheimer zufrieden ein.

„Punkt für Sie, ich gelobe Besserung. Sonst noch Informationen?“, fragte sie in bemüht lässigem Tonfall.

„Die Adresse des Hauses in der Schäfergasse ist nicht ihre Meldeadresse. Seidel und Neumann sind auf dem Weg in ihre Wohnung. Ansonsten gibt die Akte der Therapeutin wenig her. Sie scheint genau wie Sie kein Fan von längeren schriftlichen Ausführungen zu sein. Zum Elternhaus und dem Grund des Katzenwahns schwieg die Patientin beharrlich. Wenn Sie Thomas Reinheimers Wohnung gecheckt haben, könnten Sie Frau Nässer noch einmal befragen. Möglich, dass die beiden nicht nur Kolleginnen, sondern auch befreundet sind.“

„Herr Mitheimer, haben Sie auf die Uhr gesehen? Sie schläft bestimmt“, warf Hartmann ein.

„Versuchen Sie es einfach. Mehr als das die Tür verschlossen bleibt, kann kaum passieren.“

„Das stimmt, aber vergessen Sie nicht, wie unsere letzte Begegnung verlief. Sie wird wenig erfreut sein, wenn wir ihr schon wieder auf die Pelle rücken.“

„Machen Sie ihr klar, wie unerlässlich ihre Aussagen sind. Ich gewinne den Eindruck, als ob Sie beide blutige Anfänger wären. Sie klingeln dort und basta, keine Widerrede.“

Seine Stimme donnerte so laut durch den Wagen, dass Hannah erschrocken zusammenzuckte.

„Heiliges Kanonenrohr, ist ja in Ordnung, Chef. Für spätere Beschwerden bin ich raus aus der Verantwortung, Boss. Ich habe Sie soeben gewarnt.“

„Ich glaube, Sie ahnen, wie egal mir das im Augenblick ist“, donnerte er unbeherrscht. „Diese Weiss ist unberechenbar und ich will sie in den Knast verfrachtet wissen, bevor sie sich ein weiteres Opfer sucht. Bisher ist sie spurlos von der Bildfläche verschwunden. Ändern Sie das und treiben Sie mir Thomas Reinheimer auf.“

„Wir sind dabei. Aber es liegt keine Kristallkugel auf meinem Schoss und ich bin genauso ratlos wie Sie. Wir machen hier unsere Arbeit, darauf können Sie sich verlassen. Es geht nicht rascher voran, wenn Sie die Nerven verlieren und herumbrüllen“, antwortete Hardy in forschem Ton.

„Sorry, aber das musste ich jetzt mal loswerden. Wir stehen alle unter Strom, Chef, da heißt es durchatmen und jeden Stein umdrehen. Sie kann sich kaum in Luft aufgelöst haben.“

„Über Ihre Art mit mir zu sprechen, haben wir zu reden, wenn das hier vorbei ist.“

„Was ist mit den Kollegen aus der Computerfirma, haben die eine Idee, wo sie stecken könnte?“, versuchte Hannah das Gespräch in ruhigere Gewässer zurückzubringen.

„Fehlanzeige.“

„Haben Sie bereits sämtliche Informationen über Inka Weiss eingesehen?“

„Fast, warum fragen Sie?“

„Der Name. Ist es tatsächlich möglich, dass zwei Frauen mit diesem Namen in Rüsselsheim leben? Bei Weiss würde ich sagen okay, das ist keine Seltenheit, aber in Verbindung mit

Inka? Die Krankenschwester auf der Intensivstation hieß auch so. Kein Irrtum möglich!"
„Ich überprüfe das umgehend und melde mich, falls ich etwas finde. Danke für den Hinweis."
Seine Stimme klang nun wieder ausgeglichen und bedächtig, Hannah atmete beruhigt aus.
„Beeilung wegen Reinheimer und Nässer. Die Suche nach der Täterin hat absolute Priorität. Und nur weil Sie schon vor Ort sind, sollten Sie auch nachsehen und die Kollegin der Weiss befragen. In der Zwischenzeit sind Seidel und Neumann in der Wohnung von Inka Weiss. Zu dem Haus, in dem Sie Frau Dr. Klingelbach gefunden haben, schicke ich Hahn und Alkan, die müssten gleich hier bei mir sein. Der Durchsuchungsbefehl für beide Gebäude ist endlich per Fax eingegangen, was uns ab jetzt freie Hand lässt. Zum Glück, ich glaubte schon, mich zu weit aus dem Fenster gelehnt zu haben, weil ich die Aktion vor Eingang der Papiere anordnete."
„Wir sind am HL-Hochhaus", erwiderte Hannah. „Ich lege auf. Wir beeilen uns und geben Bescheid, sobald wir hier durch sind."
Sie beendete die Verbindung und sah Hartmann an.
„Findest du immer noch nicht, dass er komisch ist?"
„Mitheimer? Nein, außer dass er zum Telefonieren eigentlich kein Handy braucht, so laut wie der brüllt, fand ich ihn normal. Warum fragst du?"

„Mensch, Jens, er verhält sich total anders, ist unbeherrscht und im nächsten Augenblick lammfromm. Er zittert und benötigt seine gesamte Aufmerksamkeit, um ein paar Zahlen von einem Zettel abzulesen. Zudem schickt er die Kavallerie los, bevor die Genehmigung vorliegt. Da stimmt doch was ganz und gar nicht."

„Vermutlich hast du recht. Ihr Mädels besitzt für solche Dinge einen besseren Blick. Ich werde weiter mit darauf achten, okay?"

Sie nickte dankbar. „Ich bitte darum."

„Es kann auch sein, dass er wegen der Sache, von der ich dir immer noch nichts erzählt habe, weil wir ständig im Einsatz sind, so seltsam ist."

„Es wird höchste Zeit, dass ich mehr darüber erfahre, oder was meinst du?"

„Auf jeden Fall. Sobald wir einen ruhigen Moment finden, sage ich es dir. Schließlich betrifft es dich ebenso wie mich. Eine Bitte, Hannah, wenn wir gleich bei Frau Nässer klingeln, übernimmst du das Gespräch?"

„Weil?", fragte sie grinsend.

„Ich weiß nicht recht, wie ich sie anpacken soll. Mit mir scheint sie ein Problem zu haben."

„Eher einen Vaterkomplex. Wenn du auch den Macho heraushängen lassen musst."

„Ich war nur höflich, und das hat das Mädel einfach falsch verstanden", erwiderte er verlegen.

„Ach so, dann erzählt Seidel Märchen, bei ihm klang das anders."

„Friedhelm und seine seltsame Auffassungsgabe. Gib nichts drauf. Erinnerst du dich noch, als… ?", versuchte Hartmann das Gespräch zurück in eine dienstliche Richtung zu lenken.

„Komm, hör auf, du mochtest sie vom ersten Augenblick an."

Das erneute Erklingen vom Kommissar unterbrach ihre Unterhaltung.

„Chef?"

„Ich bewundere Ihren detektivischen Spürsinn ein weiteres Mal. Sie ist als Springkraft im Klinikum angestellt. Halbe Stelle, was bedeutet, dass sie alle Stationen kennt."

„Okay, das erklärt so manches. Ist sie dort?"

„Leider nein, aber ich wollte Ihnen diese Information nicht vorenthalten."

„Danke", erwiderte sie freundlich und beendete das Gespräch.

„Inka Weiss ist die Krankenschwester und die IT-Mitarbeiterin. Sie hat zwei Jobs. Im Nachhinein betrachtet wird mir dadurch einiges klar. Sie schlich um uns herum, als wir den diensthabenden Beamten vor der Tür von Renate Klose befragten. Und dass der *Täter*", sie betonte das Wort übertrieben, „wie vom Erdboden verschluckt zu sein schien, ist nun auch mehr als logisch."

Sie stellte den Wagen in eine Parklücke am Friedhof und stieg aus. „Egal, gehen wir hinein und sehen nach Reinheimer, damit wir rasch zurück auf dem Revier sind. Ich möchte gerne dabei sein, wenn wir die Weiss stellen."

Als sie den Fahrstuhl betraten, hörte Hannah Schritte im Treppenhaus, bevor die Tür sich hinter ihnen schloss.
„Wer schleicht denn um diese Uhrzeit noch durchs Haus?", dachte sie verwundert und drückte den Knopf für die neunte Etage.

„Sagt Ihnen der Name Inka Weiss beziehungsweise Hungry Hearts etwas?", wollte Çetin von Herrn Klose wissen.

Er nickte und wechselte die Farbe seines Teints.

„Ja. Ich erwähnte nichts davon, weil die Unterhaltungen bedeutungslos für mich waren, reiner Zeitvertreib."

„Das mag stimmen, aber als wir den fingierten Abschiedsbrief in Ihrem Schlafzimmer und den Reim im Büro Ihrer Frau fanden, müssen Sie doch kapiert haben, dass ein Zusammenhang bestehen konnte."

„Ehrlich gesagt, nein. Den Usernamen *Catsitter* brachte ich mit der Katzensache zunächst nicht in Verbindung. Sie glauben also, dass diese Person bei Renate war und versuchte, sie zu töten?"

„Es spricht einiges dafür", erwiderte Hahn sachlich. „Sind Sie bereit, uns den Verlauf Ihrer Gespräche einmal zu zeigen?"

„Sofort, wenn ich sie noch gespeichert hätte. Natürlich ist alles gelöscht. Erst recht, nachdem ich ihr eine Absage erteilte und diese Unterhaltungen eine ausgesprochen unangenehme Wendung nahmen."

„Können Sie uns das genauer erläutern?"

„Sie bat um eine Verabredung und sprach immer öfter davon, für wann ich die Trennung von Renate plante. Das lag jedoch niemals in meiner Absicht. Als ich ihr das klipp und klar schrieb, drehte sie durch. Bombardierte mich mit Beschimpfungen der übelsten Sorte, um danach wieder ungemein liebevolle Texte zu schicken. Als mir die Sache zu bunt und auch unheimlich wurde, kündigte ich die Mitgliedschaft auf dem Portal. Seitdem herrschte Ruhe, dachte ich zumindest."

Er schlug verzweifelt die Hände vors Gesicht.

„Dann bleibt uns nichts anderes übrig, als in diese Firma zu fahren", entgegnete Çetin wenig begeistert. „Ich geb dem Boss Bescheid. Vielleicht können das auch Seidel und Neumann übernehmen."

„Lass uns hinfahren, es ist kein langer Weg von hier aus. Er soll den Inhaber hinbestellen."

„Wie du meinst." Er wandte sich Herrn Klose zu.

„Falls Sie irgendetwas darüber wissen, wo die Frau im Moment sein könnte, wäre dies der perfekte Augenblick, um es mir mitzuteilen."

„Leider habe ich keinen blassen Schimmer. Unsere Unterhaltungen drehten sich mehr ums Flirten, das gegenseitige Heißmachen und verschiedene Fantasien, die wir austauschten. Von ihrem Privatleben schrieb sie mir überhaupt nichts."

„Hundertprozentig?", hakte der Kommissar nach.

Hubert Klose nickte und brachte die Beamten zur Tür. Mit niedergeschlagenem Gesichtsausdruck sprach er über seine Chatunterhaltungen mit der Täterin. Er bedaure zutiefst, dass er der Polizei erst jetzt eingestand, was er wusste.

„Ich wünsche mir von Herzen, dass Sie diese verrückte Person schnappen. Falls meine Frau jemals wieder aus ihrem

Dämmerzustand erwacht, werde ich ihr erklären müssen, dass ich an all dem die Schuld trage."

„Das ist nicht wahr. Sie flirteten zwar mit ihr, aber die Vergiftung geht einzig auf die Kappe von Inka Weiss. Sie konnten weder ahnen, mit wem Sie es in Wirklichkeit zu tun haben, noch, wozu sie fähig ist."

„Danke, dass Sie mich aufrichten wollen. Schlussendlich wird sich das für meine Frau ein wenig anders darstellen."

Çetin rief im Präsidium an, berichtete seinem Vorgesetzten von ihrem Gespräch mit Herrn Klose und bot ihm an, anschließend zur Firma in den Hasengrund weiterzufahren. Nachdem er die Anweisung erhielt, direkt zurück in Mitheimers Büro zu kommen, unterrichtete er den Kollegen Hahn und stieg in den Dienstwagen.

Als Rosalind Nässer den Stich in ihrem Oberschenkel spürte, tastete sie instinktiv nach ihrem Handy, das sie stets in ihrer Hosentasche trug. Die rechteckige Form beruhigte sie. Langsam glitt sie auf den Fußboden und schloss die Lider. Sie hoffte darauf, dass ihre Kollegin die Wohnung rasch verließ und ihr genug Zeit blieb, Rettung und Polizei zu alarmieren. Mit geschlossenen Augen lauschte sie auf die Geräusche in ihrer Umgebung, ein Rumoren in der Küche und der vertraute Ton der Kühlschranktür, die beim Öffnen an die Küchentür schlug, wenn man nicht aufpasste.

„Sie macht es sich gemütlich und schaut mir zu, wie ich sterbe", dachte sie und rollte verzweifelt auf die Seite. Behutsam zog sie das Telefon aus der Tasche und öffnete die Anrufliste. Eines der letzten Gespräche gestern hatte sie mit Jens Hartmann geführt. Sie entdeckte die Rufnummer, der kein Name zugeordnet war, und drückte die Wahlwiederholungstaste. Langsam und vorsichtig, gegen die aufkommende Müdigkeit und den Schwindel ankämpfend, schob sie den Hörer unter ihr Ohr. Bevor das erste Klingelzeichen ertönte, trat Inka aus der Küche und lief ins Badezimmer. Erleichtert stieß Rosalind Nässer die Luft aus und lauschte ins Telefon. Eine blecherne Frauenstimme erklärte ihr, dass der Teilnehmer im Augenblick nicht zu erreichen sei. Sie stöhnte matt und hörte, dass ihre Peinigerin die Tür zum Badezimmer öffnete. Sie atmete tief ein und wartete auf weitere Geräusche. Inka Weiss lief den Flur entlang, stieg mit einem Schritt über sie und stupste sie mit der Schuhspitze an.

„Wirkt es schon, mein Täubchen?“

Rosalind reagierte nicht und versuchte ihrer Kollegin eine Ohnmacht vorzuspielen. Einige Sekunden, die ihr unendlich lang erschienen, verstrichen, bis ihre Peinigerin zur Wohnungstür ging und wortlos verschwand. Gleich darauf vernahm sie rennende Schritte im Treppenhaus.

„Ausgesprochen sportlich“, hallte es ihr durch den Kopf, bevor sie mit letzter Kraft erneut zum Telefon griff. Eine Woge der Erleichterung durchflutete sie, als sie nun statt der Ansage ein Freizeichen hörte.

„Jens Hartmann“, meldete er sich am Handy, das in dem Moment zu klingeln begann, als er die Fahrstuhltür aufdrückte. „Frau Nässer? Ich verstehe Sie kaum. Nein, bis eben im Lift, deswegen war mein Empfang vermutlich gestört. Was ist passiert?“

Er lauschte angestrengt. Hannah sah, dass seine Körperspannung mit jedem vernommenen Wort deutlicher zu erkennen war.

„Wir sind auf Ihrer Etage und sofort bei Ihnen. Können Sie öffnen? Versuchen Sie es. Falls nicht, auch kein Problem, wir schaffen das. Bleiben Sie am Telefon, bis wir durch Ihre Tür sind, okay?“

Er winkte Hannah, ihm zu folgen. „Ruf die Sanitäter an, sie hatte bis eben Besuch von Inka Weiss und die hat ihr irgendetwas gespritzt, bevor sie verschwand.“

Die Kommissarin dachte sofort an die Schritte im Hausflur. Sie wählte, klemmte ihr Smartphone zwischen Schulter und Kinn und öffnete die Tür zum Treppenhaus. „Geh rein zu ihr, ich schaue, ob ich sie unten noch erwische.“

Hardy nickte und rannte zur Wohnung von Rosalind Nässer. Er hämmerte mit geballter Faust gegen die Eingangstür.

„Ich bin jetzt hier, sind Sie bei Bewusstsein?“

Statt einer Antwort hörte er, wie sich drinnen jemand schleppend in seine Richtung bewegte.

„Nur keine Panik, behalten Sie die Ruhe. Es ist wichtig, dass Sie wach bleiben und mir öffnen. Die Rettung ist bereits auf dem Weg und wird Ihnen gleich helfen. Schaffen Sie das?"

„Bin dabei", kam es matt zurück.

Quälend langsam drehte sich der Türknauf. Hartmann packte zu und half von außen mit. Mit einem leisen Knarzen schwang die Eingangstür auf.

Frau Nässer lag direkt davor und schaute mit verschleiertem Blick zu ihm auf. Er ging in die Hocke, nahm vorsichtig ihren Kopf in den Schoß und redete beruhigend auf sie ein.

„Nur eine Frage, dann überlasse ich Sie den Sanitätern, die in Kürze hier sind. Wann ist Inka Weiss gegangen?"

Sie schluckte heftig, bevor sie unter Mühen zu sprechen begann. „Kann es nicht genau sagen, mein Zeitgefühl! Könnte etwas mehr als fünf Minuten her sein. Ich bin so müde."

„In Ordnung, Kollegin Bindhoffer ist ihr hinterhergelaufen, drücken wir die Daumen, dass sie sie rechtzeitig schnappt."

Sie nickte matt und wisperte: „Hat Thomas Reinheimer…" Dann schloss sie erschöpft die Augen.

Jens Hartmann hielt weiter ihren Kopf und hoffte, dass der Rettungswagen die Strecke durch Raunheim rasch zurücklegte. Erleichtert vernahm er kurz darauf das Heulen des Einsatzhorns in der Ferne.

„Halten Sie noch einen Augenblick durch, Sie haben es gleich geschafft."

Sie griff seine Hand und drückte fest zu. Hardy wertete dies als Zeichen von Kraft und Durchhaltevermögen. Sie würde es schaffen.

„Sehen Sie nach Hennes Blau“, bat sie schwach. „Er ist im Schlafzimmer.“

„Mache ich, sobald die Sanitäter da sind.“

„Jetzt, bitte“, hauchte sie mit flatternden Lidern.

„In Ordnung. Schlafen Sie in der Zwischenzeit nicht ein.“

Er stand auf, ging durch den Flur und öffnete die Tür zum Schlafzimmer. Nachdem er das Licht eingeschaltet hatte und den Hund friedlich schlafend auf dem Bett sah, lief er zu ihr zurück.

„Alles in Ordnung mit Hennes.“ Er rüttelte sanft an ihrer Schulter. „Haben Sie gehört?“

Sie nickte schwach.

Er atmete tief ein und aus und hoffte, dass sie für die Rettung von Herrn Reinheimer nicht zu spät kamen.

Hannah hastete zwei Stufen auf einmal nehmend das Treppenhaus hinunter. Weil sie bereits beim Eintritt in den Fahrstuhl die Schritte vernommen hatte, rechnete sie sich keine große Chance aus, Inka Weiss hier zu finden. Trotzdem wollte sie sichergehen und ausschließen, dass die Täterin hier wartete, um unentdeckt zu entkommen. Im Eingangsbereich, den sie nach erfolgloser Suche erreichte, drückte sie den Fahrstuhlknopf. Der Aufzug öffnete sich nicht, er stand also in einer der anderen Etagen. Falls sie sich noch im Haus aufhielt, musste ihr ein Stockwerk als Versteck dienen. Die Kommissarin trat vor die Eingangstür, ohne sich die Zeit zu nehmen, diese Option zu überprüfen. Außer dem herannahenden Rettungswagen war alles friedlich und still. Hannah legte die Hand auf die Waffe in ihrem Halfter und schlich um die Ecke zum Parkplatz. Mit einem Blick erfasste sie die abgestellten Fahrzeuge. Kein Opel Adam zu entdecken. Sie verharrte einen Moment reglos und erwog, abzuwarten und Verstärkung anzufordern.

„Ach was, Bindhoffer, die ist längst über alle Berge", wisperte sie und ging vorsichtig weiter zum Müllplatz an der Mauer. Vor ihr krachte ein metallener Gegenstand zu Boden, bevor eine Katze geräuschlos an ihrem Bein vorbeilief.

Sie schüttelte den Schrecken ab und trat an die Tonnen heran.

„Du hast mir gerade noch gefehlt!"

Sie lauschte konzentriert, als sie langsam einen der Deckel anhob. Während sie auf eine dicke Schicht von eng aneinandergepressten Plastiktüten schaute, klingelte ihr Handy.
„Verflucht, wann werde ich zum ersten Mal daran denken, dieses Ding auszuschalten, wenn ich durch die Gegend schleichen muss?“, schalt sie sich selbst und drückte die Rufannahmetaste.
„Hast du sie gefunden?“
„Nein, verdammt, und dank deines Anrufes weiß sie nun auch genau, wo ich mich aufhalte. Allerdings vermute ich, dass sie bereits von hier abgehauen ist. Wie geht es Rosalind Nässer?“
Froh darüber zu hören, dass es der Frau vergleichsweise gut ging, lenkte Hannah ihre Aufmerksamkeit einen Augenblick zu lange auf das Telefongespräch. Dabei entging ihr ein lautloser Schatten, der an die Häuserwand gepresst auf sie zusteuerte.
„Woher weißt du das? Ach so, dann sieh zu, dass du nach unten kommst, wenn die Rettung da ist. Ich kann ein absolut unangenehmes Gefühl hier unten nicht verleugnen. Alles klar, bis gleich.“
Sie beendete das Telefonat und drehte sich zur Seite. Bevor sie den derben Schlag an ihrer Schläfe spürte, erhaschte sie einen Blick in das dämonisch grinsende Gesicht von Inka Weiss.
„Heilige Scheiße“, nuschelte sie, während ihre Beine unter ihr nachgaben.

Jens Hartmann bedankte sich beim Saniteam und verließ die Wohnung mit raschen Schritten. Als er den Fahrstuhlknopf drückte, klingelte sein Handy. Ein Blick auf das Display verriet ihm, das Josef Mitheimer versuchte, ihn zu erreichen.

„Ja, Boss?“

„Sie ist unten im Hof. Bin auf dem Weg zu ihr, warum?“

„Wann haben Sie sie angerufen?“

Er wartete ungeduldig auf die Antwort.

„Ach du Scheiße. Sorry, ich muss auflegen und melde mich gleich wieder.“

Er beendete das Telefonat und trommelte nervös auf dem Rufknopf des Lifts.

„Komm schon“, rief er, als die Kabine mit einem Ruck auf der Etage stehenblieb.

Hardy riss die Tür auf und drückte hektisch den Knopf zum Erdgeschoss. Im Fahrstuhl schaute er auf das Display seines Smartphones. Der Empfangsbalken lag bei kaum einem Strich, sodass er es frustriert in die Hosentasche steckte. „Nun mach schon!“, rief er erbost.

Im Flur des unteren Stockwerkes angekommen, schlug er die Tür auf, fingerte erneut nach dem Handy und spurtete zum Ausgang. Während er um die Ecke lief, drückte er die Ruftaste für Hannahs Mobiltelefon. Die Melodie von Polizisten, ein Hit der Band Extrabreit aus den Achtzigern, erklang kaum hörbar. Irgendwo hier musste sie stecken. Vorsichtig und leise folgte er dem Klang der Töne bis zur Mauerecke, an der die Mülltonnen standen. Das Erste, was er von seiner Kollegin entdeckte, waren die roten Turnschuhe. Sie lag mit geschlossenen Augen am Boden.

„Hannah“, rief er erschrocken und trat zu ihr. Erleichtert registrierte er, dass ihr Atem ruhig und gleichmäßig ging.

Er beugte sich zu ihr, strich sanft über ihre Wange und sprach sie an. Ihre Lider flatterten unruhig. Hartmann griff ihre Hand und drückte sie. „Hannah?“, wiederholte er in leisem Ton.

Allmählich kam Bewegung in sie. Sie öffnete die Augen und schaute ihn irritiert an. „Was ist geschehen?“

„Das frage ich dich, Kollegin Bindhoffer. Ich habe oben bei Frau Nässer auf den Krankenwagen gewartet und du bist der Weiss hinterhergerannt. So wie ich die Sache einschätze, hast du sie noch erwischt?“

„Wohl eher umgekehrt.“

Ihr Versuch zu lächeln fiel kläglich aus. „Ist sie fort?“

„Keine Ahnung, ich bin zuerst zu dir gekommen.“

„Mistkram, dann gibt es außer der Beule nichts Neues?“

„Sieht so aus“, erklärte er bedauernd. „Bist du okay, oder soll ich dich ins Krankenhaus bringen?“

„Jetzt? Wo ich das verbockt habe? Ich werde keinesfalls jammern und mein Beulchen kühlen lassen, sondern sie schnappen. Informier den Boss.“

Hardy nickte, streckte ihr die Hand entgegen, um ihr aufzuhelfen, und tippte Mitheimers Nummer auf dem Handy ein.

Rasch klärte er ihn über sämtliche Vorfälle am und im HL-Hochhaus auf. Einige Sekunden später erwiderte er: „Verstanden“ und beendete das Telefonat.

„Er schickt jeden verfügbaren Streifenwagen los. Autobahnsperre nach dem Kreisverkehr an der Brücke, auf der B43 und Ecke Mainzer und Bonner Straße. Falls sie mit dem Auto unterwegs ist, kriegen wir sie über kurz oder lang. Wir sollen hier noch einmal alles checken und falls wir sie nicht finden, zurück ins Revier kommen.“

„Was hat er zu Thomas Reinheimer gesagt?“

„Er schien kaum überrascht. Ganz ehrlich? Ich verstehe das. Diese Weiss erscheint mir wie eine Lawine, die eben erst ins Rollen gekommen ist. Wir sollten ihr so rasch es geht das Handwerk legen, sonst wird sie uns die Hölle heiß machen und völlig aus dem Ruder laufen.“

„Ohne Zweifel. Lass uns den Hof hier und den Friedhof gegenüber abgehen. Ich glaube kaum, dass sie sich noch hier aufhält, aber falls doch, dann am ehesten dort.“ Sie zeigte über die Straße. „Außerdem wüsste ich es zu schätzen, wenn du keinen Millimeter von meiner Seite weichst. Das Kontingent an Schlägen aus dem Hinterhalt auf empfindliche Stellen am Schädel ist für heute erschöpft. Sieh zu, dass du den nächsten Hieb einsteckst.“

„Viel hast du davon offensichtlich nicht zurückbehalten“, erwiderte Hartmann zugleich erleichtert und belustigt. „Deine freche Nordlichtklappe funktioniert absolut hervorragend.“

„Um mich mundtot zu machen, bedarf es mehr als einen Holzprügel. Aber jetzt genug geschwafelt, ich bin fit. Lass uns diese mutierte Monsterkatze zur Strecke bringen“, forderte sie Hartmann laut auf und hoffte, von Inka Weiss gehört zu werden. Sie zwinkerte ihrem Partner zu. Hardy verstand die lautlose Unterhaltung sofort und nickte stumm. In forschem Schritt ging sie voran und nahm die erste Reihe der geparkten Fahrzeuge in Augenschein.

„Sie denkt, dass wir ihre miese Tour nicht durchschauen. Wahrscheinlich hockt sie zufrieden hinter einem Grabstein und lacht sich ins Fäustchen“, erklärte Hartmann mit erhobener Stimme.

„Lass ihr die Freude. Wenn sie wüsste, wie viele Beweise wir gegen sie haben … Thomas Reinheimer ist eine echte Plaudertasche, so habe ich ihn überhaupt nicht eingeschätzt.“

„Ich glaube, er war derart erleichtert, aus den Krallen dieser Wahnsinnigen entkommen zu sein, dass er uns Dinge verriet, die er unter anderen Bedingungen niemals ausgesprochen hätte. Das intimste Geheimnis im Austausch gegen die Gnade, kein Fauchen und Schnurren mehr ertragen zu müssen. Absolut nachvollziehbar.“

Während sie den Parkplatz verließen und über die Straße zum Eingang des Friedhofes gingen, hielten sie ihre Unterhaltung lautstark im Gang.

„Mensch, Jens, stell dir vor, du wachst in einem Krankenbett auf und so ein Geschöpf ist für deine Pflege eingeteilt. Gruselige Vorstellung, oder?"

„Ich denke noch weiter. Meine Chatpartnerin überredet mich zu einem Treffen, wir essen beim Italiener, trinken gemeinsam eine Flasche Wein und gehen danach zu mir. Ich liege entspannt auf der Matratze und ..."

Ein Rascheln hinter der Mauer ließ ihn kurz innehalten. Hannah, die ahnte, wer die Verursacherin des Geräusches war, versuchte, die Pause zu überbrücken.

„Stell dich nicht an und spuck es aus. Ich bin diesbezüglich Kummer gewohnt. Vergiss niemals, ich habe drei ältere Brüder."

„Okay, verstanden." Er lachte laut auf. „Ich liege also auf dem Bett, die Augen in erwartungsvoller Anspannung geschlossen." Er nickte zum Handzeichen seiner Partnerin und sprach weiter. „Ein prickelndes Abenteuer, wenn du verstehst. Und auf einmal hockt eine Frau neben mir, die mir mit ihren Nägeln Furchen in die Bauchdecke kratzt und dazu faucht wie ein Tiger. Es gibt wunderbare Fantasien, diese gehört für mich definitiv nicht in diese Kategorie."

Ein Geräusch von Füßen auf sandigem Untergrund erklang für den Bruchteil einer Sekunde. Hardy hob die Hand und streckte nacheinander Daumen, Zeige- und Mittelfinger nach oben. Hannah folgte dem stummen Countdown und sprang gleichzeitig mit Hartmann über das niedrige Tor des Friedhofes.

Gelandet und mit gezogener Waffe gingen sie zu einem dem Tor nahegelegenem Grabstein, wo das Geräusch hergekommen war. Inka Weiss saß zusammengekauert dahinter und hob die Hände in die Höhe, als sie die auf sie gerichteten Dienstwaffen erkannte.

„Als Krankenschwester der Intensivstation sollten Sie wissen, welchen Schaden so eine Wumme anrichten kann, also machen Sie keine Dummheiten. Stehen Sie auf und heben Sie die Hände hinter den Kopf", befahl Hartmann barsch.

Begleitet von einem Fauchen, das Hannah erneut verdeutlichte, wie krank diese Frau sein musste, erhob sich Inka Weiss und befolgte die Anordnung.

„Jetzt gehen Sie zu der Mauer da vorn!" Er deutete die Richtung mit einer Kopfbewegung an. „Umdrehen und mit dem Gesicht zur Wand stehen bleiben."

Hannah trat neben sie, tastete sie ab und legte ihr Handschellen an. „Ich verhafte Sie wegen des dringenden Verdachtes, Marion Reinheimer getötet zu haben. Weitere Vergehen, die Ihnen zur Last gelegt werden, besprechen wir auf dem Weg zum Wagen. Und über die Beule an meinem Kopf haben wir auch noch zu sprechen. Nur damit das klargestellt ist."

Hartmann lachte. „Ich wusste, dass du das nicht außer Acht lässt.“

„Weshalb sollte ich?“

Er packte die Täterin am Arm und schob sie Richtung Ausgang, als sein Handy klingelte. Mit der freien Hand nahm er das Gespräch entgegen und lauschte.

„Wunderbar, Chef. Dann ist alles in Butter. Wir sind auf dem Weg zu Ihnen und bringen Inka Weiss mit. Bis gleich“, beendete er den Anruf und half der Kollegin, die Verhaftete über das Tor des Friedhofes zu bugsieren.

„Polizist, und nicht in der Lage, ein Eingangstor öffnen zu lassen. Zu komisch“, gackerte sie sarkastisch.

„Warum sollte ich das tun? Mit dem Überwinden dieser letzten Hürde erarbeiten Sie sich einen langen Aufenthalt hinter verschlossenen Türen. Muss ein erhebendes Gefühl sein, das ich Ihnen in keinem Fall nehmen möchte.“

„Arschloch“, erwiderte sie fauchend, zog den Kopf ein und nahm ohne Gegenwehr auf dem Rücksitz des Wagens Platz.

„Halt lieber die Klappe“, ermahnte Hannah ihren Kollegen, als dieser die Tür hinter der Täterin schloss.

„Du haust einmal mehr ordentlich über die Stränge, eines Tages bekommst du die Quittung dafür.“

Zwinkernd klatschten sie ein High-Five ab und stiegen ins Auto.

Im Büro von Josef Mitheimer herrschte Hochstimmung. Die Müdigkeit und das Gefühl der Hilflosigkeit waren Feierlaune gewichen.

„Ich freue mich, dass alle Kollegen aus dem Team versammelt sind. Hervorragende Arbeit. Die Anklage gegen Frau Inka Weiss wird ein Kinderspiel. Wir haben genug Beweise und einen Zeugen. Wie Sie bereits wissen, ist Thomas Reinheimer rechtzeitig in dem Boot am Jachthafen in Raunheim gefunden worden. Ein Bootsnachbar bemerkte Licht auf der *Kimi* und wunderte sich darüber. Er kennt Frau Ortmann, die Mutter der Täterin, seit Jahren und wusste, dass sie für vier Wochen Urlaub in der Karibik machen wollte. Nachdem er einige Male nach ihr gerufen hatte und keine Antwort erhielt, beschloss er nachzusehen und stieg auf das Schiff. Zum Glück war die Weiss unachtsam und ließ die Tür zur Kajüte unverschlossen. Herr…“, er warf einen Blick auf die Notizen vor ihm, „Jochmann befreite den Mann von den Fesseln und alarmierte uns und den Rettungsdienst. Reinheimer brennt darauf, seine Aussage gegen die Täterin zu machen.“

Leiser Beifall ertönte aus der Ecke des Zimmers.

„Die Kollegen Seidel und Neumann haben in der Wohnung von Frau Weiss sowohl etliche Ampullen Insulin als auch die lilafarbenen Turnschuhe gefunden, die zwei der Zeugen beschrieben. Das Haus, in dem Sie beide die Therapeutin fanden, gehört Gerda Ortmann, die, wie bereits erwähnt, im Urlaub ist. Und bevor ich die Runde schließe, gibt es eine weitere erfreuliche Mitteilung, die mich vor einigen Minuten erreichte. Renate Klose ist aus dem Koma erwacht. Ihr behandelnder Arzt schien äußerst positiv gestimmt. Sie wird, wenn alles gut verläuft, in den kommenden Tagen in die Kliniken Schmieder nach Heidelberg verlegt. In Sachen Frührehabilitation genießen die anscheinend einen ausgezeichneten Ruf. Drücken wir der Frau die Daumen für eine rasche Genesung. Eine Zeugin mehr hat noch nie geschadet. Und jetzt ab mit Ihnen in Ihren wohlverdienten Feierabend. Das Verhör ist auf morgen früh gelegt. Ich bin sicher damit im Sinne aller zu handeln. Auch wenn wir im Augenblick aufgedreht sind, können wir eine Mütze Schlaf brauchen."

28. August

Hannah entdeckte ihren Partner Jens Hartmann rauchend vor dem Präsidium. Er hob winkend die Hand und wartete, bis sie aus dem Wagen gestiegen war und zu ihm trat.

„Moin, Kollege, alles frisch?“

„Besser als perfekt.“ Er lächelte breit. „Bevor wir später auseinanderlaufen und das Thema, das zwischen uns steht, wieder unerwähnt bleibt, möchte ich dich bitten, am Abend mit mir essen zu gehen.“

„Nichts, was ich lieber täte. Wohin wollen wir?“

„Dönerbude?“ Er zeigte auf die gegenüberliegende Straßenseite.

„Och nee, dann behalt dein Geheimnis für dich. Ich wollte einen Gourmettempel von innen inspizieren.“

„Unsinn, holde Mitstreiterin, lass uns zum Italiener am Theater fahren. Das Wetter ist toll und wir können draußen sitzen.“

„Abgemacht. Drücken wir die Daumen, dass uns kein Bösewicht einen Strich durchs Thema Feierabend macht.“

„Wenn Jens Hartmann Hannah Bindhoffer ins Vertrauen ziehen möchte, haben die Kriminellen gefälligst Sendepause!“

„Können wir das gesetzlich verankern?“

„Ich kann drüber nachdenken“, antwortete er feixend und zog die Eingangstür zum Polizeirevier auf. „Nach Ihnen“, erklärte er mit einer galanten Handbewegung und drängte sich in dem Augenblick durch die Tür, als sie die ersten Schritte tat.

„Blödmann.“ Sie streckte ihm lachend die Zunge heraus. „Komm jetzt.“

Inka Weiss saß regungslos und stumm auf dem Stuhl. Die Frage, ob sie einen Anwalt hinzuziehen wolle, lehnte sie genauso ab, wie ein Wasser oder einen Kaffee.

Hannah und Jens, die ihr am Tisch gegenüber Platz genommen hatten, ließen sie für einige Minuten gewähren und beobachteten sie genau.

Nichts an der Körperhaltung der Frau schien darauf zu deuten, dass sie Schuldgefühle plagten. Die Kommissarin ging bei ihrer Einschätzung sogar so weit, sie als ausgesprochen zufrieden wahrzunehmen.

„Sie haben zwei Menschen getötet und eine Person schwebt noch in Lebensgefahr. Ich möchte gerne erfahren, was Sie dazu getrieben hat."

„Ist Renate Klose gestorben?", fragte sie und klang hoffnungsvoll.

Hartmann schüttelte den Kopf. „Nein, sie liegt in unverändertem Zustand in der Klinik. Thomas Reinheimer starb vor drei Stunden auf der Intensivstation."

„Niemals!", schrie sie und sprang vom Stuhl auf. „Ich habe ihm kein Haar gekrümmt. Er ist auf meinem Boot und wartet auf die erste Katzensitter-Runde. Sie selbst sprachen auf dem Friedhof von ihm, weshalb sollte er tot sein?"

„Tut mir leid. Er starb an den Folgen eines massiven Sauerstoffmangels. Das Tuch im Mund, die durch das Weinen völlig verstopfte Nase. Dazu die Angst und Verzweiflung, gefesselt in einer winzigen Kajüte zu liegen und auf den eigenen Tod zu warten. Der Arzt vermutet, dass er Panik bekam und deshalb hyperventilierte. Der unzureichende Sauerstoff, die Angstzustände und die dauerhaft erhöhte Herzfrequenz setzten ihm derart zu, dass er ins Koma fiel. Keine Chance ihn zu retten. Das geht voll auf Ihr Konto. Was wir auf dem Friedhof sagten, war reines Schmierentheater. Ich wusste, dass man Sie nur anlocken konnte, wenn man über Ihre Taten sprach und sie lautstark missbilligte. Was bot sich mehr an, als Ihren Lieblings-Chatpartner mit ins Boot zu nehmen? Quasi sein Denken an Sie zu übermitteln. Ich bin überzeugt, dass wir mit unseren Mutmaßungen nicht allzu weit von der Wahrheit entfernt lagen."

Lautlos rannen Tränen ihre Wangen hinunter und tropften auf den Tisch. Minutenlang schwieg sie, schien ihre Gedanken zu sortieren und zu versuchen, mit der veränderten Situation klarzukommen. Schließlich wischte sie sich über das tränennasse Gesicht und begann mit zittriger Stimme zu sprechen. „Er mochte mich, das spürte ich vom ersten Augenblick an. Mit ein wenig mehr gemeinsamer Zeit und persönlichen Treffen wäre er von selbst darauf gekommen, dass ich seine Traumfrau bin. Marion Reinheimer, ja, die wollte ich aus dem Weg haben. Sie verwischte Thomas Sicht auf die Wahrheit und versprach ihm ein schönes Leben voller Liebe. Dass es lediglich beim Versprechen blieb, liegt auf der Hand, oder hätte er sonst den Kontakt zu mir gesucht?"

„Er ließ sich nie auf ein persönliches Kennenlernen ein", unterbrach Hannah. „Weshalb glauben Sie, dass er fühlte, wie Sie es uns schildern?"

„Sie hat ihn manipuliert, eingesperrt und eingelullt", erklärte Inka Weiss jetzt weniger niedergeschlagen als vielmehr wütend. „Mein Thomas war so sanft, wenn er mit mir im Chat schrieb. Kein hässliches Wort, nur die Bitte, alles zunächst geheim zu halten. Er verlangte das Versprechen, dass jede Unterhaltung unter uns blieb. Jedenfalls so lange, bis er von seiner Frau getrennt sei."

„Hat er Ihnen das so geschrieben?"

„Nein, aber ich kann zwischen den Zeilen lesen."

Jens Hartmann fixierte sie mit festem Blick. „Nehmen Sie es mir ruhig übel, doch ich gewann einen anderen Eindruck davon, wem die Liebe von Thomas Reinheimer gehört. Als wir ihm die Nachricht vom Tod seiner Ehefrau überbrachten, wirkte er zutiefst erschüttert. Absolut unübersehbar. Er schluchzte, weinte und wollte es nicht wahrhaben, weil er sie liebte. Aus tiefstem Herzen und ohne Wenn und Aber, oder, Hannah?"

„Er hat recht", erklärte die Kommissarin mit harter Stimme. „Da gibt es absolut keine Zweifel."

„Nein, er war verrückt nach mir!" Sie war keifend aufgesprungen. „Gut möglich, dass er es selbst bisher nicht richtig kapierte. Trotzdem ist es eine Tatsache, die Sie mir weder nehmen, noch jemals ausreden!"

„Die Frage, wem sein Herz gehörte, werden wir nie mehr klären können. Weshalb wir jetzt endlich auf die Dinge zurückkommen sollten, die Sie getan haben. Warum die Ehefrauen statt der Männer?“

„Weil sie existierten und dadurch meinen Plan durchkreuzten.“

„Entschuldigung“, warf Hannah ein. „Ich komme gerade nicht mit. Die Frauen hatten, nach unserem Stand der Ermittlungen, weder einen Schimmer von Ihnen, noch von den Chatschwätzchen ihrer Männer. Was also bewog Sie dazu, sie zu töten?“

„Hören Sie mir eigentlich zu?“ Ihre Augen funkelten bösartig. „Sie existierten und klammerten sich an ihre Ehemänner, engten sie ein und boten zu wenig Kuscheleinheiten. Sie erkannten nicht, dass Kerlen wie Thomas und Hubert die Macht zustand, als Katzensitter zu bestimmen, was zu tun ist.“

Die Kommissare erschraken, als Inka Weiss ihre Aussage mit einem kräftigen und höchst echt klingenden Fauchen beendete. Beide taten jedoch so, als hätten sie es überhört.

„Warum trugen Sie Frau Klose ans Mainufer und ließen sie nicht einfach im Haus zurück?“

„Ein verschmutztes Nest? Ein Zuhause, in dem man einer verwundeten Katze Unterschlupf gewährt? Nein, das widerspricht meiner Natur. Ist das Heim von einer Widersacherin befreit, besteht die Chance, ihren Platz einzunehmen. Hubert bekam die Gelegenheit, sein Lieblingskätzchen auszutauschen.“

Hannah lief es kalt den Rücken hinunter. Die Frau meinte tatsächlich, was sie sagte, keine Frage. Ihr Auftreten und der Stolz, mit dem sie über ihre Verbrechen sprach, ließen kaum Raum für Zweifel.

„Wie spielte sich das mit Herrn Klose ab? Haben Sie ihn persönlich getroffen?", wollte Jens Hartmann wissen.

Sie schob beleidigt die Unterlippe nach vorne.

„Auch so einer. Zuerst verspricht er mir das Blaue vom Himmel, will mir das Angeln zeigen und macht einen auf verliebt. Als es ernst wird, kneift er plötzlich. *Renate hat es nicht verdient, dass ich sie im Stich lasse. Versteh bitte, ich mag dich, aber…* Und so ging es weiter. Interessant zu erfahren wäre, warum die Kerle immer den Schwanz einzogen. Sie hätten mich vergöttert und es auch sofort begriffen, wenn sie den Mumm für ein Kennenlernen aufgebracht hätten!"

Sie nickte heftig, um ihre abstruse Aussage zu unterstreichen.

„Dieser Renate Klose schickte ich nach der Abfuhr von Hubert ein Gedicht. Ich hoffte, sie käme dadurch auf den Trichter, dass ihr Gatte sie hintergeht. Sie schnallte es keinen Meter, zumindest hat er nichts darüber erwähnt."

Hannah lächelte befriedigt. „Für Frau Klose blieb der Reim vielleicht ein Rätsel. Aber uns half er entscheidend dabei, Ihnen auf die Schliche zu kommen."

„Wie haben Sie sich Zutritt bei ihr verschafft?"

„Die dämliche Gans ließ mich sofort herein, als ich ihr mitteilte, dass ich eine persönliche Nachricht vom Sozialverein überbringen wolle.“

„Manche Menschen schalten eben ihren Verstand aus, wenn sie von Herzen gern helfen“, mutmaßte die Kommissarin trocken. „Warum ausgerechnet Insulin?“

„Erstens liegt es bei mir zuhause, weil ich es brauche, zweitens besitze ich einen Internetanschluss, mit dem man recherchieren kann, und drittens arbeite ich in einem Krankenhaus. Die Wahrscheinlichkeit, dass Ihr Rechtsmediziner darauf kommen konnte, schien relativ gering. Glückwunsch also.“

Sie hob anerkennend einen Daumen in die Luft.

„Um es mit einem wie unserem Herrn Dr. Cornelius Winterherbst aufzunehmen, müssen Sie ausgesprochen ausgeschlafen sein. Fast wäre es Ihnen gelungen, aber eben nur beinahe“, erklärte Hardy zufrieden. „Und nebenbei bemerkt, Sie arbeiteten in einer Klinik. Die Zeiten sind vorbei, vergessen Sie das nicht. Stellen Sie sich auf einen langen Zeitraum ohne berufliche Tätigkeit ein“, ergänzte er grimmig.

„Wie Sie an die Adressen der Herren kamen, ist leicht zu verstehen. Schließlich saßen Sie an der Quelle. Haben Sie die Aushilfsstelle bei *Hungry Hearts* aus diesem Grund angenommen?“, wollte Hannah wissen.

„Nein, ich brauchte einfach die Kohle. Und dass ich mit der Softwarebetreuung zusammenarbeiten sollte, kam mir entgegen. Ich mag es, mit Computerprogrammen zu arbeiten.

Zunächst konzentrierte ich mich nur darauf. Doch eines Abends, als ich alles erledigt hatte und die nächste Schicht im Krankenhaus erst für nachmittags auf dem Plan stand, probierte ich unser Programm einfach selbst aus. Die letzte Therapiesitzung war unerträglich. Frau Dr. Klingelbach kapierte nichts und stellte mir zum hundertsten Mal die gleichen Fragen. Kein Vorankommen in Sicht. Ich hoffte, vielleicht auf einen Chatpartner zu stoßen, der nachvollziehen kann, was ich empfinde. Es überraschte mich, wie viele Kerle sich von meinem Screennamen *Catsitter* angezogen fühlten. Es ging mächtig rund im Account, mehr als zehn Anfragen innerhalb einer Stunde. Die meisten wollten nur das Eine, aber bei einigen entstand eine echte Verbindung. Neben Hubert und Thomas gab es einen Tobias und einen Mark, die Lust auf Unterhaltungen hatten und zunächst ein Kennenlernen nicht ausschlossen."

„Was mir ein Rätsel bleibt, ist, warum Sie Ihre Kollegin auf eine Unregelmäßigkeit in der Software hinwiesen?"

Inka Weiss verfiel in ein vibrierendes Schnurrgeräusch, bei dem Hannahs Nackenhaare erneut in die Höhe schnellten. Lange Zeit wiegte sie sich hin und her, wie in Trance und ohne zu antworten. Schließlich beugte sie sich zu den Beamten und zischte: „Spielchen!"

„Was soll das bedeuten?"

„Austesten, wie weit ich die Kollegin auf meine Seite ziehen kann. Spielen eben, lebensnotwendig zur Erhaltung des Jagdtriebs."
„Zum Glück mochte Frau Nässer sich nicht für Ihre Idee erwärmen und rief uns an, nachdem Sie verschwanden. Ansonsten läge sie bestenfalls bei Dr. Klingelbach und Renate Klose in der Klinik."
„Nein", schimpfte Inka Weiss entsetzt. „Das mit meiner Arbeitskollegin war ein Spiel, sie hatte keine Sekunde etwas zu befürchten. In der Spritze war ein Narkotikum. Ausreichend, um zu flüchten, ohne dass sie mich aufhalten konnte. Sie sollte nur eine Weile schlafen, genau wie ihr Hund."
„Ich glaube kaum, dass ihr das helfen wird, den Schock zu überwinden", wandte Hannah ein.
„Sie ist stark und kommt klar. Eines der Dinge, warum ich sie mag."
„Wenn Sie das sagen", erwiderte Hardy und sah in die Akten.
„Ich schätze Ihre Menschenkenntnis als kaum vorhanden ein, aber lassen wir das. Gestehen Sie, Marion Reinheimer getötet zu haben?"
Sie nickte stumm, mit verschränkten Armen und abwertendem Blick. „Sie verstehen es noch immer nicht, oder?"
„Nein", antworteten Hannah und Hartmann im Chor.
„Dazu der versuchte Mord an Renate Klose und der Totschlag an Herrn Reinheimer. Ich fürchte, in diesem Fall wird es

lediglich als solcher verhandelt werden. Nicken Sie das ebenfalls ab?"

„Vergessen Sie nicht die Körperverletzung von Dr. Klingelbach und Rosalind. Und zu guter Letzt das blaue Auge Ihrer Kollegin. Ausreichend um für die nächsten Jahre bei bester Verpflegung und herrlicher Gartenanlage in der Psychiatrie zu verbringen, oder?", antwortete Inka Weiss mit zufriedenem Gesichtsausdruck.

Jens Hartmann erhob sich, trat dicht an sie heran und raunte ihr ins Ohr: „Aber ich fühle mich persönlich verantwortlich dafür, Sie in ein stinknormales Gefängnis zu verfrachten. Einen Frauenknast, in dem es sogar Katzen gibt. Raubtiere, um genau zu sein. Die geben einen feuchten Dreck auf Ihre Katzensitter-Spiele und zeigen deutlich, wo es langgeht. Eine wie Sie findet sich weit unten in deren Rangordnung wieder. Es steht noch lange nicht fest, dass Sie das Glück haben und für unzurechnungsfähig erklärt werden. Durchaus drin, dass uns die Glücksgöttin hold bleibt und wir einen Gutachter finden, der Sie ähnlich wie Frau Dr. Klingelbach beurteilt. Die betonte nämlich, dass Ihre Teilnahme am sozialen Leben in keiner Weise als eingeschränkt zu beurteilen ist. Ich verspreche Ihnen hier und jetzt, alles zu versuchen, Unterstützer für ihre Aussage über Sie zu finden."

„Sie wollte eine Einweisung erwirken, weil sie Angst vor mir hatte!", protestierte Inka Weiss wutschnaubend.

„Nein. Sie zog es phasenweise in Betracht. Aber Sie gingen einem absolut geregelten Leben nach, zwei Jobs, immer pünktlich und ohne Tadel, dazu regelmäßige Mietzahlungen, keine Vorstrafen. Sie selbst überzeugten die Therapeutin mit Ihrem Verhalten, dass sie mit ihrer Einschätzung falsch lag. Ich kann da nur zustimmen. Klingt auch für mich so, als sei außer Ihren Katzenspinnereien und den Morden alles im Lot bei Ihnen."

„Diese Bewertung sollten wir von einem Fachmann vornehmen lassen. Nicht von einem frustrierten Polizeibeamten, der kaum noch ahnt, was es heißt, lebendig zu sein", brüllte sie aufgebracht und hob Jens Hartmann ihren ausgestreckten Mittelfinger entgegen.

„Sie wissen das, ja? Wie fühlt es sich an, Unschuldigen eine Spritze zu verpassen und sie damit ins Jenseits zu befördern? Ist es aufbauend? Erfordert es Mut, andere dafür zu bestrafen, dass sie es im Leben besser getroffen haben, als Sie selbst?"

Die Kommissarin versuchte, Hardy mit einer Geste der Hand zum Schweigen zu bringen.

„Nein, Hannah, ich bin noch nicht fertig. Lass mich rasch hinzufügen, warum es mir am Herzen liegt, diese Frau für lange Zeit in den Knast zu stecken."

Er holte tief Luft, schien jeden Gedanken zu sortieren, bevor er fortfuhr.

„Wir beide wissen, dass solche Wahnsinnigen wie unsere Täterin so manches Mal vorzeitig aus der Haft freikommen.

Irgendein Seelenklempner lässt sich von ihnen verzaubern, austricksen, oder einen riesengroßen Bären aufbinden. Das Ergebnis haben wir leider allzu oft erlebt. Im Gefängnis ist die Hürde der frühzeitigen Entlassung wesentlich höher. Dort lebt sie ein härteres Leben als in der charmanten Psychoklinik."

Hartmann sprach so, als sei Inka Weiss überhaupt nicht anwesend.

„Du weißt genau, wovon ich rede, Hannah. Wir kassieren solche Scheusale ein, nur um ein paar Jahre später erneut das Vergnügen zu haben, sie zu jagen. Das hängt mir dermaßen zum Hals heraus, dass ich kotzen könnte."

Die Kommissarin stand langsam auf und ging zur Tür.

„Ich hole uns eine Runde Kaffee und du kommst wieder runter. Wir sind nicht dafür zuständig, wer wo und wie lange welche Strafe verbüßt. Selbst wenn es dir schwerfällt, musst du das akzeptieren. Sei versichert, dass ich absolut nachempfinden kann, wovon du sprichst. Möchten Sie auch etwas trinken?", fragte sie Inka Weiss, wartete ihr Kopfschütteln ab und verließ den Raum.

Am Kaffeeautomaten holte sie tief Luft, um sich für die letzte Runde Fragen zu wappnen. Es fiel auch ihr schwer, der Mörderin gegenüber alle Regeln des Respekts zu wahren. Die Kaltblütigkeit in ihren Augen, und dass sie in keiner Weise Reue zeigte, weil sie von der Richtigkeit ihrer Handlungen überzeugt war, ließen sie erschaudern. Sie dachte an den

Gesichtsausdruck der Täterin, als sie sie mit dem Holzscheit niederschlug. Losgelöst, zufrieden, glücklich, erfüllt und nicht von dieser Welt, fielen ihr als passende Beschreibung dazu ein. „Als ob ein Kind zum ersten Mal ein dickes Lob für vollbrachte Leistungen erhält. Was macht jemanden zu einem solchen Monster?“, überlegte sie, als sie den Knopf für den zweiten Kaffee drückte.

Als sie die heißen Getränke vorsichtig in den Raum transportierte und auf dem Tisch abstellte, bemerkte sie das eisige Schweigen im Zimmer. Weder Hartmann noch Inka Weiss sprachen ein Wort. Beide starrten zornig und konzentriert ins Gesicht des anderen, als würden sie einen visuellen Machtkampf austragen.

„Einige offene Fragen bleiben, die ich Ihnen abschließend stellen möchte“, durchbrach Hannah die Stille.

„Ihr Motiv für die Taten kann ich, wenn auch nur im entferntesten Ansatz, nachvollziehen. Aber was brachte Sie dazu, den Mord an Marion Reinheimer zu begehen und ihren Mann zu verschonen?“

„Schon wieder? Die Tatsache, dass ich erneut abgewiesen wurde. Außer Thomas und Hubert gab es andere Kandidaten, wie ich bereits erwähnte. Zunächst schienen sie Feuer und Flamme, sprachen von Liebe und Zukunft. Ich traf keinen von ihnen. Alle fanden Ausreden, warum es zu jenem Zeitpunkt ausgeschlossen sei oder weshalb sie ihre Frauen nicht verlassen konnten. Die Ehefrauen trugen die Schuld, dass diese Kerle mich abwiesen und wie einen nutzlos gewordenen Schuhkarton zu Müll degradierten.“

„Der Anruf bei Reinheimers, als wir uns dort aufhielten. Was steckte dahinter?“

„Ich sah jemanden am Fenster und musste mich versichern, dass es sich nicht um Marion handelt.“

„Sie lagen auf der Lauer, um Ihr Werk, im wahrsten Sinne des Wortes, im Auge zu behalten?“, fragte Hannah entsetzt.

„Natürlich. Ich tötete zum ersten Mal einen Menschen. So eine Tat weckt Gefühle, die man nur schwer beschreiben kann. Unter anderem auch das Bedürfnis nah am Geschehen zu bleiben und jede Minute seines Triumphes auszukosten. Die Macht über Leben und Tod ist unbeschreiblich und …“

„Hören Sie auf damit!“, herrschte Hartmann sie an. „Ihr krankes Denken interessiert mich nicht die Bohne! Wir müssen nur erfahren, was für den Abschluss des Falles relevant ist, zum Beispiel, ob Sie je daran dachten, nach unverheirateten Männern Ausschau zu halten?“

„Weshalb? Wo bliebe da die Herausforderung? Kein Revierkampf, kein Spielchen, keine Beziehung!“

„Ich kaufe Ihnen nicht ab, dass Sie eine echte Partnerschaft suchten. Alles lief darauf hinaus, zu testen, ob Sie einen der Männer für Ihre paranoiden Vorstellungen begeistern konnten. Spätestens nach dem ersten Treffen und einigen Schnurrlauten hätten die Kerle ohne jeden Zweifel das Weite gesucht. Zumindest falls sie selbst einigermaßen normal tickten.“

Die Zornesröte stand flammend in ihrem Gesicht, als sie wütend aufsprang. „Das sieht Ihnen ähnlich. Ein Schlappschwanz wie Sie wird nie begreifen, was es heißt, zu leben. Ein enges Korsett aus Regeln und die Gewissheit, ja niemandem auf den Schlips zu treten, sind wichtiger, als ein erfüllter Lebensweg. Ja, genau so einer sind Sie. Keine Fantasie, das kindliche Selbst gefesselt und verschnürt in der hintersten Ecke des Bewusstseins. Ohne die geringste Chance, nur für eine Minute ausgelebt zu werden. Dabei könnten wir beide auch ein wenig Spaß miteinander haben."

Wieder ließ sie ein lautes Schnurren ertönen.

Hannah schlug mit der Faust auf den Tisch.

„Aufhören! Ihre sexuellen Neigungen oder die Art, wie Sie Ihr Leben gestalten, ist mir scheißegal und ich möchte nichts mehr darüber hören müssen. Sie haben mindestens einen Menschen getötet und ich will jetzt wissen, warum. Was ist Ihnen widerfahren, das Sie zur mordenden Katze machte?"

„Lesen Sie die Akte."

„Darin ist keine Erklärung zu finden. Bei Frau Dr. Klingelbach sind Sie nie so weit gegangen, die Zusammenhänge preiszugeben. Wenn man Ihnen zuhört, merkt man sofort, dass Sie ausgesprochen intelligent sind. Ich kapiere einfach nicht, warum Sie das alles getan haben. Packen Sie aus, und wir überprüfen, ob es nützlich werden könnte."

Jens Hartmann stand auf und ging zur Tür.

„Sei mir nicht böse, Hannah, aber auf das Pochen auf eine schreckliche Kindheit und auf das Alle-anderen-außer-mir-sind-schuld-Gequatsche kann ich gut und gerne verzichten. Ich bin draußen," erklärte Hardy mit grimmigem Gesichtsausdruck.

„Keine Angst, Herr Polizist, Kimi-Kätzchen wird einen Teufel tun, ihre Beweggründe zu verraten. Sie beide sind nicht ansatzweise fähig zu begreifen, was in meiner Welt passiert."
Sie tippte an ihre Stirn. „Was wissen Sie über Fantasien, so lebendig im Kopf manifestiert, dass es schwerfällt, sie als Wahnvorstellungen abzutun? Visionen, die Tag und Nacht durch deine Gedanken toben und alles Logische beiseiteschieben, als habe es an Gültigkeit verloren. Sie können sich das nicht einmal ansatzweise ausmalen."
„Dem Himmel sei Dank", entgegnete Hartmann und verließ das Zimmer.
„Hat die Klingelbach überhaupt bemerkt, dass ich in ihr Haus eingestiegen bin?", wollte Inka Weiss mit zufriedener Miene wissen.
„Keine Ahnung, gesagt hat sie nichts. Warum sind Sie dort eingedrungen?"
„Ich musste überprüfen, ob sie mir auf die Schliche gekommen war. Dauernd rief sie an, da befürchtete ich, sie könnte Lunte gerochen haben. Ich zog in Erwägung, sie zu warnen und ihrer Mona Lisa etwas ins Essen zu kippen. Doch als ich die Katze sah, von der sie mir in den Sitzungen so oft erzählte, und wie sie mit ihr umging, erkannte ich, dass ich sie in Ruhe lassen muss. Bei meiner Behandlung war sie eine beschissene Therapeutin, aber im Leben ein echter Katzenmensch. Ich wartete, bis sie auf ihrem Liegestuhl einschlief und schlich mich aus dem Versteck."

„Wenn man Ihnen zuhört, gewinnt man den Eindruck, als seien Sie durchaus empathiefähig. Weshalb nicht bei Marion Reinheimer und Renate Klose?“

„Wissen Sie was? Ich habe keine Lust mehr. Seit Stunden versuche ich zu erklären, warum die beiden keinerlei Mitgefühl von mir verdienten. Sie standen meinem persönlichen Glück im Weg, verdonnerten ihre Männer dazu, in ihren engen Fesseln zu verharren. Damit sagten sie mir indirekt den Kampf um das Revier an. Ich musste reagieren.“

„Wobei ich Ihnen, ohne zu überlegen zustimmen kann, ist die Tatsache, dass ich nichts von dem, was Sie von sich geben, kapiere. Unter uns gesprochen verspüre ich keine Lust mehr, mich weiter mit Ihren wahnsinnigen Taten auseinanderzusetzen. Ich halte Ihr Geständnis schriftlich fest und Sie unterzeichnen. Danach lasse ich Sie in die Untersuchungshaft überstellen, bis sicher ist, wo Sie bis zur Verhandlung verbleiben. Alles andere überlasse ich der richterlichen Zuständigkeit.“

Hannah stand auf und lächelte boshaft.

„Im Übrigen wird der Name Thomas Reinheimer nur im Zusammenhang mit Freiheitsberaubung und Körperverletzung während der Verhandlung auftauchen. Er lebt und befindet sich, entgegen unserer Behauptung, auf dem Wege der Besserung. Ich überlegte mir, dass die Nachricht seines Todes Ihre Zunge lösen könnte. Verdammt clever, oder? Allerdings dürfen Sie kaum hoffen, dass er Sie besuchen wird.“

Inka Weiss sank im Stuhl zusammen. Mit herunterhängenden Schultern und leiser Stimme erklärte sie: „Eins zu null für Sie. Was hätten Sie aus dem Hut gezaubert, wenn ich nicht darauf hereingefallen wäre?"

„Spurenlage und Motiv. Ihre Reifenspuren am Mainufer, Ihr Fingerabdruck bei Reinheimers und auf der Aufnahmedatei der Praxis von Frau Dr. Klingelbach. Weshalb haben Sie in der Praxis eigentlich die Anschrift Ihrer Mutter angegeben?"

„Ich wollte vermeiden, dass sie mir zu sehr auf die Pelle rücken kann."

„Verstehe", Hannah nickte. „Und in Ihrer Wohnung fanden wir das Insulin im Kühlschrank und die lila Turnschuhe. Gar nicht übel für den Anfang, oder?", ergänzte sie ihre Antwort auf die Frage von Inka Weiss.

„Was wollten Sie noch erfragen?"

Hannah überlegte einen Augenblick, bevor ihr einfiel, was Frau Weiss meinte.

„Ach ja, richtig! Im Grunde brauche ich Ihnen diese Frage nicht mehr zu stellen, denn ich ahne, dass ich die Antwort darauf bereits kenne. Haben Sie die Presse informiert? Selbstverständlich haben Sie das." Hannah nickte.

„Sie konnten unmöglich zulassen, dass niemand außer der Polizei und den Betroffenen von Ihren Taten erfuhr. Sie hofften, dass Sie ein breites Publikum erreichen, das schaudert und sich gruselt. Ihnen lag daran, anderen zu zeigen, dass Sie den Dreh für ein befriedigtes Leben heraushaben, oder?"

Inka Weiss hob erstaunt die Augenbrauen. „Für eine Frau, die aus beruflicher Sicht keine Erfahrung mit Psychologie hat, sind Sie recht nahe dran."

„Haben Sie eine Ahnung, was ich tagtäglich erlebe. Manchmal wünschte ich, dass ich meinen Jugendtraum, Tierärztin zu werden, realisiert hätte. Es gibt sicherlich auch genügend durchgeknallte Vierbeiner, doch die sind wesentlich ungefährlicher. Absolut ätzend an Ihrem Verhalten finde ich übrigens, dass Sie gezielt nach verheirateten Männern Ausschau hielten, um sie gefühlsmäßig von ihren Frauen zu entfernen. Ich bin keinesfalls von gestern oder altbacken. Es kommt vor, dass jemand sich verliebt, auch wenn er in einer festen Beziehung ist. Passiert täglich, ist für den betrogenen Partner echt mies, aber eben nicht gezielt und mit Vorsatz geschehen. Nach dem Motto *Wo die Liebe hinfällt* kann man so manches verzeihen. Ihre Masche, es genau darauf anzulegen, Frauen unglücklich zu machen, damit Sie sich glücklich fühlen, ist einfach nur zum Kotzen."

„Fertig?", fragte Inka Weiss gelangweilt.

„Überhaupt nicht. Aber ich werde den Teufel tun und weiter laut meine Meinung äußern. Erstens interessiert es Sie einen feuchten Kehricht und zweitens hüte ich mich, Ihnen Zündstoff für die Behauptung eines unprofessionellen Verhörs zu liefern."

„Sie klingen wie eine frustrierte Ziege, die das Wort Liebe und Beziehung nur noch aus Erinnerungen kennt."

„Besser eine Ziege als eine, die sich hinter den Verhaltensmustern einer Katze verschanzt und keine Ahnung vom Leben hat. Gestatten Sie mir eine kleine Verschnaufpause von so viel verwirrendem Kram."

„Von mir aus. Ich finde unser Gespräch seit Stunden ausgesprochen ermüdend."

„Eine Sache noch", erwiderte Hannah und fuhr fort, ohne die Antwort von Inka Weiss abzuwarten. „Wenn Sie so überzeugt davon sind, dass Ihr Verhalten normal ist, weshalb ließen Sie sich von Frau Dr. Klingelbach behandeln?"

„Denken Sie, das habe ich freiwillig getan? Ich wollte, dass es aufhört."

„Wie bitte?"

„Das Starren! Jedes Mal, wenn ich in der Kantine und bei *Hungry Hearts* die Vorratsdose hervorholte und Fleisch oder rohen Fisch aß, glotzten sie blöd und fingen an zu tuscheln. Geht es die etwas an, wie ich mein Essen zubereite?"

„Und ich dachte für den Bruchteil einer Sekunde, dass Sie Ihr wahnsinniges Verhalten ablegen wollten. Wie konnte ich nur so blauäugig sein?"

„Haben Sie jemals rohes Fleisch gegessen? Ich denke da an ein Stück Roastbeef, absolut zart."

Hannah ging kopfschüttelnd zur Tür und gab dem Kollegen ein Zeichen, Inka Weiss im Auge zu behalten.

„Wir sehen uns gleich wieder. Ich lasse Sie in der Obhut von Herrn Hahn. Treiben Sie keine Spielchen. Er ist allergisch auf

Katzen, glücklich verheiratet und er steht bereits in Überstunde Nummer vier hier im Revier. Hoch explosiv, würde ich sagen."

Der Beamte schaute sie fragend an und zuckte ergeben die Schultern, bevor er sich in den Raum begab.

„Wie kann er auch nur erahnen, wovon ich spreche", dachte Hannah und lief zum Büro von Josef Mitheimer.

Auf ihr kurzes Klopfen erfolgte sofort die Aufforderung des Vorgesetzten, einzutreten.
„Ich wollte Ihnen mitteilen, dass Frau Weiss geständig ist. Was sie von sich gibt, ist absolut haarsträubend."
„Hoffentlich kommt sie mit der Masche nicht durch und entgeht dadurch der Haftstrafe in einem Gefängnis."
„Könnte schwierig werden. Diese Lady da drüben im Raum hat ordentlich einen an der Waffel. Das Fatale daran ist, dass sie uns für die Durchgeknallten hält, weil wir ihr Verhalten nicht verstehen können."
Mitheimer griff zittrig zu einem Zettel auf dem Schreibtisch. Er fuhr mit dem Zeigefinger über die notierten Worte und fragte: „Haben Sie am zweiten September schon etwas vor?"
Hannah schaute verdutzt auf, überlegte einen Moment und schüttelte den Kopf.
„Soweit ich weiß nicht. Warum fragen Sie?"
„Ich brauche Sie, Hartmann und Alkan zu einem internen Gespräch. Ich muss Ihnen allen etwas mitteilen, und eine Entscheidung treffen."
Sofort schossen ihr die Beobachtungen, Befürchtungen und Gesprächsfetzen der letzten Tage durch den Kopf. Sie vermutete, dass ihre Intuition auch dieses Mal ins Schwarze getroffen hatte. Entschlossen verbarg sie alle Gefühlsregungen und fragte betont beiläufig: „Um welche Zeit?"
„Ich dachte an neunzehn Uhr."

„Ist notiert." Sie tippte an die Stirn und schimpfte sich selbst, als sie registrierte, dass die Geste ihm gegenüber absolut unpassend erscheinen musste.
„Ich gehe zurück zu Frau Weiss und lasse sie das Geständnis unterschreiben", erklärte sie und ließ den Blick für einen kurzen Augenblick über die große Zahl von Notizzetteln auf dem Schreibtisch ihres Chefs gleiten.
„Hervorragende Idee. Wenn Ihnen hinterher langweilig ist, nehmen Sie sich die Papiere zum Fall vor."
Hannah schluckte jeden böswilligen Kommentar hinunter, nickte freundlich und verließ sein Büro.
Sie lief zurück zu Inka Weiss und nahm ihr komplettes Geständnis im Beisein von Jens Hartmann auf, ohne ein weiteres persönliches Wort an sie zu richten. Sollten sich geschulte Kräfte um das undurchsichtige Verhalten der Täterin kümmern. Sie plagten andere Sorgen, die ständig in ihrem Hinterkopf kreisten.

Nachdem die Kommissare Frau Weiss in die Obhut von Roland Hahn übergeben hatten, zog Hannah ihren Kollegen beiseite.
„Mitheimer will uns am zweiten September intern sprechen. Weißt du davon?"

Er schüttelte den Kopf. „Bisher nicht. Allerdings ist er mir in den letzten Stunden kaum vor die Füße gestolpert. Was ist der Grund? Sagte er das auch?“

„Er müsse uns etwas mitteilen und eine Entscheidung treffen.“

„Scheiße“, entfuhr es Hardy.

„Was?“

„Es ist wirklich an der Zeit, dass ich dir von diesem Gespräch erzähle. Ich gehe davon aus, dass es damit zusammenhängt.“

„Dann lass uns zum Italiener starten, wir sind hier durch.“

Er zog bedauernd die Schultern hoch. „Tut mir leid, ich muss erst einmal zu meinen Eltern fahren. Vater rief vor ein paar Minuten total aufgeregt an. Sie scheinen Probleme mit einem Wasserrohrbruch zu haben. Ich musste versprechen, zum Helfen vorbeizukommen.“

„Guter Junge. Dann wird Hannah wohl beleidigt in ihre Wohnung fahren und nie erfahren, was ihr beiden besprochen habt.“

„So ein Quatsch. Komm einfach mit, ich vermute, dass wir jede zusätzliche Hand gebrauchen können.“

„Im Ernst? Wo wohnen sie eigentlich?“

„In Rumpenheim.“

Hannah brach in schallendes Gelächter aus. „Man könnte es auch einfach Offenbach nennen, oder?“

„Du hast es erfasst.“

„Das hältst du vor deinen Eintrachtfan-Freunden geheim, nehme ich an?“

„Worauf du Wetten abschließen darfst.“ Er zwinkerte ihr belustigt zu. „Wie sieht es aus?“
„Überredet, ich komme mit.“

Sie gingen zu Hartmanns Wagen und fuhren über die Adam-Opel-Straße auf die A 60. Zögerlich nahm Hardy das Gespräch auf.
„Es geht um einen Posten, den Mitheimer zu vergeben hat. Etwas neu Bewilligtes, das es bei uns bisher nicht gibt.“
„Und weshalb ist das ein Geheimnis, beziehungsweise, warum erzählt er nur dir davon?“
„Das fragte ich ihn auch. Zuerst sagte er, er wolle nur meine Meinung dazu hören, dann aber schlug er mir vor, die Position und Aufgabe zu übernehmen. Das machte mich wütend, weil es unfair ist.“
Hannah schaute ihn einen Augenblick schweigend an.
„Worum geht es da denn?“
„Es gibt zusätzliche Gelder vom Land. Mitheimer hat sich in den Kopf gesetzt, einen Cold-Case-Stuhl zu besetzen.“
„Im Ernst? Wie im Fernsehen? Den ganzen Tag in ollen Fällen wühlen?“
„Etwas in der Art, aber weniger dramatisch. Er will einen Boss bestimmen, der alte Akten sichtet und die herausfiltert, die wegen der modernen Untersuchungstechniken eine Aussicht darauf haben, im Nachhinein aufgeklärt zu werden. Man hält

nach DNA-Spuren und anderen Dingen Ausschau, die in der Asservatenkammer schlummern, jedoch heutzutage absolut hilfreich sein könnten."
Sie nickte.
„So weit kapiere ich das. Aber wo ist der Haken? Ich meine, warum erzählt er es mir nicht einfach und sagt, dass du diese Arbeit annehmen wirst?"
„Weshalb sollte ich das tun?"
„Er hält dich für den richtigen Mann. Und, ehrlich gesagt, könnte ich es mir auch vorstellen."
„Hannah." Er schüttelte resigniert den Kopf. „Darum geht es nicht. Er entscheidet so, weil er keine Frau auf dem Posten haben will. Das ist es, was mich tierisch nervt. Ich meine, wo leben wir denn? In Höhlen? Du hast in Hamburg an solchen Fällen mitgearbeitet, stimmt doch, oder?"
Sie nickte zustimmend. „Ja, an zwei alten Vermisstenfällen."
„Eben. Du bringst Erfahrung mit, besitzt ein viel besseres Gespür für Menschen…"
Sie hob die Hand, um seinen Redefluss zu stoppen.
„Nein, unterbrich mich bitte nicht. Das wollte ich dir schon länger sagen. In diesem Bereich bist du unschlagbar und das macht dich so wertvoll für die Polizeiarbeit."
Sie lächelte mit geröteten Wangen.
„Danke, Jens, das bedeutet mir viel."

„Keine Ursache, es ist die Wahrheit und genau das wurmt mich. Ich sagte ihm, dass ich mit seiner Entscheidung keinesfalls einverstanden bin, und dabei bleibe ich."

„Das ist unheimlich lieb von dir, Hardy, ich möchte aber, dass du annimmst. Einen Job, der dich fordert und der dir Spaß bringt, verdienst du allemal. Du hast ein ausgezeichnetes Gespür für Spuren und Zusammenhänge und könntest viel Gutes mit dieser Arbeit tun. Meinen Partner jedoch werde ich schmerzlich vermissen, das lass dir noch gesagt sein."

„Auch so ein Punkt, warum ich es ablehne. Ich sitze an den alten Akten und sonst geht alles den normalen Gang.

Während ich alte Fälle wälze, gehst du mit anderen Kollegen an die Arbeit draußen. Es wird nicht lange dauern, bis du mit Çetin, Neumann, Seidel oder Hahn ein unschlagbares Team bildest."

„Jetzt krieg dich wieder ein, du klingst wie ein eifersüchtiger Gockel. Ich habe eine Frage."

„Was denn?"

„Weshalb denkst du, dass der Boss sich wegen dieser Sache so merkwürdig aufführt? Ich meine, es ist kein großes Ding, jedenfalls, wenn man es genauer betrachtet, was ich dir dringend anrate. Das kann unmöglich der Grund für das veränderte Verhalten von Mitheimer sein. Nimm es mir nicht übel, da steckt was anderes dahinter."

„Du und deine Intuition", grummelte er. „Spätestens am zweiten September sind wir schlauer."

„Ganz genau, und jetzt wenden wir uns den schönen Dingen des Lebens zu. Wasserrohrbrüchen zum Beispiel. Oder schnelle Fahrten über die Autobahn und Freundschaften. Ich bin dir unheimlich dankbar, dass du es mir erzählt hast."

„Es hat mir bis heute schlaflose Nächte bereitet und ich bin froh, dass es raus ist."

„Ich liebe Rüsselsheim und das Rhein-Main-Gebiet", erklärte Hannah glücklich. „Sagte ich das schon?"

„Nein, aber es wurde allmählich Zeit, dass du das kapierst. Ich weiß ja nicht genau, welche Hohlköpfe da oben in Hamburg mit dir zusammengearbeitet haben, aber ich bin froh, dass du die Flucht ergriffen hast."

„Eines Tages weißt du alles über meine Arbeit und die Umstände dort. Jetzt wo mir klar ist, dass man sich absolut auf dich verlassen kann, will ich es dir gerne erzählen. Allerdings nicht während wir Rohre flicken, sondern bei der versprochenen Flasche Wein beim Italiener. Und von dieser Bedingung weiche ich keinen Millimeter ab!"

„Danke, Hannah, das ehrt mich unheimlich. Du wirst einen kompetenten Gesprächspartner in mir finden."

Sie lachte. „Mächtig von dir überzeugt, was? Das zu beurteilen musst du am Ende mir überlassen. Trotzdem lieb, dass du dich anbietest."

„Keine Ursache. Ich habe Karten für den ersten September gegen Dortmund. Gehst du mit? Seidel muss zu seiner Schwiegermutter."

„Mit dir auf der Haupttribüne hocken und zusehen, wie die Eintrachtler von den Bienchen aus dem Pott zerstochen werden? Nee, lass mal."

„Erstens gewinnen wir das Spiel und zweitens Block 24, beste Plätze auf der Gegentribüne."

Epilog

Josef Mitheimer empfing seine Mitarbeiter mit bedeutungsvoller Miene und deutete ihnen per Handbewegung an, Platz zu nehmen. Vor ihm lag ein DIN-A4-Bogen mit handschriftlichen Notizen. Mit ruhiger und konzentrierter Stimme teilte er mit, dass er nach einem Arztbesuch, den er wegen Konzentrations- und Sehstörungen sowie auftretendem Zittern angetreten hatte, letztendlich die Diagnose eines Hirntumors erhielt. Noch stehe nicht fest, ob es sich um eine bösartige Erkrankung handelte. Seit diesem Zeitpunkt habe er versucht, mit verschiedenen Taktiken einen Überblick zu bekommen, wen er zum kommissarischen Vertreter auswählen konnte, falls er direkt aus dem Krankenstand in den Ruhestand wechseln müsste. Er bat bei Jens Hartmann um Entschuldigung, dass er ihn mit der Geschichte von den Cold Cases und dem angeblich dazugehörigen Posten angelogen hatte. Das Ansinnen, herauszufinden, ob er als Teamplayer arbeitete, sei der Grund dafür gewesen. Dass Hardy die Kollegin eingeweiht habe, erfreue ihn sehr. Die Idee der Cold Cases an sich sei jedoch keinesfalls erfunden und werde demnächst in die Tat umgesetzt. Zudem ließ er Hannah wissen, dass er absolut kein Gegner von Frauen in hohen Positionen sei und seine ruppige Art ihr gegenüber als Test für ihre Stressfähigkeit zu verstehen war. Er stand auf und erklärte Çetin Alkan, dass auch er zum Kreis der beurteilten Kandidaten gehöre, weil er täglich zeige, dass man mit Humor selbst große Probleme besser beheben könne. Eine Person in diesem Raum würde die Karriereleiter einen Schritt nach oben klettern und er sei bei jedem von ihnen sicher, eine gute Wahl getroffen zu haben.

„In der kommenden Woche bin ich zu weiteren Untersuchungen in die Uniklinik Frankfurt einbestellt. Ich verlasse mich darauf, dass Sie drei während meiner Abwesenheit gemeinsam die kommissarische Vertretung des Teamleiters übernehmen. Das ist bereits von oben abgesegnet. Und weil ich in Ihnen ein perfektes Team sehe, gehe ich mit einer Sorge weniger nach Hause."

ENDE

Anmerkung der Autorin

Die im Roman genannten Akteure sind frei erfunden und jede Ähnlichkeit mit lebenden Personen rein zufällig.
Alle Orte, Straßen und Gebäude existieren und ich fahre, gehe oder radle des Öfteren an ihnen vorbei.

Die Räumlichkeiten der Polizei in Rüsselsheim nahm ich nie selbst in Augenschein, der Kaffeeautomat und die Büros entspringen meiner Fantasie. Ich hoffe, die dort arbeitenden Beamten bekommen einen besseren Kaffee, als den von mir beschriebenen. Zudem bin ich sicher, dass die Beamten dort hervorragende Arbeit leisten und nicht so schusselig agieren, wie es Hannah und ihre Kollegen in der Geschichte mitunter taten.

Bei vorkommenden rechtsmedizinischen Untersuchungen nahm ich mir die künstlerische Freiheit, Untersuchungsmethoden abzuändern. Herr Dr. Winterherbst und der Rest seiner Zunft, denen meine größte Hochachtung gilt, mögen mir verzeihen. Im medizinischen Bereich blieb ich möglichst nahe an der Wirklichkeit. Lediglich kleine Abweichungen mussten für den Ablauf der Geschichte eingebaut werden.

Wenn Ihnen die Story gefallen hat, würde ich mich sehr über eine Bewertung und Weiterempfehlung freuen.

Der nächste Fall für die Beamten aus Rüsselsheim ist bereits in Arbeit, weshalb wir uns eventuell bald wiederlesen.

Liebe Grüße aus Raunheim ♥

Sandra Hausser

Mein Dank …

geht an all jene, die mich tagtäglich motivieren. Die geduldig sind (und bleiben), mir Kritik und Jubel spenden,
meine Texte wieder und wieder lesen und mir die Angst nehmen, wenn ich alles blöd finde.

Ich bedanke mich bei meiner Familie, meinen Testlesern und Korrekturhelfern, die sich gemeinsam mit mir durch zahlreiche Durchgänge gehangelt haben.
Daddy, Tina, Daniel und allen voran Claudia, ohne euch säße ich noch immer weinend vor diesem Manuskript.

Das Schreiben dieses Buches war wie ein Flug durch die Nacht, rasant, überraschend, motivierend und superschön.
Danke, dass ihr mir dabei geholfen habt, das Flugobjekt in der richtigen Bahn zu halten. Ihr seid die Besten! ♥ ♥ ♥

21485181R00195

Printed in Poland
by Amazon Fulfillment
Poland Sp. z o.o., Wrocław